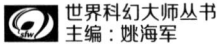世界科幻大师丛书
主编：姚海军

天空之眼

EYE IN THE SKY

[美]菲利普·迪克 著　孙加 译

四川科学技术出版社

EYE IN THE SKY by Philip K. Dick

Copyright © 1957, A. A. Wyn

Copyright renewed © 1985, Laura Coelho, Christopher Dick and Isa Dick

Simplified Chinese edition copyright：2022 SCIENCE FICTION WORLD LTD.

All rights reserved.

图书在版编目（CIP）数据

天空之眼 /［美］菲利普·迪克　著；孙　加　翻译.

--成都：四川科学技术出版社，2022.7

（世界科幻大师丛书 / 姚海军　主编）

书名原文：Eye In The Sky

ISBN 978-7-5727-0562-5

Ⅰ.①天… Ⅱ.①菲… ②孙… Ⅲ.①幻想小说－美国－现代 Ⅳ.①I712.45

中国版本图书馆CIP数据核字（2022）第098354号

图进字号：21-2020-236

世界科幻大师丛书

天空之眼

TIANKONG ZHI YAN

出 品 人	程佳月
丛书主编	姚海军
著　者	［美］菲利普·迪克
译　者	孙　加
责任编辑	张湉湉　姚海军
特约编辑	贺子恒
封面绘画	李　凯
封面设计	施　洋
版面设计	施　洋
责任出版	欧晓春
出　版	四川科学技术出版社
	成都市锦江区三色路238号 邮政编码 610023
	官方微博：http://e.weibo.com/sckjcbs
	官方微信公众号：sckjcbs
	传真：028-86361756
开　本	140mm×203mm　　印　张　10.25
字　数	180千　　　　　　　插　页　2
印　刷	成都博瑞印务有限公司
版　次	2022年7月成都第一版
印　次	2022年7月成都第一次印刷
定　价	45.00元

ISBN 978-7-5727-0562-5

邮 购：成都市锦江区三色路238号新华之星A座25层 邮政编码：610023

电 话：028-86361758

菲利普·迪克

Philip K. Dick

1928 – 1982

1

1959年10月2日下午4点整,加州贝尔蒙特市贝伐加速器的质子流偏转器背叛了其发明者。接下来的事情发生在一瞬间:失去了恰当的转向引导——也就是说,失去了控制——六十亿伏特质子流朝上抛射,冲上天花板。上冲的过程中,质子流烧毁了一座观测平台。这座观测平台建于甜甜圈形状的磁场之上,俯瞰整个磁场。

当时,平台上站着八个人:一组观光者及其向导。平台被毁后,八人摔在贝伐加速器室内地面上,受了伤,吓得不轻。稍后,磁场停止作用,强烈的辐射也被部分中和。

八人中,四人需要住院治疗。另外两人烧伤不算严重,但需密切观察。剩下的两人经过医生的检查与治疗后,出院回家。旧金山和奥克兰当地的报纸新闻报道了这一事件。受害人的律师开始起草诉讼案卷。几个与贝伐加速器事件相关的官员遭到免职。同样被免职的还有"威尔考克斯-琼斯"偏转系统,以及这种系统的狂热发明者。技工们很快出现,开展起整个平台的修复工作。

事件发生的过程只有短短几分钟。四点整,转向系统出现故障;四点零两分,质子流从环形的磁场内室朝上抛射,焚毁平台。八人从六十英尺①高处摔下,跌进极高伏特的质子流中。年轻的黑人向导第一个跌落并摔在地面上。最后摔下的是一名年轻技术员,供职于附近的巡航导弹制造公司。当时,向导正带着大家走向平台。只有这名年轻技术员离开了人流,转身走向过道,把手伸进衣袋摸索香烟。

要不是他听到动静,扑出去救妻子,他很可能逃过一劫。在他脑中,最后的清晰记忆是:他丢掉卷烟,徒劳地伸手,试图抓住他妻子玛莎呼呼扇动、越飘越远的大衣袖子……

一整个上午,汉密尔顿一直坐在导弹研究实验室埋头削铅笔,头上不停地冒着冷汗。周围的同事们照旧工作,公司照旧运转。到了中午,玛莎出现在实验室中,光艳照人,可爱至极,仿佛金门公园中温驯的鸭子一样,光鲜亮丽。看到玛莎,汉密尔顿一

① 1英尺约为0.3米。

上午的无精打采和闷闷不乐暂时烟消云散。这个浑身散发着芳香的小心肝是他好不容易"捕获"到的，费了不少工夫。他对玛莎的喜爱，甚至超过了高保真音响和上好的威士忌酒。

"怎么了？"玛莎倚着他灰色的金属办公桌问道。她戴着手套，手指交叉紧握，苗条的双腿裹着丝袜，闪闪发光，"快呀，我们得赶紧吃饭，然后到那地方去。今天可是偏转器工作的第一天，你不是一直想看吗？没忘吧？准备好了没？"

"我准备好——进毒气室了。"汉密尔顿不假思索地脱口而出，"毒气室大概也准备好迎接我了。"

玛莎睁大了褐色的眼睛，活泼中蒙上了戏剧化的严肃，"怎么了？又是你不能说的机密？亲爱的，你可没提今天有什么大事。吃早饭的时候，你还像条小狗，没心没肺地玩闹。"

"早饭时我还不知道这事。"汉密尔顿看了一眼手表，闷闷不乐地站起来，"我们得好好吃一顿，这说不定是我最后一顿饭。"接着，他又说："说不定，这也是我最后一次观光。"

可惜，他没能穿过这片大楼和实验装置林立，有人负责巡逻的区域，也没能抵达道路远处的餐馆。还没等他走到加州维护实验室的出口斜坡，一名身着制服的人就拦住了他，递过来一张被折得整整齐齐的白纸，"汉密尔顿先生，这是给您的。T.E.爱德华兹上校要我给您送来。"

汉密尔顿用颤抖的双手展开白纸。"唉,"他轻声对妻子说,"该来的总要来。你去休息室坐着等我。要是我一个钟头之内还不出来,你就自己回家,开个猪肉豆子罐头吃。"

"可——"玛莎无助地一摊手,"你听起来——怕得要命。知道是什么事吗?"

他知道。但他只是俯过身,在她慌张的湿润红唇上迅速印下一吻,随即跟着传话的人大步穿过走廊,朝爱德华兹上校的办公室套间走去。上校的办公室也是高层会议室。此时,公司的重要人物均已在会议室就座,气氛沉重而严肃。

汉密尔顿也找了个位子坐下。他立即发现自己陷入了中年生意人密不透风的包围圈,鼻中嗅到雪茄、除臭剂和黑色鞋油的混合味道。长长的钢制会议桌旁不断传来阵阵低语声。长桌的尽头坐着老 T.E.爱德华兹本人,面前堆叠着一摞摞表格和报告,仿佛私人堡垒。说起来,在座的每一位官员面前都叠着这么一摞摞防卫性的文件堡垒,外加打开的公文包、烟灰缸,还有一杯温水。爱德华兹上校对面坐着个矮矮壮壮、身着制服的人。那是查理·麦克费夫,安保警察队队长。他负责秘密监视整座导弹工厂,筛查俄国间谍。

"你来了。"T.E.爱德华兹上校的声音并不响。他抬起眼睛,从眼镜片上方严厉地扫了一眼汉密尔顿,"用不了多长时间,杰克。你的问题只是会议议程中的一项。谈完你就能走。"

汉密尔顿没有回答。他绷紧身体,一脸紧张地等待着上校继续。

"事情涉及你的妻子。"爱德华兹舔了舔肥壮的拇指,翻阅手中的报告,继续道,"据我所知,自从萨瑟兰辞职后,你就是我们实验室的全权负责人。对吗?"

汉密尔顿点点头。他看了看自己放在桌面上的双手。双手已经全无血色,僵硬苍白——就好像我已经死了,他在心中苦笑道。就好像我已经上了绞架,生命和阳光正从我身上一点点挤出去。仿佛荷美尔公司的火腿,挂在屠宰场的黑暗圣所中。

爱德华兹满是黄褐斑的手腕一上一下,翻动着报告。"你妻子,"他用低沉呆板的声音说,"被列为工厂安全隐患。我这儿有份报告。"

他朝坐在对面的警察队长点了点头,队长沉默不语。"是麦克费夫交给我的。我得加一句,是**勉强**交给我的。"

"极为勉强。"麦克费夫插嘴道。这话,他是直接对着汉密尔顿说的。他坚定的灰色眼睛正乞求他的原谅。汉密尔顿不为所动,没有理会。

"当然,对于你,"爱德华兹用低沉的嗓音继续道,"在座的安全组成员很熟悉。我们是私人公司没错,但我们的顾客只有政府一家。除了'山姆大叔',没人会买导弹。所以,我们得小心点儿。跟你说这些,是给你机会,自己想办法处理此事。基本上,这事属于你的个人事务。只因为你领导研究实验室,我们才重视并插手这件事。"他打量着汉密尔顿,仿佛从没见过他一般。实际上,早在1949年——整整十年前,正是爱德华兹上校本人决定聘用了他。当时,汉密尔顿还是个年轻聪慧、满腔热情的电子学工程师,刚刚踏出麻省理工学院大门。

"你们的意思是……"汉密尔顿双手抽搐着,握紧又松开。他望着自己的双手,哑着声音问道:"禁止玛莎进入工厂?"

"不,"爱德华兹回答,"我们的意思是:你将无权接触机密材料,除非情况改观。"

"可是,那就意味着……"汉密尔顿听到自己的声音低了下来,变成震惊后的沉默,"那就意味着我无法工作,我工作的所有材料都是机密。"

没人回答。满屋子的公司高层都坐在公文包和表格堆起来的堡垒后头。角落里,只有空调努力工作的咝咝声。

"真是活见鬼!"汉密尔顿突然清晰地大声说了这句话。桌边几个人影吃惊地动了动。爱德华兹好奇地用眼角的余光瞟着他。查理·麦克费夫点起一根雪茄,一只肥胖巨大的手紧张地将了将头顶稀薄的头发。他一身不起眼的棕色制服,看着就像长着啤酒肚的公路巡警。

"给他念念罪名，"麦克费夫说，"给他个机会反击，T.E.。他总还有**一些**权利吧。"

爱德华兹上校在成堆的安全报告中翻找了一阵。找到后，他恼怒地沉着脸，把文件从桌子的一端推到另一端，推给麦克费夫。"文件是你们部门撰写的，"他嘀咕着把自己撇干净，"你来说。"

"难道你打算在这儿读出来？"汉密尔顿抗议道，"当着三十个人的面？当着全公司所有高层的面？"

"他们都已经看过这份报告了，"爱德华兹不无同情道，"大概一个月前，这份文件就撰写完毕，一直在各部门间流传。毕竟，孩子，你是这儿的重要人物。你的事可不能随随便便处理。"

"起先，"麦克费夫一脸尴尬地解释，"是FBI①发现了这事，然后交给我们的。"

"应你们的要求吧？"汉密尔顿嘲讽道，"或者说，这份文件一直在全国上下流传？"

麦克费夫红了脸，"咳，可以说，是我们要求的。这是惯例。看在老天的分上，杰克，就连**我**都有份秘密档案——就连尼克松副总统，也有秘密档案。"

"那些垃圾，你不用念了。"汉密尔顿的声音颤抖，"1948年，

---

① 美国联邦调查局。

玛莎还是大学新生的时候，加入了进步党。她还给西班牙难民请愿委员会捐过钱，还订阅了《其实》①这份杂志。这些我之前都知道。"

"念一念最新的报告。"爱德华兹指示道。

麦克费夫在报告堆中小心翻捡，找出最新的一份，"汉密尔顿太太在1950年退出了进步党。《其实》杂志已经停刊。1952年，她出席了'加州艺术、科学及职业组织'举行的各种会议。该组织有着亲左派的倾向。她还签署了《斯德哥尔摩请愿书》②。她还加入了'市民解放联盟'组织，该组织被某些人认为有亲左派倾向。"

"亲左派，"汉密尔顿质问，"到底是什么意思？"

"意思是：对同情左派的人或组织，抱有同情之感。"麦克费夫佶屈聱牙地解释完，继续道，"1953年5月8日，汉密尔顿太太给《旧金山纪事报》写了一封抗议信，抗议美国政府禁止查理·卓别林演出——此人为臭名昭著的左派同情者。她还签署了《罗森伯格夫妇③营救请愿书》——罗森伯格夫妇是被法庭判定有罪

---

① 作者虚构的左派杂志。

② 1950年世界和平委员会通过的《斯德哥尔摩请愿书》，呼吁取缔核武器。

③ 指朱利叶斯和艾瑟儿·罗森伯格，均为美国公民，冷战期间被指控为苏联间谍，判决并执行死刑。

的叛徒。1954年,她在'阿拉米达女性投票人联盟'会议上发表过讲话。1955年,她加入了'国际共存组织',或称为'死亡组织'的奥克兰分部。1956年,她还给'有色人种促进会'捐了款,数目是……"他默默换算一番,"四十八美元五十美分。"四下一片沉默。

"就这些?"汉密尔顿大声问道。

"对,跟汉密尔顿太太有关的就这些。"

"报告里有没有提到,"汉密尔顿尽可能不让声音颤抖,"玛莎也订阅了《芝加哥论坛报》①? 还有,1952年,她参加了阿德莱·史蒂文森②的竞选组织? 还有,1958年,她给'猫狗人道福利促进会'捐了钱?"

"这些毫不相干。"爱德华兹不耐烦道。

"看到这些,才算是看到完整的玛莎! 是啊,玛莎是订阅了《其实》,可她也订阅了《纽约客》。华莱士退出进步党的时候,她也退出了进步党,转而加入青年民主党。这件事,报告里有没有提? 对,她的确对左派有好奇心,可这并不代表她就是个左派。你们的报告里全是玛莎怎么阅读左派杂志,听左派讲话——这

---

① 美国高销量主流报纸之一,立场偏传统保守,如限制政府权力,个人自由限制最小化等。

② 指阿德莱·史蒂文森二世(Adlai Ewing Stevenson II),1952年代表民主党参选美国总统。

些并不能证明她支持左派，或已经身处左派内、受到左派纪律约束，或鼓吹推翻现有政府……"

"我们没说你妻子是左派，"麦克费夫说，"我们说的是：她是个安全隐患。玛莎是左派——这种可能性**是存在的**。"

"上帝呀，"汉密尔顿无力地应道，"所以我得想办法证明，她不是左派？对吗？"

"可能性是存在的。"爱德华兹重复道，"杰克，理智点，别一肚子火大喊大叫。玛莎可能是左派，可能不是——但问题不在这儿。我们手头的资料显示，你妻子对政治感兴趣——确切地说，对激进政治感兴趣。这可不妙。"

"玛莎对什么都感兴趣。她是个聪明人，受过良好的教育。而且，她整天空闲，正好用来发展兴趣。难道她应该每天在家，只干些——"汉密尔顿在脑中搜索合适的词汇，"——买菜做饭缝补，给壁炉掸掸灰之类的活儿？"

"报告中显示，"麦克费夫说，"无可否认的是，这些事实如果单看某一件，确实无法说明问题。但是，如果将所有的事实相加，或者取其中的统计平均值……数值实在是太高了，杰克。你妻子牵扯到的亲左派运动实在太多了。"

"你这是牵连之罪。她很好奇；她感兴趣。但是，她参与那些运动，出席那些会议，就能证明她**赞成**那些人的观点吗？"

"我们没法探查她的思想——**你**也不能。我们只能依照她的行为作出判断，包括她加入的组织，签署的请愿书，捐款的对象。这些是我们仅有的证据。我们**只能**立足于此。你说，她出席那些会议，但她并不赞同会议中传达的看法。我们举个例子吧。譬如，警察取缔了一场淫秽表演，逮捕了表演女郎和经理。但观众却说，他们只是在场，并不喜欢这种表演，没有理由遭到逮捕。"麦克费夫一摊手，"要是不喜欢这种表演，他们为什么要去看？看一场还有可能，出于好奇。但一场接一场地看，就绝不是好奇这么简单。

"你妻子从十八岁开始接触左派组织，已经长达十年。这么长的时间，足够她思考清楚，下定决心远离左派。但她仍然参与这些活动。每当左派团体组织抗议南方的私刑，或者对最新的武器预算案吵闹不休的时候，她都会出席。在我看来，玛莎涉足亲左派运动，也阅读《芝加哥论坛报》，这是事实；但是，这就好比观看淫秽表演的男人也去教堂一样，后一件事无法抵消前一件事。后一件事只能证明：此人拥有多面性格，甚至可能是互相抵触的多面性格。摆明的事实是：这些多面性格中，有一面喜欢淫秽表演。引起警方注意的，并非是他去教堂这件事，而是他喜欢淫秽表演、观看淫秽表演的这件事。

"你妻子体内的99%，也许都是普通美国守法公民：她煮得一手好饭,开车小心谨慎,及时纳税,给慈善机构捐款,为教堂的抽奖义卖活动烤蛋糕。可是,剩下的这1%,也许跟左派卷在一起。这就够了。"

汉密尔顿听罢,沉默片刻,勉强承认:"你说得很有道理。"

"我相信我的道理。自从你来这儿工作,我就认识你和玛莎。我喜欢你们俩——爱德华兹也喜欢你们俩,在座的每个人都喜欢。但这并不能解决问题。除非我们有读心者,有能力看透人的思想,否则,我们就只能依赖统计数字。我们确实不能证明玛莎是外国间谍,可你也没法证明她不是。这是僵局。但是,我们必须解决对她的疑虑。如果有个万一,后果我们无法承担。"麦克费夫揉揉自己肥厚的下唇,问道:"你自己有没有想过,她可能就是个左派?"

没有。汉密尔顿浑身冒汗,默默坐着,盯着会议桌光亮的表面。他从未起疑,一直相信玛莎,相信她的话,说自己只是对左派好奇。这么多年来第一次,他心中滋长起苦涩悲伤的怀疑。从统计数字上说,这是有可能的。

"我去问问她。"他大声说了出来。

"你去问?"麦克费夫说,"她会怎么说呢?"

"她当然会说不是!"

爱德华兹摇摇头,"这话没有任何作用,杰克。要是你仔细想想,你也会同意的。"

汉密尔顿站了起来,"她就在外头休息室。你们谁想问都可以问——带她进来,自己问她。"

"我不打算跟你争论。"爱德华兹说,"你妻子已被列为安全隐患,你被暂停工作,除非另有通知。你要么提供决定性证据,证明她不是左派,要么就甩了她。"他耸耸肩,"你还有远大的前途,孩子。这是你一辈子的事业。"

麦克费夫站了起来,迈着沉重的脚步,绕过会议桌,走到汉密尔顿这一边。散会在即,有关汉密尔顿是否清白的会谈已经结束。麦克费夫拉起年轻技术员的手臂,强行带他朝大门走去。"我们走吧,找个能透气的地方,去喝一杯。就我们三个,你、我、玛莎。在'安全港'那家酒吧,来杯威士忌酸酒。我觉得我们都需要喝上一杯。"

2

　　"我不想喝酒。"玛莎干脆地拒绝,声音生硬冷淡。她一脸苍白,不顾周围陆续穿过休息室的公司高层。她面对麦克费夫,断然道:"现在,杰克和我要去贝伐加速器那边,观看新设备启动。我们已经计划了好几个礼拜。"

　　"我的车就在停车场里。"麦克费夫说,"我开车送你们去。"他自嘲地加了一句:"我是警察——可以直接送你们进去,不用过安检。"

　　麦克费夫驾着满是灰尘的普利茅斯①轿车,驶上通往贝伐加速器大楼群的长长坡道。这时,玛莎说:"我不知该哭还是该笑。真不敢相信。你们是认真的?"

　　"爱德华兹上校建议杰克甩了你,就像甩掉一件旧外套一

———————————
　　① 克莱斯勒公司旗下汽车品牌。

14

样。"麦克费夫说。

玛莎目瞪口呆,深受打击,僵直的手指紧紧抓住手套和提包。"你会甩了我吗?"她问丈夫。

"不会。"汉密尔顿回答,"哪怕你还同时是变态和酒鬼,我也不会甩了你。"

"你听到了?"她问麦克费夫。

"听到了。"

"你怎么想?"

"我觉得你们都是好人。杰克真要甩了你,他就是个狗娘养的。"麦克费夫说,"这话我也跟爱德华兹上校说过。"

"你们俩,"汉密尔顿说,"真不该同时待在车上。我该把你们其中一个踢下车去。我真该抛个硬币。"

玛莎闻言呆住了,愣愣地盯着他,泪水在褐色眼睛中打转,手指下意识地拉扯着手套。"你看不出来吗?"她轻声说,"这事太可怕了,是针对你和我的阴谋,针对我们所有人的阴谋。"

"我也挺讨厌自己的。"麦克费夫承认。他驾着普利茅斯转了个弯,驶下州级公路,越过安检站,直接开进了贝伐加速器建筑群区域。大门口的警察敬了个礼,挥手致意。麦克费夫挥手回礼。"毕竟,你们俩都是我的朋友……我职责在身,不得不撰写针对朋友的报告,列出不光彩的材料,调查流言——做这个,难道我会高兴吗?"

"拿你的职——"汉密尔顿刚想开口,被玛莎打断。

"他说得对。这不是他的错。我们,我们三个人,都在一条船上。"

车子停在主入口处。麦克费夫关掉引擎,三人下了车,无精打采地沿着宽阔的水泥台阶往上走。

台阶上聚集着一群技术人员。汉密尔顿回过头,望着其中的几个技术员——全是衣冠楚楚的年轻人,剃平头,系领结,凑在一块轻松闲聊。他们身旁站着几个已通过安检的观光者,准备欣赏贝伐加速器启动的壮观场面。汉密尔顿丝毫没注意观光者,他眼里只有技术员。他想:**这就是我,我也是这副模样。**

不,应该说,在今天之前,我曾是这副模样。

"你们等我一会儿。"玛莎擦了擦满是泪痕的眼睛,轻声说,"我去下洗手间,收拾收拾。"

"好。"汉密尔顿想着心事,嘟哝着回应。

玛莎快步走开。汉密尔顿和麦克费夫站在贝伐加速器大楼空空荡荡、响着回声的走廊里,面面相觑。

"说不定,这是好事。"汉密尔顿开口。整整十年,不论什么工作,都不算短了。一直以来,他的工作目标到底是什么? 这是个值得思考的问题。

"感到气愤是应该的。碰到这种事情,换谁都会这样。"麦克费夫说。

汉密尔顿应道:"谢谢你的好意。"他独自走开,双手插在衣袋里。

他当然气愤,而且会一直气下去,除非这档子忠诚问题能解决。不过,这不是重点。重点是,这件事动摇了他的生活,他的习惯,他整个人,动摇了他一直以来深信不疑,认为是理所当然的东西。麦克费夫伤害了他存在的根基——他的婚姻,还有他的妻子。在这个世界上,妻子是他最重要的人。

胜过任何人,胜过一切。胜过他的工作。他的忠诚只属于她。想到这一点,他自己也觉得有些奇怪。让他烦心的不是忠诚问题,而是这个问题让他跟玛莎之间产生了裂痕。"对,"他对麦克费夫说,"我是气愤得要命。"

"你再找份工作就行。凭你的经验……"

"我是说我妻子。"汉密尔顿说,"不知道有没有办法让你也受到这样的打击。我真希望有。"话一出口,他就觉得自己幼稚,但他坚持把话说完。原因之一是这些话不吐不快,原因之二是他没别的事可干。"你的脑子有病。你在摧毁无辜的人。偏执的妄想……"

"得了,杰克。"麦克费夫没好气地反驳,"你有过纠正的机会,很多年的机会。时间实在太长了。"

汉密尔顿还没想好怎么反击,玛莎就回来了。她看起来好了些,说道:"大人物已经参观完毕,允许普通人进去参观了。那东西——新偏转器——应该已经开始运行了。"

汉密尔顿不情愿地转过身,不再理睬这位矮壮的警察队长,"那我们走吧。"

麦克费夫跟在两人身后,自言自语道:"这肯定很有意思。"

"没错。"汉密尔顿心不在焉地接着说道。他忽然意识到自己全身颤抖。他深吸一口气,随着玛莎进了电梯,尔后条件反射地转身,面朝电梯门。麦克费夫第三个进了电梯,同样转身面朝电梯门。电梯开始下降。汉密尔顿正对着麦克费夫的后颈,发现大块头警察的颈子涨得通红。麦克费夫的心情确实也不好。

电梯停在二楼。出电梯后,他们看到一位年轻黑人,佩戴宽宽的袖章,正在集合观光者。三人加入其中。身后,还有其他未能入列的参观者正耐心地等待轮到自己。此刻是下午三点五十五分,威尔考克斯-琼斯偏转系统已经开始聚焦并激活。

"我们到了。"年轻黑人向导引着参观队伍,从大厅走向观测平台。他声音尖细,老练地说道:"大家最好走快些,好让后面的人也有机会参观。你们都知道,贝尔蒙特市的贝伐加速器由原子能委员会建造,目的是开展人工发生及控制条件下宇宙辐射现象的尖端研究。贝伐加速器的中心元件便是巨大的磁场。磁场能够加速质子流,使其不断离子化。带上正电荷的质子会被引入考克罗夫特–华顿加速管,进入线性室。"

对于向导这番介绍,有的参观者漫不经心地笑笑,有的则索性置若罔闻。有位又高又瘦的老绅士笔挺地站着,仿佛一根硬木柱子。他双手交叉抱胸,一脸严肃,全身散发出"凡是科学一概鄙视"的高傲气息。汉密尔顿发现,老绅士的棉质外套胸前别着褪色的楔形金属章。原来是位军人。

你滚一边儿去,汉密尔顿恶毒地想道,所有的爱国情怀,无论抽象精神还是具体行动,都滚一边儿去。士兵、警察,全是一丘之貉。这些人,反智,反黑人,反一切,只喜欢四样东西:狗、啤酒、车,还有枪。

"有宣传手册吗?"一位身材丰满、衣着华贵的中年母亲轻声问。声音虽然轻,却不容忽视。"我们想要一份手册,之后还能带回家。学校要求的。"

"底下电压有多少伏特?"母亲身边的男孩子对向导大声叫道,"是不是超过十亿伏特?"

"略高于六十亿伏特。"黑人耐心地解释,"质子流的电压将略超六十亿伏,然后才被偏转器引出环形室中的轨道。质子流绕环形室转圈,每转一圈,电压和速度都会提高。"

"它们的速度能达到多少?"一个三十岁出头、苗条干练的女子问道。她身着粗呢职业套装,戴着式样古板的眼镜。

"速度略小于光速。"

"它们要绕环形室几圈?"

"四百万圈。"向导回答,"换算成天文距离是三万英里①。这段距离,质子流会在一点八五秒之内跑完。"

"不可思议。"衣着华贵的母亲惊呆了,倒吸一口气,语气带着敬畏。

"质子流离开线性加速器后,"向导继续道,"就会带有一千万伏的能量。用我们的术语,叫十兆伏。下一个问题是,如何引导质子流以精确的角度,从精确的位置进入环形轨道,以便进入巨大磁场的吸引范围。"

"磁场不能自己吸引质子流吗?"男孩问道。

"恐怕不行。所以才需要偏转器。高压质子流很容易离开既定路线,四散漫射。必须有复杂的频率调制器,才能让质子流不至于变成越来越宽的螺旋线。而且,如果没有偏转器,一旦质子流达到额定电压,如何将它从环形室中引出,又成了大问题。"

向导伸手朝下指。从平台栏杆朝下望,磁场就在平台正下方。巨大的磁场呈环形,形状略有些像甜甜圈,发出低沉有力的

---

① 1 英里约为 1.6 公里。

"嗡嗡"声,极为壮观。

"加速室就在磁场里面,长度为四百英尺。不过,从观测平台上恐怕看不见。"

"我在想,"白发的退伍老兵沉思道,"不知这座壮观机器的建造者们是否了解,上帝的一个飓风,哪怕最普通的飓风,其中的力量就要远超所有人造机器力量的总和。包括这部机器,以及其他所有的机器。"

"我肯定,这些建造者对此十分清楚。"严肃的年轻女子揶揄道,"很有可能,他们还能告诉你飓风的力量究竟有多大,精确到尺磅①。"

老兵保持尊严高傲的派头,上下打量着女子。"夫人,您是科学家吗?"他问道,声音温和。

这时,向导已将大部分参观者引至平台。"你先。"麦克费夫往旁边让开一步,对汉密尔顿说。玛莎茫然举步朝前,丈夫汉密尔顿跟在她身后。俯瞰平台的墙上贴着各种信息图表,麦克费夫装作饶有兴味观看图表的模样,落在了最后。

汉密尔顿拉住妻子的手,用力捏了捏,在她耳边说:"你觉得我会跟你划清界限? 这儿又不是纳粹德国!"

---

① 功的单位。相当于一磅的力沿力的方向经过一英尺的距离所做的功。

　　"暂时不会。"玛莎消沉地回答。她仍然脸色苍白,情绪低落。脸上的妆容已经被擦掉了大部分,嘴唇单薄又没有血色。"亲爱的,我每次想到那些人召你进去,拿我和我的那些事来质问你——就好像我是个妓女,在偷偷干见不得人的事似的——我就想杀了他们。还有查理——我原以为,他是我们的朋友,我们可以信任他。他来我们家吃了多少次饭啊!"

　　"可惜,这儿不是阿拉伯。"汉密尔顿提醒她,"我们请他吃饭,并不代表他会变成我们的血亲兄弟。"

　　"我再也不会烤柠檬酥皮派了。凡是他喜欢的东西,我一样也不想再看到。他,还有他的橘色吊袜带。答应我,你永远别用吊袜带。"

　　"我只穿松紧弹力袜,不穿别的。"他把妻子拉到怀中说道,"我们把那混球推进磁场里吧。"

　　"你觉得磁场能消化得了?"玛莎露出一丝疲惫的微笑,"我看,磁场更有可能把他吐出来,没法消化。"

　　两人身后,那位妈妈和儿子信步而行。麦克费夫远远落在后面,双手插在口袋里,结实的脸盘因为沮丧而松垂。

　　"他看起来确实不开心。"玛莎说,"从某方面来说,我也为他难过。这不是他的错。"

　　"那是谁的错?"汉密尔顿用漫不经心的口吻,开玩笑似的反问，"华尔街那帮子吸人血的资本主义野兽的错？"

"这话听起来真滑稽。"玛莎有些不自在，"我从没听你说过这样的话。"突然，她紧紧抓住他，"你不会真以为……"她打断话头，猛地从他身边退开，"你真这么想。你真觉得他们说的有可能是对的。"

"什么是对的？你从前参加过进步党？我还开着雪佛兰双门车送你去会议现场呢，记得吗？十年前我就晓得了。"

"不是这个。不是我做过些什么事情。而是这些事**意味着**什么——或者说，在他们口中，这些事意味着什么。"

"这个嘛，"他尴尬地应道，"你又没在地下室里藏个短波发射器。反正我是没看到。"

"不如你仔细找找？"她的口吻变得冰冷，带着责备，"说不定我真藏了一个呢？别太肯定。说不定，我是来这儿破坏贝伐加速器什么的。"

"小声点儿。"汉密尔顿警告道。

"你还敢给我下命令！"她勃然大怒，伤心不已，从他身边一步步退开，直接撞进了高瘦的严厉老兵怀里。

"小心些，年轻的女士。"老兵警告道，坚定有力的双臂带着她远离栏杆，"可别摔下去。"

"设计中最大的困难，"向导继续说着，"是如何将质子流引出环形室,转而撞击目标物。我们试了好几种方案。一开始,我们打算在某个关键点上关掉振荡器,让质子流向外螺旋喷射。但这种转向办法不够精确。"

"我记得,以前的老柏克莱质子回旋加速器,就曾经让一束质子流彻底失控。对不对?"汉密尔顿毫不留情地问道。

向导好奇地看了看他,"对,是有这种说法。"

"我听说,那束质子流烧穿了一间办公室。到现在,烧灼的痕迹还留着。等到晚上关了灯,还能看到辐射的亮光。"

"对,辐射会一直停留,就像一朵蓝色的云。"向导赞同道,"先生,你是物理学家吗?"

"我是电子技师。"汉密尔顿说,"我对偏转器感兴趣。我还认识莱奥·威尔克斯,但不熟。"

"今天是莱奥的大日子。"向导接口道,"他设计的转向单元在下面刚刚启动。"

"哪个?"

向导朝下指,指向磁场一边的某个复杂设备。一根粗粗的深灰色大管子,由几块护板支撑,大管子上盘绕着复杂的小管子,小管子里装着液体。"这就是你朋友的杰作。他就在这附近,正密切观察。"

"设备运行情况如何?"

"现在还没法儿判断。"

汉密尔顿身后，玛莎已经退到了平台后部。汉密尔顿跟上，来到她身边。"别孩子气，"他生气地低声说，"来都来了，我要仔细看看设备是怎么运作的。"

"你，还有你的科学、电线、管道——这些对你来说，都比我的命还重要。"

"我来这儿，就为了看这些。我一定要看。别大吵大闹，令人扫兴。"

"闹的人是你。"

"你还嫌今天的烦心事不够多?"汉密尔顿气呼呼地背转身，推开干练的职业妇女，从麦克费夫身边走过，来到从观测平台回大厅的斜坡上。他伸手进衣袋摸索香烟。就在此时，第一声不祥的警笛刺耳响起，盖过了磁场安静的嗡嗡声。

"后退!"向导大喊，拼命挥动着肤色黝黑的细长手臂，"辐射屏……"

咆哮的可怕洪流轰上了平台。团团白炽微粒耀眼亮起，爆炸，而后雨点般落在吓坏了的参观者头上。燃烧的恶臭刺激着人们的鼻膜，众人不顾一切地推推搡搡，朝平台后部拼命挤去。

一道裂缝出现。一根金属支柱在强烈的辐射下融化，弯曲，最后断裂。中年母亲张大嘴巴，发出尖锐响亮的叫声。麦克费夫连滚带爬，想躲开毁坏的平台和无处不在的刺眼高能辐射。他撞上了汉密尔顿。汉密尔顿一把推开惊慌失措的麦克费夫警长，跳过他身边，不顾一切地去找玛莎。

他的衣服已经着了火。身边，身上着火的人们正挣扎着爬出平台。笨重的平台缓缓前倾，支撑了一会儿，接着彻底散架。

自动警笛响彻整座贝伐加速器大楼。人类充满恐惧的尖叫和机器尖利的警报混在一起，变成刺耳的噪声。汉密尔顿脚下的地面缓缓崩塌。钢铁、水泥、塑料和电线不再是坚固的物体，而是变成了四散的微粒。

他本能地挥起双手，面朝前，翻滚跌入机器喷出的云雾中。他肺部的空气遭到挤压，发出令人反胃的"呼呼"声响。塑料微粒落在他身上，被烤焦的微粒滚烫，闪着微光。接着，他掉进了扭结的金属磁场防护网。金属网被他的重量撕裂，发出尖锐的声响。而后，高能量的辐射便彻底吞没了他……

他重重摔在地上。疼痛成了可见之物：某个发光的大块物体，慢慢变软，不断吸收周围的东西，仿佛带辐射的钢丝网。大块物体起伏、扩大，无声无息地将他吸入体内。剧痛中，他变成了湿润的有机物质的一部分，一个小点，被一张无边无际、由高密度金属纤维织成的毯子悄悄吸收。

接着，这幅景象也消失了。他躺在惰性堆上，意识到身体某

处有古怪的破损,漫无目的地、条件反射地想要站起身。同时,他
意识到,他们这些人一个都站不起来。想要站起来,得等上好一
阵子。

3

黑暗中,有东西在动。

他静静躺着,听了许久。他双眼紧闭,身体绵软,克制不动,尽可能变作一只巨大的耳朵。他听到"嗒嗒"的节拍声,仿佛有东西误入黑暗,正盲目地四处摸索。在似乎无穷无尽的时间里,巨耳仔细倾听这种声响。接着,巨耳变成巨脑,分析后得出结论:自己真蠢。那不过是软百叶窗敲击窗户的声响。他此刻身处医院病房。

人类的眼睛、视觉神经与大脑恢复后,他辨认出妻子模糊的轮廓。轮廓离床几英尺远,正颤抖着后退。谢天谢地,玛莎没被高能辐射焚毁,感激之情包裹了他全身。他脑中涌上无声的感激祷告词,全身放松,享受这份纯粹的喜悦。

"他快醒了。"一个低沉权威的声音断言。是医生。

"我想也是。"是玛莎的声音,声音仿佛从相当远的地方传来,"我们什么时候才能确定?"

"我没事。"汉密尔顿好不容易挤出字来。

顿时,妻子的轮廓一动,扑上前来。"亲爱的。"玛莎喘着气,紧紧抱着他,充满爱意地扑在他身上。

"一个人都没死——大家都好好的。你也没事。"她仿佛一轮巨大的月亮,洒下狂喜的光芒,照耀着他,"麦克费夫扭伤了脚踝,很快会好。他们说那个男孩得了脑震荡。"

"你呢?"汉密尔顿声音微弱。

"我也挺好。"她站起身,转了一圈,让他看到自己全身。她的漂亮小外套和裙装不见了,只穿着医院的白色病号服。"我的衣服大部分都被辐射烧掉了,所以他们给了我这件袍子。"她不好意思地轻抚她的棕发,"看这儿——我头发也短了。我把烧焦的头发了剪掉了,但很快会长回来的。"

"我能起床吗?"说着,汉密尔顿努力支起身子。一起来,他顿时觉得脑袋发昏,马上又倒在床上,大口喘气。一团黑暗在他面前舞动,他闭上眼睛,忧虑地等待眩晕消退。

"这段时间你会觉得很虚弱。"医生告诉他,"你经历了休克,而且失了血。"他碰碰汉密尔顿的手臂,"你的伤口还挺深,有碎金属片。好在我们都拔出来了。"

"谁伤得最重?"汉密尔顿闭着眼睛问道。

"亚瑟·西尔维斯特,那个老兵。他一直保持清醒——我真希望他能昏过去。很明显,他折断了背脊骨。现在正在手术。"

"他的骨头大概发脆了。"说着,汉密尔顿仔细看了看自己的胳膊。胳膊被白色塑胶绷带裹得严严实实。

"我是伤得最轻的。"玛莎吞吞吐吐开口,"不过我也昏了过去。我想是辐射的缘故。我正好掉进了质子流当中,看到了火花和电光。当然,他们马上关掉了设备,实际上,质子流只持续了几分之一秒。"她悲哀地补充道,"可我觉得仿佛有一百万年这么长。"

医生是个衣着整洁的年轻人。他掀开被单,测了测汉密尔顿的脉搏。床边,一位高个子护士忙来忙去,手脚麻利。仪器被推到汉密尔顿手肘边,一切似乎都在控制之中。

似乎……有什么地方不对劲。他能感觉到。身体深处,有种无法忽略的不安,好像某种根本性的东西错了位。

"玛莎,"他突然问道,"你感觉到了吗?"

玛莎犹犹豫豫地凑近他,应道:"感觉到什么,亲爱的?"

"我不知道,但确实存在。"

玛莎忧心忡忡,思忖片刻,转向医生,"我跟你说过,有什么不对劲。我一醒来,是不是就这么说的?"

"每个从休克中醒来的人,都会有种不真实感。"医生回答,"这很常见。只消过一两天,这种感觉自然会消退。别忘了,你们俩都接受了镇静药物注射。而且,你们还受了很大的苦。击中你们的可是极高伏特的电流。"

汉密尔顿和妻子都没吭声。两人对望着,想读懂对方脸上的表情。

"我猜,我们还算幸运。"汉密尔顿试探着开口。他脑中的喜悦祷词退去,取而代之的是困惑不安。到底是什么东西?那种感觉并不合理,但又说不出来。他环顾四周,房间内一切正常,井井有条。

"非常幸运。"护士插嘴道。她说话的语气很自豪,仿佛是她给了他们这份幸运。

"我要在这儿待多久?"

医生想了想,"今晚你就可以回家。不过,回家后,你得卧床休息一两天。之后的一两个礼拜,你们俩都需要多休息。我建议你们请一名专业护士。"

汉密尔顿想了想,答道:"我们请不起。"

"怎么可能让你们付钱。"医生的语气简直像受了侮辱,"联邦政府会承担费用。换成我,我只担心能不能重新站起来。"

"说不定,还是现在这样好。"汉密尔顿酸酸地说道。他没多说,一时间沉浸在思绪中,想起了自己的处境有多糟糕。

就算碰上事故,他的处境仍然没有改变。除非,在他失去意识的这段时间里,T.E.爱德华兹上校死于心脏病突发。但可能性很小。

好不容易劝走了医生和护士,汉密尔顿对妻子说:"嗯,我们现在算是有了借口。要是邻居问起来我怎么不上班,我就有话说了。"

玛莎凄凉地点点头,"我都忘了还有这事。"

"1954年,爱因斯坦说'我会找份不涉及机密材料、不会引起国防部注意的工作'。"汉密尔顿闷闷不乐地思索着,"我现在也一样。我看我能当个修水管的,或者修电视机的——修电视机跟我的专业更相关。"

"有件事你一直想干。还记得吗?"玛莎倚坐在床沿,认真检查自己剪短的头发。头发有些参差不齐。"你想设计新型录音机电路和调频电路,想在高保真设备这行闯出响当当的名头,就像博金、索伦斯和司各特一样。"

"没错。"他应道,语气中带上现有的全部决心,"名为汉密尔顿三脑音响系统。还记得那晚我们俩说的吗?这套系统要有三个唱头、三根唱针、三个扬声器、三个喇叭,分别装在三个房间里。每个房间各坐一个人,倾听各自房内设备播放的不同音乐。"

"其中一个房间,播放勃拉姆斯的二重协奏曲。"玛莎插话道,也带上了些微热情,"我记得。"

"另一个房间,播放斯特拉文斯基①的《婚礼》。最后那个房间,播放道兰德②的鲁特琴音乐。接着,取出这三个人的大脑,全都连上汉密尔顿三脑音响系统的核心——'汉密尔顿乐音标准电路'。三个大脑对音乐的不同感受,按照基于普朗克常数③的严格数学关系混合。"说着,他手臂上的肌肉抽动了起来,哑着嗓子说完最后一句:"将混合后的结果输入录音机,用3:14倍速率播放。"

"而且,还要戴上水晶耳机倾听。"玛莎迅速弯下腰,拥抱着他,"亲爱的,我醒来的时候,还以为你死了——上帝宽恕我——你看着真像一具尸体,全身苍白,一言不发,一动不动。我当时真觉得心都要碎了。"

"我买了保险。"他郑重其事道,"我死了,你就有钱了。"

"我不要钱。"玛莎仍然拥抱着他,凄惨地前后摇晃身子,轻声道:"看看我都对你干了些什么。就因为无聊和好奇,我跟政

———————

① 伊戈尔·菲德洛维奇·斯特拉文斯基(Igor Fedorovitch Stravinsky, 1882—1971),美籍俄国作曲家、钢琴家及指挥家,20世纪现代音乐的传奇人物。

② 约翰·道兰德(John Dowland,1563—1626),英国文艺复兴时期作曲家,鲁特琴演奏家。

③ 物理常数,用以描述量子大小。在量子力学中占有重要地位。

治疯子混在一起,害得你丢了工作,没了前途。我真想踢自己一脚。我本该晓得,既然你在导弹这行工作,我就不该在《斯德哥尔摩请愿书》那东西上面签名。可是,我就是这么个人:不管谁递给我一份请愿书,我总会被打动。那些可怜的、受欺压的民众总是让我在意。"

"别为这些自责。"他随即安慰道,"换到1943年,你这么做才是正常的,麦克费夫则会丢了工作,被当成危险的法西斯分子。"

"他就是,"玛莎恨恨道,"他就是危险的法西斯分子。"

汉密尔顿推开妻子,"麦克费夫是个狂热的爱国者,也是反对改革的保守派。但是,这并不代表他是法西斯分子。除非你认定大家都是法西斯,除了——"

"我们别谈这些了。"玛莎打断他的话,"你不该乱动的。记得吗?"她热烈地吻住他的嘴唇,"等你回家再说。"

她正想直起身,他一把握住她的双肩:**"怎么了? 哪里不对?"**

她呆呆地摇头,"我也说不好,说不清楚。自从我醒来,总觉得身后有东西。我能感觉到。就好像——"她一摆手,"就好像我只要一回头,就能看见——我也不知道能看见什么,总之是某个隐藏着的、可怕的东西。"她害怕地一哆嗦,"我吓坏了。"

"我也吓坏了。"

"也许,我们会知道答案。"玛莎虚弱地说道,"也许,什么都没有……只不过是休克和镇静剂的作用,就像医生说的那样。"

这话汉密尔顿不信。她自己也不信。

一名医生开车送夫妻两人回家。一同坐车的还有那个严肃的年轻职业女性。她也穿着医院病号服。三人坐在后座,没人说话,任由这辆帕卡德牌①的小汽车在贝尔蒙特黑暗的街道上行驶。

"他们说,我有几根肋骨骨裂。"女人开口道,声音中毫无情感。接着,她又说:"我叫琼安·瑞斯。我以前见过你们俩……你们来过我的店铺。"

"什么店?"汉密尔顿简短地介绍了自己和妻子,随即问道。

"皇家大道的书籍及艺术品商店。去年八月,你们买了一本斯基拉②出版公司出版的夏加尔③对开本画册。"

"没错。"玛莎点头,"那天是杰克的生日,那是买给杰克的生日礼物……我们把这些画贴在墙上,就在楼下的视听室里。"

---

① 美国汽车公司,1957年被并购。
② 1928年创立的瑞士出版公司,以先锋派画册(如毕加索、马蒂斯、夏加尔等)闻名。
③ 马克·夏加尔(Marc Chagall, 1887—1985),俄裔法国画家,二十世纪现代派绘画大师。早年受立体主义、象征主义与野兽派的影响,逐渐形成超现实主义的风格,曾被毕加索誉为"马蒂斯之后唯一懂得色彩的人"。

"就是地下室。"汉密尔顿解释道。

"有件事我得提一提。"玛莎突然开口,手指神经质地在包里乱翻,"你注意到那个医生没?"

"注意?"他莫名其妙,"没,没注意。"

"对,我想说的就是这个。他就好像——对了,就好像宣传画。就像牙膏广告里的医生似的。"

琼安·瑞斯紧张地听着,"你们在说什么?"

"没什么,"汉密尔顿立即回应,"我们俩的私人谈话。"

"还有护士。护士也一样,像是人工合成物,仿佛大众眼中最典型的护士。"

汉密尔顿凝视车窗外的夜色,陷入沉思。"这是大众传媒造成的后果,"他推测道,"大家都跟着广告有样学样。对不对,瑞斯小姐?"

瑞斯小姐说:"我想问你件事。有件事让我起疑。"

"什么事?"汉密尔顿狐疑地问。瑞斯小姐不可能听到他们俩刚才的谈话。

"有个警察在平台上……就在平台崩塌之前。为什么会有警察?"

"他是我们的同伴。"汉密尔顿有些反感。

瑞斯小姐紧紧盯着他。"是吗? 我还以为……"她的声音低了下去，"我看到，在平台崩塌之前，他就转过身朝后走了。"

"他的确在朝后走。"汉密尔顿道，"他已经感觉到平台要崩塌了。我也感觉到了。但我没往后，而是朝前扑去。"

"你是说，你本来可以得救，却特意回来？"

"我妻子在平台上。"汉密尔顿没好气地回答。

瑞斯小姐点点头，对这个回答很满意，"抱歉……都是休克和过度紧张的关系。我们是幸运的。其他人就没那么走运了。真奇怪，是不是？我们当中有些人几乎毫发无伤，那个可怜的老兵，西尔维斯特先生，却摔断了脊柱。这也让人起疑。"

"我本想告诉你们，"开车的医生开口道，"亚瑟·西尔维斯特没摔断脊柱，只是脊椎擦伤，还有脾脏受损。"

"太好了。"汉密尔顿轻声说，"那个向导呢？没人提到他。"

"受了些内伤。"医生回答，"诊断书还没出来。"

"难道还没轮到他，治疗还在排队等着？"玛莎问。

医生哈哈大笑，"比尔·洛斯吗？他是第一个被推出来的。在场的工作人员中，有几个是他的朋友。"

"还有件事。"玛莎突然转换话题，"你们想想，我们从这么高的地方摔下来，还受到这么强的辐射，却没人受重伤。我们三个现在已经活蹦乱跳，就好像没事人一样。这不真实。事情没那么简单。"

汉密尔顿心中腾起怒气，说："我们很可能正巧摔在安全防护装置上！天杀的——"

他还有很多话要说，却没能出口。刚说出"天杀的"这几个词，右腿上就传来一阵剧烈的刺痛，仿佛猛地挨了一鞭。他大喊一声，跳了起来，脑袋撞上了汽车车顶。接着，他手忙脚乱地扯起裤脚，正好看到一只长翅膀的小小昆虫匆匆溜走。

"什么东西？"玛莎急忙问。这时，她也看到了，"是蜜蜂！"

汉密尔顿狠狠一脚，踩住蜜蜂，用鞋底重重碾压。"它蜇了我，就蜇在小腿肚上。"小腿肚上已经隆起一块难看的红色肿块，还在慢慢变大，"难道我受的罪还不够多？"

医生很快把车停在路边，"踩死了吗？停车的时候，总难免有这种东西飞进来。抱歉——你没事吧？我有药膏，要不要涂点儿？"

"我死不了。"汉密尔顿嘟哝道，小心翼翼地按摩隆起的肿块，"蜜蜂。还嫌我们今天受的罪不够多似的。"

"我们就快到家了。"玛莎安慰道。她朝车窗外望了望，接着说："瑞斯小姐，去我们家一起喝点儿东西吧。"

"嗯，"瑞斯小姐用一根细瘦见骨的手指拨弄着嘴唇，含糊道，"要是你们不介意，我倒挺需要来杯咖啡。"

"我们当然不介意。"玛莎迅速回答，"我们八个就该抱成一团。毕竟我们经历了这么可怕的事。"

"但愿这事已经结束了。"瑞斯小姐不安地回答。

"但愿如此。"汉密尔顿附和道。片刻后,汽车停在了人行道边。他们到家了。

三人从车中出来。瑞斯小姐赞叹道:"你们的房子可真不错。"黄昏暮色中,一座两居室的现代加利福尼亚州农场风格房子,静静立在路边,等待三人踏上通往前廊的路。门廊上趴一只大个头的黄色公猫,前爪揣在胸口底下,也在等待他们归来。

"那是杰克养的猫。"玛莎一边从包里翻钥匙,一边说,"它想吃晚饭了。"她给猫下命令道:"尼尼·笨猫,到里头去。外面可没吃的。"

"这名字怪有意思的。"瑞斯小姐说道,语中带着一丝厌恶,"干吗取这么个名字?"

"因为它笨。"汉密尔顿简短地回答。

"杰克养的猫都叫这种名字。"玛莎解释道,"上次养的那只,他起名叫帕纳索斯·笨。"

模样不怎么体面的大猫站了起来,跳下门廊,来到小路上。它迈着悄无声息的步子,来到汉密尔顿身侧,在他裤脚上来回蹭,发出咕噜咕噜的声音。瑞斯小姐克制不住自己的厌恶,往后退了几步。"我实在受不了猫。"她承认,"它们总是偷偷摸摸,像是有着不可告人的秘密。"

换作平常,听了这话,汉密尔顿一定会说一通"不该一棒子打死一船人"之类的话。不过,此时此刻,他没心思介意瑞斯小姐对猫的评价。他摸出钥匙插进锁孔,推开前门,打开客厅的灯。房子瞬间变得明亮起来。两位女士跟在他身后进了客厅。尼尼·笨猫也跟着进了门,之后径直走向厨房,它蓬乱的尾巴高高翘起,就像一支黄色的推弹杆①。

玛莎没顾上换衣服,仍穿着医院的病号服。她拉开冰箱,拿出一只绿色塑料碗。碗里装着煮熟的牛心。她取出牛心切碎,扔给猫吃。她一边切一边顺口说道:"大多数电子天才都养机械宠物——什么光导蛾子之类,上蹿下跳,四处磕磕绊绊。我们俩刚结婚时,杰克就造了一只,用它来捕捉老鼠和苍蝇。这还不够,他居然造了第二只来捕捉第一只!"

"这是宇宙的公义。"哈密尔顿脱下帽子和外套,"我可不想让蛾子在这个世界上繁殖。"

尼尼·笨猫贪婪地享用晚饭。玛莎进了卧室去换衣服。瑞斯小姐迈着小步子在客厅四处逡巡,用专业的眼光审视各个花瓶、印刷品和家具。

_____

① 将弹药塞入前装式火器的棍子。

"猫没有灵魂。"汉密尔顿看着自己的猫贪馋地大口吃饭,讽刺道,"就算宇宙中模样最端庄的猫,也会为了一口猪肝,甘愿在头上顶根胡萝卜。"

"动物嘛。"瑞斯小姐在客厅回应道,"这幅保罗·克利①的画,是从我们店买的吗?"

"有可能。"

"我一直看不明白,克利到底想表达什么。"

"也许什么都不想表达。说不定,他只是一时高兴。"汉密尔顿的胳膊疼了起来,他真想拉开绷带看看底下什么样,"你刚才说,你想喝咖啡?"

"对,咖啡——而且要浓。"瑞斯小姐确认道,"需要我来帮忙吗?"

"我来,你随意。"汉密尔顿机械地应道,伸手四处摸索"希莱克斯"②咖啡壶,"沙发旁边有个杂志架,里面塞着汤因比③的平装本《历史》。"

"亲爱的!"玛莎的声音从卧室传来,尖利而急切,"你能来一

①保罗·克利(Paul Klee, 1879—1940),瑞士裔德国籍画家,画风受表现主义、立体主义及超现实主义影响,极为独特。

②真空咖啡壶品牌。

③阿诺德·约瑟夫·汤因比(Arnold Joseph Toynbee, 1889—1975),英国著名历史学家。

下吗?"

他急忙赶去,咖啡壶里的水洒了一路。玛莎站在卧室窗户旁,正要把百叶窗拉下来。她凝视着窗外的夜色,眉头紧皱,一脸忧虑。"怎么了?"汉密尔顿大声问。

"你看外面。"

他走到窗边,朝外看去。外头幽暗朦胧,只能看见房子模模糊糊的轮廓。偶有几家房中亮着灯,灯光微弱错落。天空阴暗沉闷,低矮的雾气在各家房顶悄然弥漫。万籁俱寂,四下无人。"简直像是中世纪。"玛莎轻声道。

怎么会这样? 他也感觉到不对劲。不过,客观地说,这种景色也就是无聊而已。寒冷的十月夜晚,九点三十分的时候,从他的卧室向外望去,这种景象很常见。

"还有,我们的说话方式也变了。"玛莎颤抖着说,"你还提到了尼尼的灵魂……你之前可不这么说话。"

"什么之前?"

"我们来这儿之前。"她转过身,离开窗户,去拿格子衬衣。衬衣挂在椅子背上,"而且——说起来挺傻,不过,你真的有看见医生的车从这儿开走吗? 你有没有跟他道过别? 到底有没有这回事?"

"反正,他已经走了。"汉密尔顿没有正面回应。

玛莎睁大眼睛，一脸认真地扣好衬衫扣子，将下摆塞进裤腰。"我想，就像他们说的，因为刺激和药物的关系，我大概有些精神不正常……不过，实在是太安静了，仿佛世上只有我们三个活人似的。我们活在一只灰色的大桶里，没有光，没有颜色，只有某种——类似原初的混沌。还记得古老宗教里怎么说的？那时候宇宙仍是混沌，陆地与海洋尚未分离，光与暗仍是一体，世上的一切都不曾命名。"

"尼尼有名字。"汉密尔顿温和地说，"你有名字，瑞斯小姐有名字，保罗·克利也有名字。"

两人一起回到厨房。玛莎接过泡咖啡的活儿。少顷，"希莱克斯"咖啡壶便咕嘟咕嘟沸腾起来。瑞斯小姐直挺挺地坐在厨房餐桌旁，脸色惨白，神情紧张，毫无血色的严肃脸庞极度专注，心中似乎波涛汹涌。她年纪不大，长相平常，神色坚定，细软的沙色头发梳在脑后，紧紧盘成发髻。她的鼻子尖削笔挺，抿着嘴，看上去态度强硬。总之，一看就是个不好惹的女人。

"你们俩在里头说什么？"她一边拿起勺子搅拌咖啡，一边问道。

汉密尔顿有些着恼，回道："我们聊的是私人话题。你问这个干吗？"

"哎呀，亲爱的。"玛莎责备道。

汉密尔顿转过脸，直盯着瑞斯小姐，大声问道："你怎么总问这种问题？怎么总盯着别人的事情东嗅西探？"

对面的女人，苍白的脸上没有任何表情。"我必须小心。"她解释道，"今天发生的事故提醒了我，要特别注意自己身边的危险。"接着，她更正道："应该说是'所谓的'事故。"

"为什么你要'特别'注意？"汉密尔顿想知道。

瑞斯小姐没有回答。她盯着尼尼·笨猫。邋遢的大猫已经吃完了饭，正在寻找能好好睡一觉的膝盖。"它怎么回事？"瑞斯小姐用吓坏了的尖细声音问道，"它怎么总看着我？"

"因为你坐着，"玛莎安抚道，"它想跳到你膝盖上睡一觉。"

瑞斯小姐半站起来，呵斥大猫："不准靠近我！你的脏身子离我远点儿！"接着，她轻声告诉汉密尔顿，"要是猫身上没有跳蚤，那倒还好点儿，我不会这么讨厌。而且，这只猫看起来恶狠狠的。我想，它大概抓了不少鸟。"

"每天六七只。"汉密尔顿的脾气上来了。

"果然，"瑞斯小姐应道，警惕地从一脸困惑的公猫跟前退开，"我就觉得它是个杀手。市政府真该实施禁止条令，凡是有破坏性的宠物、会造成威胁的坏动物，至少应该申领饲养许可。市政府真该——"

"不只是鸟。"汉密尔顿已被冰冷无情的施虐倾向控制，打断她说道,"还有蛇和地鼠。今天早上,它还带回来一只死兔子。"

瑞斯小姐全身缩了起来,陷入真正的恐惧。"亲爱的!"玛莎提高音量责备道,"有些人不喜欢猫。你不应该指望大家都跟你一样。"

"还有毛茸茸的小老鼠。"汉密尔顿残忍地继续道,"一次就是几十只。它会吃掉一部分,剩下的带来给我们。有天早上,它还带来了一颗老妇人的脑袋。"

瑞斯小姐发出恐惧的尖叫。她慌了神,踉踉跄跄后退,无助又可怜。见此,汉密尔顿立即意识到自己做错了。他很惭愧,正想张嘴为他用错地方的幽默感道歉。就在这时,他头顶上忽然降下一场蝗虫雨。一瞬间,汉密尔顿被淹没在攒动着的害虫堆中。他拼命挣扎,想要逃出来。一旁的两人一猫看傻了眼,僵在原地。一时间,汉密尔顿使劲打滚,不停拍打那堆爬来爬去、不停叮咬的害虫。接着,他总算脱身而出,拍掉了身上所有的蝗虫,退到一旁的角落,大口喘气。

"仁慈的上帝啊。"玛莎喃喃念道,从那堆嗡嗡叫着、扑打翅膀的虫子旁边退开,吓得不轻。

"怎么……回事?"瑞斯小姐盯着颤动的虫子堆,好不容易挤出话来,"这不可能!"

"嗯,"汉密尔顿颤抖着回应,"可它就是发生了。"

三人一猫退出厨房,远离如洪水般泻下的包着甲壳、长着翅膀的虫子。

"怎么发生的?"玛莎喃喃道,"这种事情怎么可能发生?"

"但是,这样才能说得通。"汉密尔顿虚弱地轻声道,"还记得那只蜜蜂吗? 我们的感觉没错,确实有东西不对劲。否则,这一切都说不通,也没道理。"

4

玛莎·汉密尔顿在床上熟睡。温暖的晨光洒在玛莎赤裸的肩膀上、被子上，也洒在沥青砖铺成的地板上。洗手间里，杰克·汉密尔顿木然地站着刮胡子，丝毫没有理会伤臂的阵阵抽疼。洗手间的镜子里映出汉密尔顿涂满肥皂的面孔。因为起雾滴水，镜面映出扭曲的形象，不似他平常的面容。

此刻，房子里已经恢复了平静。前一晚泻下的蝗虫，大部分已经消失。墙壁中偶尔传来几声干涩的抓挠声，提醒他还有几只躲在那里。一切看似如常。有一辆送牛奶的卡车"哐啷哐啷"地驶过他们家门口。玛莎睡意蒙眬地叹了口气，在睡梦中动了动身体，一只手臂伸出被子。后廊上，尼尼·笨猫已经回来，准备进门。

汉密尔顿细心地收拾着自己。他刮完胡子，清洗了刮胡刀，在下颌和颈部拍上滑石粉,翻找出一件干净的白衬衣。昨晚,在床上翻来覆去无法入眠的时候,他就下了决心:从这一刻——刚刮完胡子,清清爽爽、整整齐齐、彻底清醒的这一刻——开始做起。

他笨拙地单膝跪下,双手合十,闭上双眼,深深吸气,开始祈祷起来。

"亲爱的上帝,"他严肃地、用半耳语的声音说道,"很抱歉,我对可怜的瑞斯小姐做了错事。我希望得到原谅,如果您不介意的话。"

他继续跪了片刻,思忖说这些是否已经足够,是否表达清楚了自己的想法。可是,慢慢地,他心中升起针扎般的愤怒,取代了方才谦卑的忏悔。一个成年男子单膝跪地,这根本不正常,这有失尊严和体面……是他不习惯的姿态。他怨恨地加了一段结束语:

"不过,话说回来——这也是她活该。"他嘶哑的低语在寂静的房中飘荡。玛莎又叹了口气,翻了个身,蜷成一团。她快要醒了。外头,尼尼·笨猫焦急地抓挠着纱门,不明白门为什么还没开。

"想想看,她都说了些什么话。"汉密尔顿谨慎地措辞,"正是她这种态度,才导致可怕的集中营出现。按照她那种刻板的强硬性格,反猫和反犹太人只有一步之隔。"

没有回应。难道自己还期待会有什么回应?他到底在期待什么呢?他不确定。至少,他希望出现某种启示。

或许,他没能把话传递到位。上回涉足宗教的时候,他还只有八岁,上了某个不知其名的主日学校课程①。昨晚,他读了好些资料,却没有任何明确的收获,只大致地了解到:有关此主题的材料实在很多。什么恰当的形式,条约……这简直比准备跟T.E.爱德华兹上校谈话更糟糕。

不过,再一想,从某种角度看,两者也差不多。

他仍然单膝跪地,保持着祈祷的姿态,突然有声音从他背后传来。他迅速转过头,看到一个身影正小心地走过客厅。是个男人,身着毛衣和宽松的长裤。一个年轻的黑人。

"你就是上帝给我的启示吗?"汉密尔顿讥讽道。

黑人的脸上满是疲惫,"你还记得我吧。我是昨天带你们上观测平台的向导。我已经十五个小时没睡了,我一直在琢磨这件事。"

"这不是你的错。"汉密尔顿说,"你也跟着我们一块儿掉下去了。"他费力地站起来,从洗手间走到客厅,"吃过早饭了吗?"

---

① 基督教会在礼拜天开办的课程,课程内容包括学习基督教教义和查经。

"我不饿。"黑人细细打量他,"你刚才在干什么?**祈祷**?"

"对。"汉密尔顿承认。

"你经常祈祷?"

"不算经常。"犹豫片刻,他又说:"八岁以后,我就没祈祷过。"

黑人消化着他的话。"我是比尔·洛斯。"两人握手,"显然,你也发现了不对劲。你什么时候发现的?"

"昨天深夜到今天凌晨之间的某个时间。"

"有什么特殊事件发生吗?"

汉密尔顿跟他说了蝗虫雨和蜜蜂的事,"其中的因果联系不难推测。我撒了谎——所以受到了惩罚。之前,我说了渎神的话——所以也受了罚。有因就有果。"

"祈祷是浪费时间。"洛斯直言不讳,"我试过,没用。"

"你为什么祈祷?"

洛斯一脸嘲讽,指了指他露在领口外面的黑色皮肤,"我猜,事情没这么简单……过去不简单,以后也不会简单。"

"你听着怨气挺大啊。"汉密尔顿小心措辞。

"我们受的惊吓可不小。"洛斯在客厅里来回转悠,"抱歉直接闯了进来。前门没锁,所以我想你们大概已经起来了。你是电子研究员?"

"对。"

洛斯扮了个鬼脸，"你好，兄弟。我是尖端物理研究生，所以才得到了那份向导的工作。如今，这行竞争很激烈。"说罢，他又补充道，"反正人家是这么跟我说的。"

"你是怎么发现的？"

"这摊子事？"洛斯耸耸肩，"这不难。"他从口袋里掏出一团布料似的东西，打开之后露出一块小小的银色金属。"这是我姐姐逼我带在身边的护符，有好几年了。现在已经成了习惯。"他把护符丢给汉密尔顿。符上刻着关于信仰和希望的虔诚词句，因为多年携带身边，已经被磨得十分光滑。

"来，"洛斯说，"用用看。"

"用？"汉密尔顿没明白，"坦白地说，这些都超出了我的理解范围。"

"你的手臂。"洛斯不耐烦地指指，"现在，这东西管用了。把它放在你的伤口上，最好除掉绷带。有实际接触效果会更好，他们管这叫接触。我就是这么治好我身上各种伤的。"

汉密尔顿半信半疑。他万分小心地剥开部分绷带。晨光下，淤青的伤口血糊糊的。犹豫片刻，他把这块冰冷的银色护符贴了上去。

"开始了。"洛斯说。

伤口丑陋的模糊血肉开始褪色。汉密尔顿眼睁睁地看着那血糊糊的红色褪成暗粉红，接着慢慢泛出橘红色。伤口缩小，变干，愈合，最后只剩下一条苍白隐约的细线。一抽一抽的疼痛也消失了。

"好了。"洛斯伸手拿过护符。

"这东西以前管用吗?"

"根本没用，白白刻着一席大话而已。"洛斯把金属符放回口袋，"我打算试试晚上睡觉前在水里放几根头发。等到第二天早上，肯定会变成虫子。想知道怎么治疗糖尿病? 来半只磨成粉的蛤蟆，混入处女的乳汁，放在浸过池塘水的旧法兰绒衣服里，裹在脖子上。"

"你是说，所有这些——"

"现在开始，这些将会全部成真。就像乡下人的迷信里说的那样。此前，错的是他们;现在，错的是我们。"

玛莎穿着睡袍出现在卧室门口，头发乱糟糟地披着，睡眼惺忪。"噢，"她看到洛斯，吓了一跳，"是你啊。你好吗?"

"还行，谢谢。"洛斯回答。

玛莎揉揉眼睛，转向丈夫，"你睡得好吗?"

"睡着了一会儿。"他听出她的声音不对，像是有急事，于是问道，"怎么了?"

"你做梦了吗?"

汉密尔顿想了想。他昨晚辗转反侧,睡得并不安稳,看到各种走马灯似的片段,但都没有意义。"没。"他回答。

洛斯瘦削的脸上浮现出奇怪的表情,"你做梦了,汉密尔顿夫人?你做了什么梦?"

"最疯狂的梦。确切说来,都不像是梦,因为没有情节。只有——存在。"

"某个地点?"

"对,某个地点。还有我们。"

"我们所有人?"洛斯追问,"八个人?"

"对。"她重重点头,"在贝伐加速器,躺在摔下来的地方。我们八个人都在,就这么无知无觉地躺着。什么都没有,没有时间,也没有变化。"

"在远处角落里,"洛斯问,"是不是有东西在动?可能是医护人员?"

"对。"玛莎确认,"是有,但他们没动,只是挂在梯子似的东西上,僵在那儿。"

"他们在动。"洛斯说,"我也梦见了。起先,我也以为他们没动。但他们确实在动,动得非常缓慢。"说罢,三人陷入了不安的沉默。

汉密尔顿仔细搜索脑海,慢慢开口道:"你们这么一说,我好像也……"他一耸肩,"这是创伤记忆,是受惊吓的那一刻的记忆。这些记忆已经刻印在我们脑海深处,永远摆脱不掉。"

"但是,"玛莎紧张地说,"**事情还没结束,我们还在那儿。**"

"那儿?躺在贝伐加速器?"

她焦虑地点头,"我感觉到了。我相信是这样。"

汉密尔顿听出她声音中的惊慌,于是转换了话题。"吓你一跳!"他把愈合的手臂给她看,"比尔刚刚随手就施展了一个奇迹。"

"施展奇迹的人不是我。"洛斯认真地纠正,漆黑的眼睛坚定不移,"施展奇迹的人会死。我可不想死。"

汉密尔顿十分尴尬,站着揉揉胳膊,"毕竟施展奇迹的是你的护符嘛。"

洛斯翻看着自己的幸运护符,"也许,我们几个下沉到了真正的现实当中。也许,这儿的一切一直都存在,只是被表面的现实掩盖而已。"

玛莎慢慢走近二人。"我们已经死了,是不是?"她声音嘶哑。

"当然没死。"汉密尔顿回答,"我们还在加利福尼亚州贝尔蒙特市。只是,这座城市跟从前不太一样。这里发生了一些变化,多了些东西。有什么人一直在附近,盯着我们。"

"现在怎么办?"洛斯问道。

"别问我,"汉密尔顿回答,"让我们几个落到这地方的,可不是我。很明显，无论现在是什么状况，全是贝伐加速器事故弄出来的。"

"我倒可以告诉你接下来怎么办。"玛莎平静地说。

"怎么办？"

"我要出去找份工作。"

汉密尔顿扬起眉毛，"什么工作？"

"什么都行。打字员啦，商店店员啦，接线生啦，我们总得赚钱吃饭……记得吗？"

"我当然记得，"汉密尔顿说，"不过，你还是待在家里掸掸壁炉好了。工作我去找。"他指指刮得光溜溜的下巴，还有身上干净的衬衣，"我已经比你先走了两步啦！"

"可是，"玛莎恳求，"害你没工作的是我。"

"没准我们谁都不用再工作了。"洛斯语带讽刺，"说不定，我们只要张开嘴巴，等着吗哪①从天下掉下来就行。"

"你不是试了没用吗？"汉密尔顿问。

"对，我试了没用。可是，有人试了有用呀。我们得想办法弄懂这地方的运作规律。这个世界——不管它是不是世界——拥有自己的法则，这些法则跟我们熟悉世界的法则不同。我们

---

① 根据《圣经·出埃及记》，摩西带着以色列人出埃及后，上帝在荒野为以色列人降下食物吗哪。

已经有过几次经验了。护符能管用：也就是说，祈祷那一套都会管用。"顿了顿，洛斯补充道，"或许，天罚也一样。"

"获得救赎。"玛莎喃喃道，褐色眼睛瞪大了，"天呀，你是说，这儿真有天堂？"

"一点儿不错。"汉密尔顿附和。他转身回到卧室，片刻后，一边系领带一边走了出来，"不过，这些都得等等再说。现在，我要开车去加利福尼亚半岛。我们银行账户里只剩五十美元了，一分都不多。我可不想为了弄清楚祈祷怎么起作用，在家活活饿死。"

汉密尔顿来到导弹工厂的停车场，取出自己的福特商务双门车。车子仍然停在惯常的车位上，上面写着：约翰①·W.汉密尔顿专用。

他开着车，沿着皇家大道②，驶出贝尔蒙特市。半小时后，他进入了南旧金山，来到电子设备开发处（EDA）静僻的碎石停车场，将车子停在EDA职员的凯迪拉克和克莱斯勒旁边。此时，美国银行南旧金山分行正门口的大钟显示：十一点三十分。

电子设备开发处大楼就在右手边。几幢白色的水泥大楼，背后就是这座工业城市鳞次栉比的建筑群。多年前，他首次发

① 约翰(John)的昵称是杰克(Jack)。
② 西班牙殖民者在加利福尼亚州兴建的公路。后来仍保留了原先的名称。

表尖端电子设备研究论文时，EDA曾想挖他，让他请辞加利福尼亚州维护实验室，来EDA工作。EDA的领导人是全国顶尖的统计学家之一，盖伊·提林福。他才华横溢，富有创意，而且是汉密尔顿父亲的密友。

既然想找工作，那么希望最大的地方就是这里。而且，最重要的是，EDA目前并没有涉及军事研究。提林福博士曾是普林斯顿大学尖端研究院的成员（后来，此组织被官方解散），他更关心通用学科的具体研究。最先进的电脑便是EDA开发的，西方世界各地的工厂和大学，都在使用这种了不起的电脑。

"好的，汉密尔顿先生。"做事麻利的小个子秘书，干脆利落地翻阅他带来的一沓论文，"我会通知博士你来了……他一定很高兴见到你。"

汉密尔顿在休息室等候。他紧张地踱来踱去，双手合十来回摩挲，口中默默祈祷。此时，他根本不必思考，祷词自然而然地就从他嘴里吐出。账户里的五十美元只能短暂支撑汉密尔顿一家的生活……就算身处这个会发生奇迹、会下蝗虫雨的世界也一样。

"杰克，我的孩子。"一个低沉的声音隆隆响起。盖伊·提林福博士出现在办公室门口，一张上了年纪的面庞笑容可掬，伸出了手，"天呀，见到你真高兴。我们多少年没见了？十年？"

"可不是,快十年了。"说着,汉密尔顿也伸出手,两只手紧紧相握,"您看起来精神不错,博士。"

办公室里站着几个顾问工程师和技术员。都是些机灵的年轻人,剃着平头,系着领结,光滑的脸蛋上带着机警的表情。提林福博士带着汉密尔顿穿过几扇原木镶框的门,进入一间私人办公室。

"这儿没人,我们可以随便聊。"说罢,博士全身放松,坐进一把黑色的皮革安乐椅中,"这地方是我叫人弄的——类似私人隐蔽所。在这儿,我能不受打扰,想想事情,喘口气。"接着,他伤感地补充,"我体力不行啦。从前,我能一直坚持工作;现在,我一天得爬进这地方休息好儿次……才能恢复些力气。"

"我不在加利福尼亚州维护实验室干了。"汉密尔顿直说道。

"哦?"提林福点点头,"这是件好事啊。那不是好地方,只想着枪炮。他们才不是科学家,只是政府雇员罢了。"

"我不是主动辞职的,是被辞退的。"汉密尔顿简短地解释了自己的处境。

提林福沉默片刻。他沉思着,剔剔门牙,满是皱纹的眉头专注地打成结,"我记得玛莎,那姑娘很可爱,我一直挺喜欢她。如今,类似这样的安全风险实在太多了。不过,我们这儿不必担心这些。目前,我们没接到过政府订单,还是个象牙塔。"说罢,他干笑几声，"纯科研的最后净土啦！"

"您看，这儿能用我吗？"汉密尔顿问道，努力把话中的渴望压到最低。

"没理由不行嘛！"提林福随手拿出一个小小的祈祷轮，开始转动，"你的成果我很熟悉……说实话，我一直希望你早点儿来我们这里呢！"

汉密尔顿不敢相信地盯着提林福手中的祈祷轮，整个人呆住了。

"当然，我们得问些惯例问题。"提林福一边转轮一边说，"例行公事而已……不过，你不用填书面表格，我口头问你就行。你不喝酒吧？"

汉密尔顿险些噎住，"喝酒？"

"玛莎这事确实会有些麻烦。我们倒不关心安全问题……不过，我得问问你。杰克，你要对我说实话。"提林福伸手，从口袋里摸出一本黑皮的厚书，封面上用烫金字体印着："第二巴孛巴扬经"。提林福把书递给汉密尔顿，"上大学的时候，你们俩曾经跟激进组织有过来往。你们俩有没有过——这么说吧——'自由爱情'？"

汉密尔顿无言以对。他呆若木鸡地站着，握着《第二巴孛巴扬经》。书上还留着提林福外套口袋的余热。这时，两名EDA的机灵年轻人轻手轻脚地进了房间，面露尊重，站在一旁静静观看。两人都穿着实验室白色大褂，郑重而又驯顺的神情中带着好奇。两人的短短平头，让汉密尔顿想起年轻僧侣……此前，他竟从未察觉：这种现时流行的平头，跟古时候禁欲修行宗教组织的发型极其相似。这两人无疑是典型的年轻机灵的物理学家；这样的人，通常来说，应该自视甚高，莽撞无礼才对。

"既然话已经说到这里，"提林福博士继续，"我索性都问一问吧。杰克，我的孩子，请握着《巴扬经》，告诉我实话。你有没有找到通往受福救赎的'唯一真门'？"

房中几人的眼睛都盯着他。汉密尔顿咽了口口水，脸红得像甜菜根，站着无助挣扎。"博士，"他终于挤出话来，"我想，我得改日再来了。"

提林福忧虑地摘下眼镜，认真注视着面前的年轻人，"杰克，你不舒服吗？"

"我一直压力很大。丢了工作……"话说一半，汉密尔顿匆忙补充道，"还有其他困难。玛莎和我昨天出了事故。新启动的贝伐加速偏转器出了故障，我们都遭到了高能辐射。"

"啊，对。"提林福说道，"我也听说了。幸好没人死亡。"

"这八个人，"一名禁欲系年轻技术员插嘴道，"当时必定与先知同行。他们摔下来的地方可不低啊。"

"博士，"汉密尔顿用嘶哑的声音问，"您能推荐一名可靠的精神科医生吗？"

年迈科学家的脸上慢慢蒙上了一层难以置信的表情。"推荐一名——什么？孩子，你脑子被烧坏了吗？"

"是啊，"汉密尔顿承认，"显然如此。"

"这话我们等会儿再聊。"提林福噎住似地简短应道，不耐烦地挥挥手，示意两名技术员出去。"到底下的神殿去，"他命令道，"在那儿冥想，等候我的召唤。"

两人听命离开，走时紧紧盯了汉密尔顿一会，若有所思，神情警惕。

"你跟我说什么都行，没关系。"提林福沉声道，"我是你的朋友。我认识你的父亲，杰克，他是一个伟大的物理学家，没人比他强。我一直对你抱有很高的期望。见你选择去加利福尼亚州维护实验室工作，我自然很失望。不过，面对宇宙的意志，我们自然只能低头。"

"我能问几个问题吗？"汉密尔顿冷汗直流，汗水从脖子淌进了浆挺的白衬衣领口，"这地方还是个科学研究组织对吧？难道变了？"

"还是？"提林福莫名其妙，从汉密尔顿无力的手中取回自己的《巴扬经》。"孩子，我没听懂你的意思，说具体些。"

"这么说吧,我一直——与世隔绝,埋头工作,无暇关注科学界其他人的研究。还有,"他绝望补充道,"我一点儿都不知道其他人在研究什么。您能不能——能不能稍微向我介绍下目前的整体局面?"

"整体局面。"提林福重复道,点了点头,"确实很容易被忽视。这就是过于专业细分的后果。我呢,我自己也没法跟你说太多。EDA工作都有大纲指导,甚至可以说,是有规定的。在加利福尼亚州维护实验室,你们负责开发对付异教徒的武器;目的显而易见,也很简单。纯粹的应用科学,对吗?"

"对。"汉密尔顿回答。

"在这儿,我们研究的却是一个永恒而又基础的问题,也就是交流问题。我们的任务——这任务可不简单——是确保交流的基本电子结构。我们有像你一样的电子技师,有一流的语义学家顾问,还有很不错的研究心理学家。我们这些人组成了一支队伍,负责解决人类生存的基本问题:保证在人间和天堂之间,能有畅通的交流。"

提林福博士继续道:"以下我要说的话你肯定知道,不过,我还得再说一遍。过去,在交流成为严格的科学分析对象之前,人间也存在各种毫无秩序、乱糟糟的系统。比如燔祭——用烧烤的味道刺激上帝的鼻子和上腭,以期吸引他的注意力。这种方法十分原始,极不科学。还有大声祈祷,咏唱圣歌——没受过教育的阶层还在使用这种方法。随他们去咏唱和祈祷好了,我们自有我们的办法。"他按下按钮,房间的一面墙变为透明。汉密尔顿通过透明墙朝下望,发现以提林福办公室为圆心,周围一圈又一圈,密布着精密实验室。实验室中配备着最先进的设备,还有最顶尖的技术员。

"诺伯特·维纳,"提林福说,"你肯定记得他在控制论方面的成就。还有,更重要的是,恩里克·戴斯提尼在神声学领域的成就。"

"什么是神声学?"

提林福扬起一边眉毛,"你可是这方面的专家呀,我的孩子。神声学就是人和上帝之间的交流嘛,那还用问。戴斯提尼利用维纳的成果,再加上香农和威弗合成出的宝贵材料,于1946年首次在人间和天堂之间设立了可靠的交流系统。当然,当时他手中可供使用的,还有'反异教徒之战'中的所有设备。那些受天罚的,崇拜沃坦①,赞美橡树的野蛮异教徒。"

"你是指——纳粹?"

"这个词我知道。这是社会学术语,对不对?还有那个反先知、反巴辛的人,听说,他还活在阿根廷某处,说他找到了永葆青

---

① Wotan,日耳曼神话中对主神奥丁(Odin)的旧称。

春的长生不老药什么的。你记得吧,他在1939年跟恶魔签了协议。还是说那时候你还没出生? 没关系,反正这是历史,你肯定知道。"

"我知道。"汉密尔顿含糊应道。

"即便如此,还是有人对墙上出现的字迹①视而不见。有时候,我觉得'真信之人'确实需要经历贬抑,才能显示出信仰的珍贵。之后,随着各处引爆的几颗氢弹,原本扑不灭的无神论乱流就……"

"其他领域,"汉密尔顿打断他的话,"他们在研究什么? 比如物理,物理学家们在研究什么?"

"物理已经没东西可研究了。"提林福告诉他,"毫不夸张,物质宇宙的一切均已被人类知晓——这已经是几百年前的事了。物理学已经成了工程学的抽象分支。"

"工程师们呢?"

提林福丢给他一份1959年11月刊的《应用科学杂志》,说:"你看了第一篇文章,差不多就能明白。作者叫黑施宾,脑瓜子可真好用。"

第一篇文章名为《水库建造问题的理论方面》,下面还有个

---

① 典出《圣经·但以理书》。伯沙撒王宫殿墙上忽然出现断手,书写字迹。先知但以理解读后,告知伯沙撒王,他将被推翻,王国将会分裂。此后,"墙上字迹"一语便用来形容不祥之兆。

副标题:《在大型人类聚居区提供不间断无污染神圣恩典的必要性》。

"神圣恩典?"汉密尔顿虚弱地问道。

"工程师们,"提林福解释,"他们的主要任务就是为世界各地的所有巴比信徒社区输送神圣恩典。从某种角度看,他们的任务跟我们的任务——保持交流线路畅通——有些相似。"

"他们只干这个?"

"不止如此,"提林福承认,"还有建造各种神殿和圣坛的任务,永无休止。上帝可是个严厉的监工,这你也知道。他定下的规格尺寸极为精确。坦白说——你别说出去——我可不想当什么工程师。一个失误,就——"他打了个响指,"——**噗**。"

"噗?"

"降下闪电。"

"噢,"汉密尔顿应道,"当然。"

"所以,但凡有点儿天分的男孩子,鲜少涉足工程学。死亡率太高了。"提林福带着父亲般的关爱注视着汉密尔顿,"我的孩子,你明白吧? 你选的专业可是真不错啊。"

"这一点我从未怀疑过。"汉密尔顿用嘶哑的声音回答,"我只是想知道,这究竟是什么样的专业。"

"对你的道德水准,我很满意。"提林福说,"我知道你来自清白良善、敬畏上帝的家庭。你父亲是个诚实谦卑的好人。到现在，我还能时不时听到他的声音。"

"听到？"汉密尔顿的声音越发虚弱。

"他过得挺不错。当然，他很想你。"提林福指指桌上的内部通话系统，"你想不想听听？"

"不了，"汉密尔顿后退一步，"我还没从昨天的事故当中恢复。我受不了。"

"你随意。"提林福友善地拍拍年轻人的肩膀，"要不要看看这儿的实验室？我跟你说，我们的设备当真不错呢。"他用推心置腹的口吻悄声继续，"当然，花了我们不少力气祈祷。那时候，你的老东家，加利福尼亚州维护实验室，也在上头送了不少吵吵闹闹的声音。"

"最后还是你们拿到了手。"

"那是自然，毕竟，设立交流线路的可是我们。"提林福咧嘴笑了，狡黠地挤挤眼睛，领他走向门口，"我带你去见我们的人事主任，他负责人事聘用。"

人事主任面色红润，下巴刮得溜光，对汉密尔顿露出愉快的笑容。他一边在桌上的表格和文件中翻找，一边说："我们很高兴接受您的申请，汉密尔顿先生。EDA需要像您这样有经验的人。而且，既然博士跟您有私交……"

"直接让他通过，"提林福指示道，"别管官样文章那套了。直接进入资格测试吧。"

"好的。"主任应道，取出自己的《第二巴孛巴扬经》，放在办公桌上，合拢。接着，他闭上双眼，伸出拇指，滑过书页，随手翻开一页。提林福俯过身，越过主任肩膀，凝神看去。两人仔细验看翻开的那一页，低声交谈。

"很好。"提林福满意地挺直身子，"是通过。"

"绝对通过。"主任赞同。他对汉密尔顿说："你或许有兴趣知道，这可是今年我看到的最清晰的通过。"他用专业的语调飞快念道，"幻象1931：第6章，第14节，第1行。'对，真信会融解不信者心中的勇气；因为他知道，上帝怒火之量；他知道，此量将充满陶器'。"他"啪"的一声合上《巴扬经》，放回抽屉里。两人都朝汉密尔顿露出欢喜的笑容，脸上洋溢着善意和对他专业性的满意。

汉密尔顿愣着，不知该喜还是该忧，将话题拉回他前来的原因。"我能问问薪水问题吗？或者说——"他想开个玩笑，"这个问题太粗鲁，太商业？"

闻言，两人都觉得莫名其妙，"薪水？"

"对，薪水，"汉密尔顿重复道，情绪接近崩溃边缘，"你们还记得吧，就是每隔两周，财务部门会发放的东西，好让雇员有动力继续干活。"

"按照惯例，"提林福用肃穆的声音轻声说，"每十天，IBM的人会给你发放贷点。"他转向人事主任，问道，"确切数字是多少？这种东西我总是记不住。"

"我跟会计核实一下。"说着，人事主任离开办公室。少顷，他回来报出答案："你会从4A级开始。六个月后，你就可以升到5A级。你才32岁，这么年轻能拿到这个等级，不错吧？"

"4A级，"汉密尔顿问道，"是什么意思？"

两人十分惊讶，一时没有回答。片刻后，人事主任瞟了一眼提林福，舔舔嘴唇，答道："IBM负责保管《借与贷之书》，即宇宙的记录。"他打了个手势，"你知道，这本书也被称为《无法更改的罪恶与美德的伟大卷轴》。EDA在为上帝工作；也就是说，你是上帝的仆人。你的报酬是每十天得到四个贷点，也就是离你的救赎又近了四个线性单位。这些细节都由IBM负责记录。毕竟，这就是他们的存在理由。"

这话说得通。汉密尔顿深吸一口气，说道："挺好。我刚才一下子忘了——我脑子有点儿乱，抱歉。不过——"他恳求地望着提林福，"——玛莎和我该怎么生活呢？我们得付账单，还得填肚子。"

"作为上帝的仆人，"提林福语气严峻，"你的需求都会得到满足。你的《巴扬经》在吧?"

"当——当然,"汉密尔顿含糊应道。

"只要信仰坚定,毫不动摇,我认为,根据你的道德水平,还有你的工作能力,至少能拿到——"他算了算,"嗯,一周四百美元。厄尼,你说呢?"

人事主任赞同地点头,"至少。"

提林福见事情圆满解决,便迈开轻快的步子,打算转身离开。"还有件事。"汉密尔顿叫住他,问道,"刚才我问起精神科医生……"

"孩子,"提林福停下脚步,"有件事——也仅仅只有这一件事——我想告诉你。这是你的生活,你想怎么过就怎么过。我并不想干涉,指示你该做什么,或者该想什么。你的精神存在纯属你个人和唯一真神之间的事。不过,要是你想去找那些江湖郎中——"

"江湖郎中!"汉密尔顿无力重复道。

"去找那些濒临疯狂的怪人,这对没教养的俗人倒是无妨。据我所知,确实有数量可观的无知大众去找精神科医生。我看过统计数字。大众的误解程度令人忧虑。我来帮你这个忙。"他从外套里拿出一个小本子和一支铅笔,飞快地涂写了几行字的便条。"这才是唯一正确的道路。我想,要是你到现在还没走上这条路，我这么做，也帮不了什么忙。不过，我们都得到教诲，不能放弃，必须一直尝试。毕竟，永恒是一段很长的时间。"

便条上写着：

怀俄明州，夏延市，第二巴字圣墓，先知贺拉斯·克兰普

"一点儿没错，"提林福说，"直接去最高层。吃惊吗？因为我实在太关心你了，我的孩子。"

"谢谢。"汉密尔顿机械地折好便条，放进口袋，"既然是您的意思，我就照做。"

"这确实是我的意思。"提林福用不可置疑的权威声音说道，"巴比教是'唯一真信'，是进入天堂的唯一保证。上帝只通过贺拉斯·克兰普之口说话，别无他人。把明天空出来，到那儿去一趟。工作报到的事，改日再来也无妨。如果说，有人能从地狱业火中拯救你不朽的灵魂，那必是先知贺拉斯·克兰普无疑。"

5

汉密尔顿心中忐忑,缓缓离开EDA大楼,朝停车场走去。身后,几个男子悄悄跟上,手都插在衣袋中,虽然面无表情,但也无恶意。汉密尔顿来到停车场,伸手在口袋里摸车钥匙。这时,几个男子径直走上前来,穿过碎石停车场,聚到汉密尔顿身边。

"嗨。"其中一个招呼道。

几个都是年轻人,金发碧眼,一色平头,都穿着禁欲的实验室白大褂。是提林福手下机灵的年轻技术员,受过极高教育的EDA员工。

"你们想干吗?"汉密尔顿问道。

"你要走了?"领头的问道。

"对。"

几个人琢磨了一番。领头的又问:"那你还回来吗?"

"我说——"汉密尔顿刚开口,就被年轻人打断了。

"提林福聘用了你。"他说,"你下周就会来工作。你通过了入职测试,在实验室到处参观。"

"我通过了测试,这倒没错。"汉密尔顿承认,"不过,我并不一定会来工作。其实——"

"我名叫布莱迪,"领头的又插了进来,"鲍勃·布莱迪。你在里头或许见我。你进来的时候,我正跟提林福在一起。"他打量着汉密尔顿,又说:"人事主任或许对你满意了,但我们还没。人事部门里全是门外汉,他们只有几样例行的资质测试,走形式而已。"

"我们可不是门外汉。"布莱迪那伙人当中的另一个插嘴道。

"我说,"汉密尔顿心中又重燃了些许希望,"说不定,我们能聊得来。我正奇怪,你们这些具备高等学识的人,怎么会接受这样随便的测试。我没看到恰当的测试办法,来评价申请者的能力和训练程度。在这种尖端研究中……"

"在我们看来,"布莱迪冷冷地继续,"你就是个异教徒,除非你能证明自己的信仰。EDA当中不允许异教徒存在。我们自有职业标准。"

"而你,并不符合这个标准。"另一个补充,"把你的N等级评价拿出来看看。"

"你的N等级评价，拿出来。"布莱迪站着，伸出手，"你最近做过'光环测试'吧？"

"我想应该没有。"汉密尔顿没把握地回答。

"我猜也是。没有N等级评价。"布莱迪从外套中拿出一张小小的打孔卡，"这儿的人，没有一个N等级评价低于4.6的。要我猜，你的等级评价大概连2.0都不到。对不对？"

"你是个异教徒，"一名年轻技术员开口，情绪激动，"胆子可真大，想要偷偷渗透进我们的组织。"

"我看你还是离开的好。"布莱迪说，"你还是赶紧开车滚，再也别回来。"

"你们有资格留下，我也有资格留下。"汉密尔顿生气了。

"用神断法①。"布莱迪沉思道，"我们一次性解决这个问题。"

"行啊。"汉密尔顿满意地答道，"随便你们谁上。"他脱下外套，丢进车子里。

没人注意他。技术员们围成一圈，低声交谈。天上，午后的日头正慢慢下沉。公路上有车辆来往。雪白的EDA大楼在渐渐敛去的阳光下闪闪发亮，整洁无瑕。

———————

① 神断法，又称神判法，指的是通过得到神的旨意来判断事情的真伪正邪的审判方法。通过生死攸关的测试来确定他们的有罪或无罪，活下来就是无罪的证明。这是一种古老的司法惯例，古代和中世纪在世界各地都存在类似的审判方法，有些地域甚至延续到了近世。

"好了。"布莱迪开口道。他扬起一只华丽的打火机，郑重地靠近汉密尔顿，"把你的拇指伸出来。"

"我的——拇指？"

"火焰考验。"布莱迪解释道，点起了打火机。打火机吐出黄色的火苗。"拿出决心来，拿出男人的样子来。"

"不用拿，我就是男人。"汉密尔顿怒道，"活见鬼，我绝对不会把拇指伸进火焰。你们这群疯子，别跟我来大学兄弟会入会仪式这套。大学毕业后，我就彻底不玩这些了。"

每个技术员都伸出了拇指。布莱迪不紧不慢，拿着打火机，挨个烘烤。每只拇指都毫发无伤。

"轮到你了，汉密尔顿。"布莱迪说道，一副高高在上的派头，"是男人就上。你可不是在泥坑里打滚的野兽。"

"下地狱吧，"汉密尔顿狠狠道，"把你的打火机拿远点儿。"

"你拒绝接受火焰考验？"布莱迪郑重地问道。

汉密尔顿不情不愿，伸出了大拇指。或许，在这个世界里，打火机不会烧伤人？或许，连他自己都不知道，其实自己对火焰烧伤免疫？或许——

"呜哇！"汉密尔顿吃痛大喊，猛地抽开手指。

技术员们沉重地摇头。"好了，"布莱迪带着胜利的自得，收起打火机，"有结果了。"

汉密尔顿站在一旁,无力地按揉受伤的拇指。

"你们这些虐待狂,"他咒骂道,"狂热的上帝贩子,你们全都属于中世纪。你们这些——宗教狂!"

"说话小心点儿,"布莱迪警告,"站在你面前的,可是'唯一真神'的斗士。"

"对,你可别忘了。"布莱迪那伙人之一帮腔道。

"就算你是'唯一真神'的斗士,"汉密尔顿说,"可我正好是一流的电子技师。你好好想想。"

"我正在想。"布莱迪不为所动。

"你能把拇指伸进焊接火炬的弧光中不受伤,也能跳进爆炸的熔炉中不受伤?"

"没错,"布兰迪道,"我能。"

"可这些跟电子有何关联?"汉密尔顿对那帮年轻人怒目而视,"行了,聪明人,敢不敢跟我比一比? 让我看看你到底有多少知识。"

"你要挑战'唯一真神'的斗士?"布莱迪难以置信地反问。

"没错。"

"可——"布莱迪做个手势,"这是不合逻辑的。还是回家吧,汉密尔顿,丘脑冲昏你的头啦!"

"怕了,哈?"汉密尔顿奚落道。

"你不可能赢。你一定会输——这是公理。你好好想想这事的前提——根据定义,'唯一真神'的斗士,便是永远不会输的人。不然,便是否定了'唯一真神'的力量。"

"多说无益,"汉密尔顿道,"提第一个问题吧。每人提三个,仅限于理论和应用电子学。同意吗?"

"同意。"布莱迪勉强道。其余技术员瞪大眼睛,围在两人周围,目不转睛地注视着事情的转折。"我为你难过,汉密尔顿,你显然没明白事态。要是外行人表现出这种不理性的反应,我倒能理解;可对于一个至少受过半吊子科学教育的人……"

"提问。"汉密尔顿打断。

"说出欧姆定律。"布莱迪提问。

汉密尔顿眨巴着眼睛。这个问题太简单了。对他来说,就像从一数到十,绝不可能说错。"这就是你第一个问题?"

"说出欧姆定律。"布莱迪重复道。他的嘴唇开始无声地蠕动。

"怎么回事?"汉密尔顿狐疑地问道,"你的嘴唇怎么在动?"

"我在祈祷,"布莱迪回答,"祈祷上帝相助。"

"欧姆定律。"汉密尔顿说,"物体对电流的阻力……"他忽然停住了。

"怎么了?"布莱迪问道。

"你分了我的心。你不能等会儿再祈祷吗?"

"必须现在祈祷。"布莱迪断然道,"等会儿就没用了。"

汉密尔顿努力不去理睬对面男人蠕动的嘴唇,继续道:"物体对电流的阻力可由以下等式表示:$R=$······"

"继续说呀。"布莱迪怂恿道。

忽然,汉密尔顿脑中压上了一阵奇怪的、死一般沉重的分量。连串的符号、数字和等式四处飞散,词句仿佛蝴蝶,轻盈地四处飘飞舞蹈,抓也抓不住。"绝对的阻力单位,"他嘶哑着说,"可定义为导体的阻力。在导体中······"

"我听着不像欧姆定律。"布莱迪说着,转向同伴问道:"你们听着像是欧姆定律吗?"

众人虔诚地摇头。

"我被施了咒了,"汉密尔顿简直不敢相信,"连欧姆定律都说不出来。"

"赞美上帝。"布莱迪应道。

"异教徒已被打倒,"一名技术员用严谨的语气说道,"比试结束。"

"这不公平。"汉密尔顿抗议道,"我很清楚欧姆定律,就跟我清楚自己的名字一样。"

"面对事实吧,"布莱迪说,"承认自己是个异教徒,没资格领受主的恩典。"

"我总能问你问题吧?"

布莱迪想了想,"当然,随便问,什么都行。"

"一束电子流被引导转向。"汉密尔顿说,"这束电子流要通过两块具有电压差的板子。电子流受到力的作用,会偏转合适的角度。将板子的长度称为L1,两块板子中心到……"

他愣住了。布莱迪右边,稍高于他的右耳,出现了一张嘴巴,还有一只手。嘴巴正往布莱迪耳中低声耳语;手则负责遮挡,在汉密尔顿听到之前,就让这些词句消失。

"谁?"汉密尔顿愤怒地问道。

"你说什么?"布莱迪挥手赶走嘴巴和手,尤晕地问道。

"是谁在乱插嘴? 是谁在给你提示?"

"当然是我主的天使了。"布莱迪回答。

汉密尔顿放弃了,"我放弃。你赢了。"

"继续问呀,"布莱迪揶揄道,"你是不是要问我,按照这样布置,电子流的转向角度是多少?"他简短扼要地列出汉密尔顿在脑中算好的数字,"对吗?"

"这不公平。"汉密尔顿开口,"这是赤裸裸的作弊……"

天使的嘴巴粗俗地咧开一笑,对着布莱迪的耳朵说了句粗话。布莱迪破例微微一笑。"很好笑,"他承认,"也很应景。"

没教养的大嘴巴逐渐消失。汉密尔顿叫道："等等，再待会儿。我想跟你谈谈。"

天使的嘴巴停下了，"你想说什么?"嘴巴用打雷似的隆隆声低语道。

"刚才的问题，你好像已经知道了答案。"汉密尔顿问道，"是不是从我脑袋里刚刚看来的?"

天使的嘴巴鄙夷地一咧。

"既然你能看到人的思想，"汉密尔顿说，"你也能看到人心。"

"你到底想说什么?"布莱迪不安起来，斥道，"烦你自己的天使去。"

"某本书里，有这么一句话。"汉密尔顿继续道，"说的是，犯罪的欲望，跟实际犯罪一样不堪。"

"你到底在啰唆些什么?"布莱迪不耐烦地问。

"这句话，在我想来，"汉密尔顿接着说，"是在阐述关于动机的心理问题。它将动机归为主要的道德标准，而实际犯下的罪孽只是这种邪恶欲望的外显与发展。对与错，不在于人做了什么，而在于人有什么想法。"

天使的嘴巴赞同道："你说的是真话。"

"这些人，"汉密尔顿指指技术员们，"他们的作为，仿佛是上帝的斗士在排除异教徒。但在他们心中，藏着邪恶的动机。在热诚行为的背后，藏着深重的罪恶欲望。"

布莱迪咽了口口水，"你什么意思？"

"你想把我排除在 EDA 之外，是出于腐化的动机。你们嫉妒我，而嫉妒作为动机是不可接受的。作为同教教友，我才指出这一点。"汉密尔顿温和地说道，"这是我的责任。"

"嫉妒。"天使重复道，"对。嫉妒确属于罪孽。除了特定的一处：即上帝是位嫉妒的上帝。这句话表达的是上帝是唯一的真神。崇拜任何其他的伪神，都是对这种唯一存在的否定，都是回退到了巴比教之前的时代。"

"叮是，"布莱迪辩解道，"作为巴比教徒，可以带着嫉妒之心为上帝工作。"

"这里的嫉妒之心，专指排除其他任何工作，以及其他任何忠诚，只忠于上帝。"天使说道，"这个词的这种用法，并不包括负面的道德特点。一个人可以说，他带着嫉妒之心护卫自己的遗产。这儿的嫉妒之心，指的是守卫应得之物的热切决心。但是，这名异教徒提出，你们嫉妒他。他说的嫉妒，是指你们想排挤他，剥夺他正当的职位。你们这么做，是出于嫉妒、怨恨和恶意贪欲，究其根本，就是拒绝顺从宇宙的分派。"

"可是——"布莱迪愚蠢地挥动双臂试图辩解。

"这个异教徒指出,表面上正当的行为,背后却有邪恶的动机——这种行为只是伪善而已。你们的狂热虔诚行为,由于邪恶贪欲动机,已经被无效化。尽管你们的行为指向维护唯一真神的事业,你们的灵魂却沾上了污点,是不洁的。"

"你如何定义'不洁'一词?"布莱迪还想开口,却已经太迟了。判决已然降下。头顶的太阳无声无息地黯淡,天空褪成阴暗病态的黄色,最后彻底灰暗。技术员们惊恐万分。周围,干燥刺耳的狂风呼啸。脚下,大地干涸,变成不毛之地。

"之后你们可以提起上诉。"一片黑沉沉当中,天使说道,"你们会有充足的时间,通过常用的信道上诉。"

EDA大楼周围,原本是一片丰饶景象,现在却只有贫瘠和干旱,一棵植物都没有。树林、草地都枯萎了,只剩干枯的残躯。技术员们也迅速衰老,最后变得矮小驼背,皮肤晦暗,全身长出毛发,肮脏的手臂和脸上满是淌水的脓疮。

"天罚,"布莱迪用嘶哑的嗓音断断续续地说道,"我们受到了天罚。"

显而易见,技术员们不再是获拯救的人,成了弯腰驼背的侏儒。他们悲惨地、漫无目的地蠕蠕而动,看起来甚是可怜。透过空气中飞扬的尘土,夜色渗了进来,落在他们身上。干裂的大地上,一条蛇从他们脚边溜过。之后,传来了蝎子行动时沙哑的咔

81

哒声……

"抱歉，"汉密尔顿徒劳地道歉，"不过，真相是瞒不住的。"

布莱迪抬头怒视着他，双目通红，射出仇恨的光芒。他脸上长出了短短的胡茬，一缕缕肮脏的头发挂在耳朵和脖颈上。"你这异教徒。"他嘟哝着，背过身去。

"美德的回报便是美德自身。"汉密尔顿提醒道，"我主行事不可测。一事成功，百事顺。"

汉密尔顿回到停车处，钻进车子，把钥匙插进点火孔。他发动引擎时，一团团的尘土不住地落在挡风玻璃上。引擎毫无动静，点不着火。他不停地踩着油门，不明白怎么回事。接着，他泄气地发现，车里的座位套都褪了色。原本光鲜亮丽的布料，现在成了晦暗的黄褐色。他的车，很不幸地处于受天罚的区域。

汉密尔顿打开仪表盘上方的储物格，拿出经常翻阅的汽车维修手册。打开厚厚的维修手册，他发现里面的汽车构造示意图都消失了，只剩下家常祈祷词。

在这地方，祈祷词代替了机械技术。他摊开手册，放在面前，挂上低速挡，松开离合器，踩住油门，接着念道：

"世上只有一位上帝。第二巴字是……"

引擎点着了火，汽车缓缓向前移动，发出吵闹的噪声，轰轰地喷出尾焰，一路呻吟着从停车场向大街上驶去。身后，受天罚的技术员们在受困的不毛之地四处游荡，已经开始列出各种资料，引用权威，讨论恰当的上诉方法。他们会恢复的，汉密尔顿想，他们肯定有办法渡过这一关。

一共念了四篇家常祈祷词，才算把车子开到了通往贝尔蒙特的公路上。路上，他路过一家修理铺，正考虑进去修修车子；但一看到修理铺的招牌，便赶紧开车走人。只见招牌上写着：

尼克顿父子
汽车疗愈

底下有个小橱窗，陈列着一排启迪灵性的作品，还写着一句口号：**"每一天，我的汽车都会从里到外得到更新。"**

念完第五篇祈祷词后，引擎似乎恢复了正常，座位套也恢复了平常的光泽。汉密尔顿心中恢复了一些信心，觉得自己想法子走出了困境。每个世界都有法则，只要仔细发现这些法则就行。

夜幕已经降临。来往车辆沿着皇家大道飞驰，车灯闪亮。身后，圣马特奥的灯火在黑暗中闪耀。头顶的夜空，笼罩着不祥的沉沉黑云。汉密尔顿提起十二万分小心，驾车驶离下班车流密集的主干道,停了下来。

左手边,便是加利福尼亚州维护实验室。去这家导弹工厂毫无意义。哪怕在自己的世界里,这地方也容不了他。天晓得在这个世界里,这地方会是什么样。他凭直觉感到只会更糟,糟得多。T.E.爱德华兹上校那种类型的人,到了这个世界,会可怕得没法想象。

右手边,则是一片小小的、熟悉的、发着光的"绿洲"。他曾在"安全港"酒吧消磨过许许多多个下午……这间酒吧位于导弹工厂正对面。炎热的仲夏时节,这儿是爱喝啤酒的技术员们最钟情的去处。

汉密尔顿停好车,钻出车子,沿着黑漆漆的人行道前行。细细的雨丝无声地拍打在他的脸上,他心怀感激地大步向酒吧走去。"安全港"酒吧门口,一块写着"金色闪光"的红色霓虹灯招牌不停闪烁。

酒吧坐满了顾客,人声嘈杂,气氛友好。汉密尔顿在入口处站了一会儿,深吸口气,感受着充斥酒吧的、污浊的人性。至少,这儿没变。里头照样有穿着黑夹克的卡车司机,坐在酒吧柜台角落,埋头喝啤酒;照样有高声叽喳的金发女郎(每间酒吧都免不了这样的常客),倚坐在高脚凳上,喝着手中威士忌颜色的饮料。暖炉边,花哨的自动点唱机轰隆隆地播放节奏强劲的音乐。另一边,两个快秃顶的工人专心致志地玩沙狐球①。

汉密尔顿挤过人群,来到柜台边的高脚凳旁。一排凳子正中间,巨幅玻璃镜对面,有个熟悉的身影,正扬起手中的啤酒杯,对着临时结识的酒友又叫又嚷。

见此,汉密尔顿疲惫混乱的心中涌上奇特的愉悦感。"我还以为你死了!"他朝麦克费夫手臂上揍了一拳,"你这倒霉的混蛋。"

麦克费夫吃了一惊,啤酒洒在手臂上。他坐着高脚凳转过身,说道:"可真见鬼了,是个左派!"他高兴地招呼酒保,"天杀的,给我朋友倒杯啤酒。"

闻言,汉密尔顿紧张道:"小声点儿。你没听说?"

"听说?听说什么?"

"听说那些事。"汉密尔顿在麦克费夫身边的空凳子上坐下,"你没发现?你没发现周围各种事情跟原先不一样?"

"我发现了。"麦克费夫回答。看起来,他似乎并不担心。他掀开外套两侧衣襟,让汉密尔顿看看自己戴了什么。在衣服里,他别上了所有能想到的幸运符,不管碰到什么,都有相应的幸运符保佑。"我比你早醒了二十四小时,朋友,"他说,"我不知道那位

---

① 亦称沙壶球,一种推球游戏。

巴孛是谁,也不知道他们是哪儿挖出来的这种古怪的宗教;不过,我并不担心。"他一边抚摸其中一枚幸运符——金色别章,交织的圆圈中刻有神秘符号—— 一边说,"总之别惹我。要不,我能立刻降下一场鼠灾,把你活活咬碎。"

酒保送来了啤酒,汉密尔顿迫不及待地接过。喧嚣、人群,还有真实的社交活动环绕着他;此时此刻,他觉得心满意足,全身放松,任由人群的声浪带着他起伏。说到底,他也没别的选择。

"你的朋友是谁呀?"小个子尖脸的金发女郎一边问,一边扭动着挤到麦克费夫旁边,挂在他的肩膀上,"挺帅的嘛。"

"走开。"麦克费夫亲昵地说,"否则,我就把你变成一条虫子。"

"聪明人,哈?"女郎不屑一顾,提起短裙,指指塞在吊袜带里面的小小白色物件,"想不想比试比试,看谁厉害?"她对麦克费夫说。

麦克费夫饶有兴趣地看着那物件,"这是什么?"

"先知的跖骨。"

"圣人保佑我们。"麦克费夫虔诚地说,随后啜了口啤酒。

女郎放下裙子,对汉密尔顿说道:"我从前是不是见过你?你就在街对面那家导弹工厂工作,对不对?"

"以前是,现在不干了。"汉密尔顿回答。

"这家伙是个左派,"麦克费夫插话,"还是个无神论者。"

女郎吓得后退一步,"真的?"

"当然是真的。"汉密尔顿应道。

猛然间,一阵剧痛在他腹部炸开。他痛得弯下腰,从高脚凳跌到地板上,坐着蜷成一团,牙齿阵阵打战。

"你自找的。"麦克费夫无情地说。

"救救我。"汉密尔顿乞求。

女郎热心地蹲坐在他身边,问道:"你是不是已经对自己的行为感到羞耻了?你的《巴扬经》在哪儿?"

"家里。"他面如白纸,轻声答道。他的肚子里又是一阵绞痛,"我要死了,阑尾炎突发。"

"你的祈祷轮呢?在外套里?"她手脚伶俐地摸索他的外套,灵活的手指又捏又拉,上下翻飞。

"给我——叫个——医生。"他好不容易地说。

酒保俯过身。"治好他,要么就扔出去。"他简洁地告诉女郎,"他不能死在这儿。"

"谁有圣水?"女郎用极具穿透力的高音叫道。

人群一阵骚动。很快,一只小扁瓶传了过来。"别用完了,"一个声音急急地警告,"这可是夏延喷泉里灌来的。"

女郎旋开塞子,将瓶中微温的水小心倒出一点儿,倒在指甲涂红的手指上,接着迅速弹手指,将水洒在汉密尔顿全身。水滴一接触汉密尔顿的身体,剧痛立即减弱,饱受折磨的身体放松下来。片刻后,在女郎的帮助下,他总算坐直了身体。

"诅咒已经消失了。"女郎的声调没有丝毫惊讶。她将圣水递了回去,说:"谢谢,先生。"

"给他杯啤酒,我请客。"麦克费夫没转身,背对人群说道:"他是巴孛的真正信徒。"

一杯泛着泡沫的啤酒传到了人群里。汉密尔顿拖着身子,好不容易爬回高脚凳。没人注意他;女郎也走了,去找方才圣水的主人调情。

"这世界,"汉密尔顿紧咬牙关,挤出话来,"疯了。"

"哪里疯?"麦克费夫反问,"一点儿都没疯。今天一整天,我连一杯啤酒的钱都没付。"他抖抖外套里一排排强力幸运符,"只要求它们就够了。"

"给我说说,"汉密尔顿喃喃道,"这地方——这酒吧——上帝怎么可能会允许这样的地方存在?既然这世界由道德律法统治……"

"对道德秩序来说,酒吧是必需之物。这儿是腐败与恶行的深坑,是不法行为的跳蚤窝。你以为没有天罚,救赎能存在?没有罪恶,美德能存在? 这就是你们无神论者的问题所在:你没法理解邪恶的运行机制。入乡随俗,好好享受生活吧朋友。只要你是信徒,就没什么可担心的。"

"你这个机会主义者。"

"赌上你美妙的灵魂,我还真就是个机会主义者。"

"上帝就这么纵容你? 随你坐这儿撒谎,灌黄汤,跟放荡女人厮混,嘴里不干不净,想干什么就干什么?"

"我知道我有哪些权利。"麦克费夫狡黠地说道,"我知道这地方最要紧的是什么。你看看四周,好好学学。注意周围发生的事情。"

镜子旁边的墙壁上,写着一条标语:"**要是发现你在这种地方,先知会怎么说?**"

"我来告诉你他会怎么说。"麦克费夫告诉汉密尔顿,"他会说:'给我来一杯,小伙子们。'他是这地方的常客,跟你这个老学究可不一样。"

汉密尔顿期待着咬人毒蛇从天而降,然而毫无动静。麦克费夫洋洋自得、心满意足地大口喝酒。

"显然,我还是外人。"汉密尔顿说,"要是我说了这话,肯定会被劈死。"

"那就变成自己人。"

"怎么变?"汉密尔顿问道。这世界让汉密尔顿焦头烂额:这儿不但没有公平可言,而且连基本架构都是错误的。对麦克费夫来说,这世界规则清晰;对汉密尔顿来说,这地方却像某个公正合理宇宙的戏仿之物。在他看来,自从贝伐加速器的事故发生后,周围世界就蒙上了一层迷雾,他碰到的全是困惑。偶然,才会有规律的微光出现。他原先世界的价值观,自他记事起就学会的,内化于人类存在本身的道德真理,全消失了。取而代之的是某个早该被废弃、野蛮地排斥外来者的原始体系,来自——**哪儿来着?**

他颤抖着伸手进衣袋,摸出了提林福博士给他的便条,上头写着先知的名字。还有一个地址:第二巴孛圣墓,这种非西方异教的源点。这种异教不知怎么悄悄溜了进来,吞噬了熟悉的世界。从前有贺拉斯·克兰普这个人吗? 一周前,甚至几天前,第二巴孛还不存在,怀俄明州夏延市的"唯一真神"先知也不存在。或者说——

麦克费夫斜过身子,盯着便条上的字句。看着看着,他脸色阴沉下来,刚才狂欢的幽默感慢慢退去,取而代之的是严肃、冷硬和压抑。"这是什么?"他问。

"有人叫我去找他。"汉密尔顿回答。

"别去。"麦克费夫说。他的手突然一伸,抢过便条。"丢了它。"他的声音颤抖,"别去管。"

汉密尔顿跟他拉扯了一阵子,试图夺回便条。麦克费夫抓住汉密尔顿的肩膀,粗壮的手指深深地按进他的肉里。汉密尔顿身下的高脚凳摇晃了一会儿,猛地塌下,于是他摔倒在地。麦克费夫庞大的身躯压在汉密尔顿身上,两人在地板上为了争夺便条打了起来,气喘吁吁,浑身冒汗。

"本酒吧禁止圣战。"酒保跳过吧台,准备拉开两人,"要打到外面去打。"

麦克费夫嘀咕着,摇摇晃晃地站了起来。"丢掉它。"他一边拉平衣服皱褶,一边对汉密尔顿说。他脸色仍然严肃,带着深切的不安。

"到底怎么了?"汉密尔顿重新坐下,问道。他找到自己的啤酒杯,端起来往嘴边送。麦克费夫有些不对劲,但他不知道究竟是怎么不对劲。

这时,方才的金发酒吧常客挤了过来,身边跟着个哀伤憔悴的身影。是比尔·洛斯。他握着酒杯,带着夸张的沉痛,对麦克费夫和汉密尔顿鞠了一躬,朗声道:"下午好,别再打斗了。在这儿,我们都是朋友。"

麦克费夫垂头盯着吧台:"考虑到目前形势,我们的确非做朋友不可。"他没多说。

6

"这个人说，他跟你们是熟人。"小个子金发常客告诉汉密尔顿。

"没错。"汉密尔顿答道。"找个凳子坐下吧。"他不动声色地打量着洛斯，"昨天，还有之前，你有没有用你先进的物理学知识调查过周围情况？"

"让物理学见鬼去吧。"洛斯绷着脸皱眉，"我受够了物理学。该换个行当了。"

"去造座水库，"汉密尔顿说，"别再读那么多书了。出去呼吸一下新鲜空气。"

洛斯把细瘦的手放在金发女郎的肩上，"这是恩典。满满的恩典，满到嘴巴里。"

"很高兴认识你。"汉密尔顿说。

女郎犹豫地笑笑："我不叫恩典,我叫——"

洛斯把女郎推开,凑近汉密尔顿,"我很高兴你提到了库存①这个词。"

"为什么?"

"因为,"洛斯说,"在这个世界里,没有库存这一说。"

"怎么可能没有?"

"跟我来。"洛斯扯住汉密尔顿的领带,拉着他离开吧台,"我要向你透露个秘密。这是自人头税以来,最伟大的发现。"

洛斯挤过满满当当的酒吧,领着汉密尔顿来到角落里的香烟自动贩售机旁。他"啪啪"拍了两下贩售机,带着胜利的语气问道:"怎么样? 你觉得这东西如何?"

汉密尔顿仔细检查了机器。机器跟从前没什么不同:高高的金属盒子,蓝玻璃镜,右上角有投币孔。机器上有一排排小小的玻璃展示窗,展示窗后放着各种牌子的香烟,展示窗下有一排扳手,最下面是出货口。"看起来挺正常。"他说。

"有没有发现什么特别的?"

"没,没什么特别的。"

洛斯四处张望一阵,确定没人偷听他们俩的谈话。随后,他把汉密尔顿拉到身边,用嘶哑的声音低语道:"我一直在观察这

---

① reservoir,有水库/库存之意。

机器的运作情况,已经摸清了一些门道。好好听着我的话,慢慢消化,别吓蒙了。**贩售机里面根本没有香烟**。"

汉密尔顿琢磨着洛斯的话,"一包都没有?"

洛斯蹲下身,指指玻璃展示窗背后的一排烟盒,"只有这些,每种一包。机器里没有库存。可是,你看着。"他往投币孔里塞了两毛五分钱,选了骆驼牌香烟的扳手,用力一拉。一包骆驼烟滑了出来,被洛斯握在手里。"看到没?"

"我不明白。"汉密尔顿承认。

"巧克力棒也一样。"洛斯带他来到巧克力棒贩售机前,"巧克力棒会从里面滑出来,可里面根本没有库存,只有展示样品。明白吗? 懂吗?"

"不懂。"

"你有没有读过关于奇迹的书? 比如,在沙漠里食物和水凭空出现。这是第一种奇迹。"

"哦,"汉密尔顿说,"是的。"

"这些贩售机也依照同样原理,由奇迹分配物资。"洛斯从口袋里掏出螺丝刀,跪下,开始拆卸巧克力棒贩售机。"跟你说,杰克,这是人类已知的最大发现,会掀起现代工业的革命。机器工具生产,流水线技术,这一整套概念——"他一挥手,"统统过时了,没用了。不必再耗费原材料,不会再有劳动力压榨,所有肮脏的、轰轰作响的工厂也要消失了。面前这个金属盒子藏着巨大的秘密。"

"呀,"汉密尔顿有了兴趣,"说不定,你的发现还挺重要。"

"这东西很有用。"洛斯死命拉扯机器的后盖,"帮我一把,兄弟。帮我拉开锁头。"

锁头掉了下来。两人合力抬起巧克力棒贩售机后盖,移到靠墙的位置。果然如洛斯所言,用来存放巧克力的一排排竖直空洞里,什么都没有。

"拿一毛钱出来。"洛斯一边指示,一边灵巧地拧下内部的螺丝,直到从后面也能看到巧克力棒贩售机的展示样品。两人右边,是出口滑道;滑道最上端,是一系列精巧的板子、杠杆和轮子。洛斯正在研究让巧克力棒掉落的整套物理系统,寻找最开始的那一点。

"看起来,应该是从这儿开始的。"汉密尔顿俯过身,从洛斯肩膀上方伸出手去,碰了碰某个平板,示意道,"硬币触发某个开关,让撞杆倾斜。撞杆给巧克力棒施加一个推力,巧克力棒开始滑向取货口。剩下的事情交由重力即可。"

"把硬币塞进去。"洛斯急不可待,"我想看看该死的巧克力棒到底从哪儿冒出来的。"

汉密尔顿塞进硬币,随便选了个扳手拉下。轮子和杠杆转动起来。动力系统的中心出现了一条"优诺"巧克力棒,沿着滑道滑下,停在机器的取货口。

"这东西是凭空冒出来的。"洛斯话音中充满敬畏。

"不过,是在某个特定的区域冒出来的,它似乎是从跟展示样品相切的地方出来的。这样的位置,表明某种二元分裂的存在。展示样品分裂成了两个。"

"再塞一毛钱。我跟你说,杰克,就是这个。"

又一条巧克力棒物质化,被高效的机器推了出来。两人注视着机器,神情充满赞叹。

"真是部好机器!"洛斯赞道,"设计和构造都不错,对奇迹原理的充分利用。"

"不过,只是小规模的利用。"汉密尔顿指了指,"只能复制巧克力、软饮和香烟,都是小东西。"

"这只是开始。"洛斯小心翼翼地将一张锡箔插入"好时"样品旁边的空间。锡箔没有遇到任何阻力。"好,这儿什么都没有。要是我把样品巧克力棒拿出来,改放其他东西……"

汉密尔顿取下"好时"样品,在展示架上放了一只瓶盖。扳手拉下,瓶盖的复制品从管道里"哐啷啷"地滑了下来,掉到取货口。

"这就证明,"洛斯说,"这地方能复制所有跟它相切的东西。我们能复制一切。"他取出几枚银币,"现在开始干正事吧。"

"我有个主意。"汉密尔顿说,"我想到一条很久以前的电子学原理:正反馈。我们把复制出的一部分反馈回原先的样品平台,这样供应量就会源源不断增长——复制产出得越多,反馈回去的就越多;反馈回去的越多,再次复制产出的就更多。"

"这样的话,最好用液体。"洛斯思索着,"我们去哪儿弄些玻璃管来,好把复制出的液体输送回去?"

汉密尔顿从墙上扯下一个霓虹灯广告牌,洛斯则一路小跑,去酒吧买酒。没多久,汉密尔顿还在安装管道,洛斯就回来了,手里拿着一杯小小的琥珀色液体。

"是白兰地。"洛斯说,"真正的法国干邑,酒吧最好的藏品。"

汉密尔顿将酒杯放入"好时"样品展示平台。霓虹灯管中的气体已经清空,从垂直的复制区域伸出分岔口。一侧管口伸回原先的酒杯中,其余几个管口通向下滑管道和取货口。

"反馈和输出的比例是一比四。"汉密尔顿说,"四份从取货口出来作为产出。一份反馈到原先的杯中。从理论上说,产出将会不停增长,永无上限。"

洛斯用灵巧的动作按下扳手,用楔子抵住,让整套机械开始运作。片刻后,干邑开始从取货口滴下,流到贩售机前面的地板上。洛斯站了起来,到墙边握住刚才卸下的机器后盖。两人合力将后盖复位,锁好。巧克力棒贩售机静静地、不停地往下滴最上乘的干邑,流量越来越大。

"好了,"汉密尔顿挺高兴,"免费畅饮——大家排好队。"

已经有几个酒吧常客摇摇晃晃地围了过来,饶有兴趣。很快,贩售机前就围起了人群。

两人站着,注视着越来越长的队伍,排在曾经是巧克力棒贩售机的机器前。"我们利用了这台机器,"洛斯缓缓道,"可还是不明白它的基本工作原理。我们知道这台机器它能做什么以及如何运作的。但我们不知道**为什么**。"

"也许,"汉密尔顿猜测道,"这里面根本没有什么原理。所谓'奇迹'不就是这个意思吗?没有运行法则,只有心血来潮似的突发事件,没有规则,没有理由。它就这么发生了——无法预测,也无法追溯某个源头。"

"但这里面是有规律的。"洛斯指指巧克力棒贩售机,坚持道,"塞一毛钱,出来一根巧克力棒,不是棒球,也不是蛤蟆。自然法则皆如此:只描绘发生的事件,陈述规律,不涉及因果律——我们只会说,如果A和B相加,就会得到C,而不是D。"

"得到的永远都会是C吗?"

"可能是,也可能不是。目前,我们得到的都是C,也就是巧克力棒。现在,机器产出的还是白兰地,不是昆虫雨。这里有规则,有模式。我们只需要找出:哪些因素是组成这个模式的必要条件。"

汉密尔顿十分兴奋。"要是我们能找到促使样品复制的必要因素……"

"对。肯定有**某样东西**,它的存在启动了复制程序。我们不必在意如何启动程序,只需找出是什么启动了程序就行。我们不必理解硫黄、硝酸钾和木炭如何合成火药,甚至不必理解其中的原理。我们只要知道,当这三样东西以特定比例混合后,就会产生火药。"

两人从前来接饮免费白兰地的人群中挤过,回到吧台前。"这么说,这个世界的确存在规则,"汉密尔顿说,"就像我们自己的世界一样。不,我的意思是,不像我们的世界,但确实有规则。"

比尔·洛斯脸上罩上一层阴云。"的确如此。"突然,他方才的热情消失了,"我忘了。"

"怎么了?"

"在我们的世界,我们发现的复制机械不会起作用,只在这个世界才能起作用。"

"呀。"汉密尔顿也泄了气,"真的。"

"我们纯粹是浪费时间。"

"除非不想回去。"

吧台边，洛斯在高脚凳上坐下，握住自己的酒杯。他趴在柜台上，闷闷不乐地嘟哝道："或许，我们真该留在这儿。"

"当然，"麦克费夫听到他的话，快活地接着说道，"留在这儿挺好。放聪明点儿……见好就收。"

洛斯瞥了一眼汉密尔顿，"你想留下吗？你喜欢这儿吗？"

"不想。不喜欢。"汉密尔顿回答。

"我也不喜欢，可我们也没得选。而且，说到这儿，我们连自己**在哪儿**都不知道，更不用说如何离开……"

"这地方挺好，"小个子金发常客愤愤道，"我每天都来，觉得这里挺好。"

"我们说的不是这间酒吧。"汉密尔顿解释。

洛斯的手死死捏着酒杯，说："我们一定得回去。我们一定得想个办法，找到回去的路。"

"我也这么想。"汉密尔顿说。

"你猜，这儿的超市卖什么？"洛斯冷笑道，"告诉你，他们卖罐头装的燔祭品。"

"你猜这儿的五金店卖什么？"汉密尔顿回道，"称量灵魂的天平。"

"瞎说，"金发女郎耍小性子道，"灵魂根本没有重量。"

"那，"汉密尔顿立刻顺嘴说道，"去美国邮政寄灵魂，就不用花钱了。"

"一个盖过邮戳的信封，"洛斯讥讽道，"能装下多少灵魂？这可是宗教新问题，会将人类分裂成对立阵营，两个派别相互开战，连阴沟里都流淌鲜血。"

"十个。"汉密尔顿猜测。

"十四个。"汉密尔顿提出异议。

"异端。冷血杀婴怪物。"

"饮用不洁鲜血的野兽。"

"受诅咒的吞食污秽的恶魔后代。"

洛斯想了想，说："你猜礼拜天早上，电视里会放什么？我不告诉你，你自己去看。"说罢，他小心地握着空酒杯，突然从高脚凳上滑下，消失在酒吧人群中。"喂，"汉密尔顿吃了一惊，"他去哪儿？"

"他疯了。"金发女郎不动声色道。

少顷，比尔·洛斯又出现了，他的黑色面庞因痛苦而显得灰白。为了盖过酒吧吵嚷的说笑声，他对汉密尔顿大喊道："我跟你说，杰克。"

"什么？"汉密尔顿心中惴惴不安。

尖锐的疼痛突然袭来，黑人脸部抽搐，显得无奈而痛苦。"在这个世界——"悲伤的泪水模糊了他的双眼,"在这该死的地方,我居然开始自渎①了。"

说罢,他随即走开,留下汉密尔顿琢磨他的话。

"他什么意思?"金发女郎好奇地问,"洗牌?"

"洗他自己。"汉密尔顿没好气道。

"黑人都那样。"麦克费夫插话。

金发女郎坐在比尔·洛斯空出来的高脚凳上,不慌不忙地往汉密尔顿身上贴过去。"宝贝,给我买杯酒吧。"她满怀希冀地请求道。

"我不能买。"

"怎么? 没到年龄?"

汉密尔顿摸了摸空空的口袋,"我没钱了。钱都花在巧克力棒贩售机上了。"

"祈祷吧。"麦克费夫教他,"死命祈祷。"

"亲爱的主啊,"汉密尔顿尖酸地祈祷道,"赐你没用的电子专家一杯有颜色的水,送给这具被玷污的年轻皮囊吧。"说罢,他还尽责地加了一句,"阿门。"

吧台上,就在他的手肘边,一杯有颜色的水忽然出现。女郎微笑着接过,"你真好。你叫什么名字?"

---

① 原文为shuffle,有洗牌、躲闪等意思。此处为俚语,意为自慰。

"杰克。"

"全名呢?"

他叹口气,"杰克·汉密尔顿。"

"我叫丝姬。"她挑逗地用手指拨弄他的衣领,"外头停的福特双门轿车是你的吗?"

"对。"他木然地应道。

"我们坐车去别处吧。我讨厌这地方,我……"

"为什么?"汉密尔顿突然爆发,大声道,"上帝到底为什么要回应刚才的祈祷,却不回应我其他的祈祷?为什么不回应比尔·洛斯的祈祷?"

"因为上帝赞同你祈祷的内容。"丝姬说,"应不应全由上帝说了算,全凭他对此的看法。"

"糟透了。"

丝姬耸耸肩,"可能吧。"

"你们怎么能忍受这些?你们永远都不知道接下来会发生什么——这儿没有秩序和逻辑可言。"闻言,她没反对,仿佛一切理所当然。见此,汉密尔顿怒从心头起:"我们毫无力量,只能依赖于上帝的心血来潮。我们简直不像人类,而像——等待喂食的动物,等待着上帝的奖赏或者惩罚。"

丝姬盯着他,"你可真是个有趣的孩子。"

"我已经三十二岁了,可不是孩子。而且,我已婚。"

女郎亲昵地挽住他的胳膊,试图把他从不牢靠的高脚凳上拉起来,"来吧,宝贝。我们去别处做私人礼拜吧。我会好几样礼拜仪式,你肯定想试试。"

"我会不会因此下地狱?"

"有熟人就不会。"

"我的新老板手里有连接天堂的内部通信系统。有用吗?"

丝姬仍在催促他起身,"我们等会儿再聊这个。走啦,趁那个猩猩似的爱尔兰人没发觉。"

麦克费夫抬起头,看着汉密尔顿,用绷紧的声音犹豫地问道:"你——你要走了?"

"嗯。"汉密尔顿从高脚凳上摇摇晃晃起身。

"等等。"麦克费夫跟在他身后,"别走。"

"照顾好你自己的灵魂。"说罢,汉密尔顿看了看麦克费夫,发现他脸上露出深深的不安。见此,汉密尔顿清醒了些,"怎么了?"

麦克费夫说:"我有东西想让你看。"

"什么东西?"

麦克费夫大步超过汉密尔顿和丝姬,取了一把巨大的黑伞,转身等着两人。汉密尔顿跟上,丝姬也一同随行。麦克费夫推开酒吧大门。雨势渐大,方才的毛毛细雨已转为阵雨。麦克费夫小心地撑起帐篷似的巨伞,遮住三人。雨势更大了,冰冷的秋雨打在闪闪发亮的人行道上,打在四下无人的商店和街道上。

丝姬打了个哆嗦,"真冷清。我们去哪儿?"

麦克费夫一边在黑暗中寻找汉密尔顿的双门车,一边用毫无起伏的声调自言自语:"肯定还在。"

车子在看不见尽头的湿淋淋公路上奔驰。"你觉得,他为什么会自渎?"汉密尔顿寻根究底,"他以前没自渎过。"

麦克费夫坐在驾驶位上,漫不经心地开着车。他的身子弓着,缩在座位上,就像睡着了似的。"我刚才就说了,"听到汉密尔顿的问话,他直了直身体,喃喃道,"黑人都那样。"

"肯定有原因。"汉密尔顿坚持。雨刮器"哗—哗—"的刮雨声让他昏昏欲睡。他靠在丝姬身上,困倦地闭上了眼睛。女郎身上微微散发着烟草和香水的味道,真好闻……他喜欢这种味道。她的头发贴着他的面颊,干燥,轻盈,有些扎人,就像某种草籽。

麦克费夫说:"你们知道吗,所谓的第二巴字之类……"他拔高了声调,声音刺耳,透着绝望,"都是些大话,疯狂的异教,一堆疯子。不过是一群怪人,带着他们的怪念头来到这儿。对不对?"汉密尔顿和丝姬都没应声。

"这东西长不了。"麦克费夫说。

丝姬不耐烦地说:"我想知道,我们到底要去哪儿。"她往汉密尔顿身边靠了靠,挨得更紧些,问道:"你真结婚了?"

汉密尔顿没理她,对麦克费夫说:"我知道你在怕什么。"

"我没怕。"麦克费夫回答。

"你当然怕。"汉密尔顿顶了回去,连他自己也不由自主地感到坐立不安。

前方,洛杉矶市越来越大,越来越近。车子进入洛杉矶,沿着街道在房屋间行驶。这儿没有动静,没有声响,也没有灯光,没有任何生命迹象。麦克费夫好像很清楚自己要去哪儿,一个转弯,又一个转弯,最后把车子开到了狭窄的小街上。突然,他踩了刹车,直起身子,透过挡风玻璃朝外望,整张脸僵住了,充满恐惧。

"这儿真糟糕。"丝姬抱怨着,把头埋进汉密尔顿的外套里,"干吗来这种贫民窟? 我不明白。"

麦克费夫停好车,推开门走上空荡荡的街道。汉密尔顿跟着出了车子。两人并肩站立。丝姬不肯下车,待在车里听收音机,听寡淡的餐厅背景音乐。收音机的声响飘入黑暗,混合着雾气,在关门的商店和破旧粗陋的大楼间飘荡。

"就这儿?"汉密尔顿终于开口。

"对。"麦克费夫点点头。此刻,直面现实的麦克费夫,脸上没有任何表情。

正对两人的是一家邋遢破败的商店,老旧的木板结构,上面的黄色油漆已然剥落,露出底下浸透雨水的木头。店门口散落着一堆堆垃圾和旧报纸。借着街灯,汉密尔顿发现窗户上贴着好些告示。是传单。纸张已经发黄,沾上了好些死苍蝇,字迹模糊不清,次序凌乱。窗上挂着脏兮兮的窗帘,窗帘后面是一排排难看的金属座椅,座椅后面的一切都隐藏在黑暗当中。店门口竖着手写的招牌,上了年月,歪歪斜斜。招牌上写着:

非巴比教教堂

入者皆欢迎

麦克费夫发出含糊不清的呻吟,振了振精神,走向人行道。

"还是算了吧。"汉密尔顿跟上去劝道。

"不,"麦克费夫摇摇头,"我要进去。"他举起黑伞,跨到商店的入口,随即用伞柄有节奏地重重敲门。敲门声在空空的街道上回响,空空荡荡。小巷深处,有只动物受了惊吓,在烟灰罐当中动了动。

终于,有人来开门了。是个瘦小驼背的人影,惊惶地朝外望。他戴着铁框眼镜,衣袖都磨秃了,露出线头,脏兮兮的,水汪汪的黄色眼睛警惕地四处乱转。老人打着哆嗦,看着麦克费夫,眼神陌生。

"你想干什么?"他用虚弱发抖的声音问道。

"您不认识我了?"麦克费夫说,"发生了什么,神父? 教堂在哪儿?"

干瘪瘦小的老人哆哆嗦嗦,嘟嘟囔囔,打算关起门来,"走开,你们这两个一文不值的醉鬼。快走,否则我叫警察了。"

门正要关上,麦克费夫飞快塞进雨伞将门挡住。"神父,"他恳求道,"这太可怕了。我弄不懂。他们偷走了你的教堂。连你也——变小了。这不可能。"他的声音低了下去,因太过震惊而说不出话来。"你从前可是……"麦克费夫绝望地转向汉米尔顿,"他从前是个大块头,比我还大。"

"走开。"面前的瘦小身影嘟囔道。

"我们能进来吗?"麦克费夫问道,没拿开雨伞,"请让我们进去。我们还能去哪儿? 我这儿有个异教徒……他想改宗。"

小老头儿犹豫了。他焦虑地露出一脸苦相,偷眼看看汉密尔顿,"你? 怎么回事,你就不能明天来吗? 现在已经过了午夜,我正睡得熟呢。"他放开门,不情愿地让开身子。

两人进门。"就剩下这些了。"麦克费夫对汉米尔顿说,"你见过这地方**之前的模样**吗？是石头砌成的，比其他的——"他无力地比画着，"比其他的教堂都大。"

"一共十块钱。"两人身前，小老头儿说道。他弯下腰，从柜台底下拖出一只陶瓮。柜台上摆着大堆传单和手册，有几本滑到了地上，但小老头儿一点儿没发觉。"先付钱。"他补充道。

麦克费夫伸手进口袋摸钱，四处张望，"管风琴在哪儿？还有蜡烛，连蜡烛也没有？"

"那些东西，哪里买得起。"小老头儿急急地走向里面。"好了，你到底要什么？要我给这个异教徒施洗？"他抓住汉密尔顿的手臂，仔细打量，"我是奥法瑞神父。你得跪下，年轻人，然后低下头。"

汉密尔顿问道："这儿一直都这样吗？"

奥法瑞神父暂时停下动作，应道："什么样？你什么意思？"

汉密尔顿心中涌起同情。"算了，没什么。"他说。

"我们的教派很古老。"奥法瑞神父犹犹豫豫地开口，"你是指这个吗？能回溯到好几个世纪以前。"接着，他的声音颤抖起来，"甚至比第一巴孛都早。我不敢肯定确切的起源时间，他们说……"他支吾着，"我们没有多少权威性。第一巴孛，当然，是出现于1844年。而我们甚至早于1844年……"

"我想跟上帝说话。"汉密尔顿说。

"当然,当然。"奥法瑞应道,"我也想啊,年轻人。"他拍拍汉密尔顿的胳膊,力道很轻,几乎感觉不到,"大家都想。"

"您能帮忙吗?"汉密尔顿问道。

"很难。"奥法瑞神父回答。他转身走进商店后头的壁橱,一间乱糟糟的储藏室,气喘吁吁地到处翻找,随后拎出一个柳条篮。篮子里放着各种各样的东西,骨头、残片、干枯的头发和皮肤。"我们有的,都在这儿了。"他喘着粗气,放下柳条篮,"也许你能找到些有用的,你自己挑吧。"

汉米尔顿小心翼翼地挑拣着篮子里的东西。麦克费夫用颤抖的声音说:"看看这些东西,尽是些假货和垃圾古董。"

"我们只能尽力而为。"奥法瑞神父双掌合拢,说道。

汉密尔顿问道:"我们有没有办法到'上头'去一趟?"

奥法瑞神父第一次露出微笑,"死了才能上去,年轻人。"

麦克费夫抓起雨伞,朝门口走去。"我们走,"他对汉密尔顿粗声说,"离开这地方,我受够了。"

"等等。"汉密尔顿回答。

麦克费夫犹豫地停下,问道:"你干吗想要跟上帝说话?有什么好处?看看周围,你也能看得清形势。"

汉密尔顿回答:"他是唯一能告诉我们,这地方到底是怎么回事的人。"

麦克费夫愣了愣，"我不在乎到底是怎么回事。我要走了。"

汉密尔顿手脚麻利，摆出一圈骨头和牙齿组成的环状遗迹。"过来帮忙，"他对麦克费夫说，"这也是为了你自己。"

"你想要的东西，"麦克费夫说，"叫作奇迹。"

"我知道。"

麦克费夫走了回来，"你这是白费功夫，劝你别抱希望了。"他站在那儿，握着那把巨大的黑伞。奥法瑞神父不安地来回走动，丝毫不理解面前发生的一切。

"我想知道，这一切是怎么发生的。"汉密尔顿说，"第二巴字，还有一整套乱糟糟的东西。要是去那儿也找不到——"他伸出手，从麦克费夫手中拿过巨大的黑伞，深深吸口气，撑了起来。巨伞的扇骨和布料在他头顶一下打开，仿佛秃鹰展开强韧的翅膀，伞面上的水珠一下挥洒开来。

"你干什么？"麦克费夫大声问道，一步跨过环状遗迹，来抢他的雨伞。

"抓紧了。"汉密尔顿自己也紧紧抓住雨伞，问奥法瑞神父，"瓮里还有圣水吗？"

"呃，有。"奥法瑞神父说着，朝陶瓮里张望，"底下还有一点儿。"

"你一边洒圣水，"汉密尔顿说，"一边念诵'向上'那一段。"

111

"向上?"奥法瑞神父感到莫名其妙,"我——"

"Et resurrexit,你应该记得的。"

"噢,"奥法瑞神父说,"对,我想我记得。"他点点头,满腹狐疑地把手伸进陶瓮,沾了圣水,洒向撑开的雨伞。"我真觉得这办法不太可能成功。"

"快念。"

奥法瑞神父没底气地喃喃道:"Et resurrexit tertia die secundum scripturas, et ascendit in coelum, sedet ad dexteram partis, et iterum venurus est cum gloria judicare vivos et mortuos, cujas regni non erit finis..."[①]

汉米尔顿手中的雨伞开始颤动。接着,雨伞缓慢地、费力地升了起来。麦克费夫惊惶地轻叫一声,握紧伞柄,免得丧命。没多久,伞尖就撞上了商店的天花板。汉密尔顿和麦克费夫滑稽地吊在上头,双脚在尘土飞扬的阴影中晃荡。

"天窗,"汉密尔顿喘着气说,"打开天窗。"

奥法瑞神父急忙去拉天窗杆,慌张得像只受惊的老鼠。天窗推开,夜晚湿润的空气涌了进来,冲走了店里的陈腐气息。阻

---

① 此处为拉丁文,摘自《信经》。《信经》(源自拉丁文 credo,意为"我信")是传统天主教的权威性信仰纲要,简单来说是教条式的信仰摘要。此处几句引文大意为:"我信他升了天,坐在全能天主父的右边;我信他要从天降来,审判生者死者,他的王国永无止境。"

碍消失,雨伞"嗖"地往上升去。商店破败的木房子很快在脚下消失。两人被冰冷的浓雾拉拽,越升越高。很快,他们升到了双子塔的高度。接着,整座旧金山市都在脚下。两人吊在一根伞柄上向下望去,旧金山市的灯火闪闪烁烁,仿佛亮闪闪的黄色盘子。

"要是——"麦克费夫喊道,"要是我们松了手,会怎么样?"

"祈祷上帝赐予力量吧!"汉密尔顿喊着回应道。他闭上眼睛,拼命握紧伞柄。雨伞嗖嗖上升,速率每时每刻都在增加。有那么短短一刻,汉密尔顿大着胆子睁开双眼,朝上望了望。

上头只有乌压压的黑云,一眼看不到边。黑云之上会有什么?上帝会在等他们吗?

雨伞在黑沉沉的夜空中不住地上升。就算现在后悔,也来不及了。

7

两人继续上升，混乱的黑暗渐渐退去。他们从湿漉漉的黑云层中穿过；最后，雨伞借着水汽一滑，穿出了云层。寒冷黑暗的夜空消失，两人来到了一片混沌灰暗的空间，一片尚未成型，没有颜色，没有形状的虚空。

脚下是地球。

汉密尔顿第一次看到这么清晰的地球。地球跟他想象的差不多，圆的，呈清晰的球形。地球悬在某种介质当中，安静而又阴郁，令人印象深刻。

令人印象深刻的原因是：宇宙中仅有地球。汉密尔顿震惊地发觉，除了地球，本应进入视野的行星，一颗都没有。他忧虑地上下左右张望，好一会儿，才勉强接受了眼前的景象：

地球，孤零零地悬在天穹中。有一颗燃烧的小球围着地球转——很小，就像一只嗡鸣着，扑闪着的蚊子，围绕着一团巨大的、毫无生气的物质。他认出了这颗小球，心中一阵惊惶失措——这是太阳。太阳**这么小**，而且——还在动！

Si muove[①]。但动的不是地球。*Si muove*——动的是太阳！

幸好，那灼热燃烧的发光体在伟大地球的远端。那东西移动得很慢；绕地球一圈要花二十四小时。靠近他们这边，有个更小的、几乎看不见的小点，像是废料团成的块，正呆滞笨重地往前挪移。这琐屑般的东西，丢了也没关系。

是月球。

月球就在不远处。雨伞带着汉密尔顿前进，到了几乎能碰到月球的地方。汉密尔顿难以置信地盯着那东西，直到月球隐入灰色的介质。难道，科学错了？整个宇宙的架构都错了？哥白尼那庞大惊人的"日心说"系统，都错了？

出现在他眼前的，是古老过时的"地心说"宇宙。在这个宇宙中，地球是唯一的行星，巨大、静止。此时，他辨认出了火星和金星，小得几乎算不上存在。还有其他星辰，都小得惊人……漫天的琐屑之物。只一瞬间，汉密尔顿全部的宇宙学知识体系便土崩瓦解，成了荒唐的废墟。

---

①意大利语，意为"它在动"。据传，伽利略受审后，被迫宣布放弃日心说，同时说出了这句话。

不,只是这个世界如此而已。字体是古老的托勒密宇宙,不是他的世界。微小的太阳,微小的星辰。巨大肥硕的地球,浮肿膨大,占据了这个死寂宇宙的中心。这一切,在这个世界都是真实的,这个世界的宇宙便是如此运行。

但这一切都跟他所生活的宇宙毫无关系……谢天谢地。

想到这一点,看到接下来的景象,他已经不再过于吃惊。地球下方深处,与灰色相距遥遥,有一片泛着模糊的红色。那地方看起来位于这个宇宙的最底层,像是原始的采矿作业场。有锻造场,喷火的熔炉,更远处还有粗糙原始的、火山似的东西,咕嘟冒泡,给难以名状的灰色介质添了一层模糊凶恶的红色微光。

是地狱。

至于头顶……他仰起脖子。现在,头顶之物已然清晰可见。是天堂。这就是电话系统的另一端。地球上那些电子技师、语义学家、交流专家、心理学家,努力保持畅通的电话线,连接的就是这里。这就是伟大宇宙线路的 A 点。

雨伞上方,飘荡的灰色慢慢消失。一时间,一切都消失了,就连冷入骨髓的夜晚寒风也消失了。麦克费夫抓着雨伞,望着越来越近的上帝居所,眼中敬畏之情越来越强。天堂可见之物不多,只有无尽的浓稠物质组成无限延伸的围墙,形成保护层挡住视线。

墙上飘着几个发光的小点,小点会冲刺跳跃,仿佛带电的离子,有着自己的生命。

很可能是天使。不过,现在下定论还为时过早。

雨伞越升越高,汉密尔顿的好奇心也愈来愈盛。奇怪的是,他居然很平静。在目前情形下,他无法体会任何感情。究其缘故,他要么是彻底自控,要么就是彻底失控,两者必居其一,没有折中选项。很快,再有五分钟,他就能升过墙头。那时候,他和麦克费夫就能看见天堂。

真不容易,他想。不久以前,他们还站在贝伐加速器大楼里,互相因为某些琐事争吵……走到现在,真不容易。

慢慢地,雨伞以无法察觉的速度减缓了上升趋势。此时,雨伞几乎悬浮在空中。这儿就是上升的极限。到了这里,便不存在"上"这个方向。汉密尔顿漫不经心地琢磨,接下来会怎么样。雨伞会慢慢下降吗?会耐心地带他们降落到天堂,就像送他们升空一样?或者,雨伞会突然收起来,把他们甩在天堂中央?

视野里有东西即将出现。他们上升至跟延展的围墙保护层相平行。汉密尔顿脑中突然产生了一个疯狂的念头:这圈保护层,不是为了阻挡过路者的视线,而是为了保护天堂居民,免得他们滚落下来,回到来时的世界。此前,一个又一个世纪,他们就是从底下那个世界陆陆续续来到天堂。

"我们——"麦克费夫喘着气说,"我们就快到了。"

"对。"汉密尔顿回答。

"这些——对——人的——世界观——影响挺大。"

"确实挺大。"汉密尔顿承认。就快到了,他能看见。再过一秒……半秒……他已经隐约瞥到了里头的景象。眼前的景象让人纳闷:像是个环形连续体,模模糊糊,雾气蒙蒙。是池塘?海洋?不,是一片巨大的湖泊,湖水打着圈流动。远处有山,山上长着望不到边的灌木丛。

突然,巨大的湖泊消失了。有一幅帘幕盖于其上。片刻后,帘幕重新卷了起来,湖泊再度出现,露出开垟的湿漉漉的物质。

这是他平生仅见的最大湖泊,大得能装下整个世界。尽一辈子,他也不可能见到比这更大的湖泊。他继续漫不经心地琢磨,这个湖泊的容积该有多少。湖泊中央的物质比周围密度更高、透明度更低,像是湖中之湖。难道天堂就是个巨湖而已?就他所能见,眼前唯有湖而已。

这不是湖。这是一只**眼睛**。而这只眼睛,正盯着他和麦克费夫!

不用说,他也知道这是谁的眼睛。

麦克费夫发出尖利的叫声,脸色发灰,腹中吐出的气流震得声带不住发抖。绝对的恐惧攫住了他。一时间,他绝望地挂在伞柄上挣扎,徒劳地指望握住伞柄的手指松开,好逃离巨眼的视野。他疯狂无望地折腾,连踢带打,只想从巨眼跟前逃开。

巨眼的视线集中到伞上。随着一声"噗"的响动和焦臭味,雨伞变成了一团火焰。一瞬间,燃烧的雨伞残片、伞柄,以及两个尖叫的男子,都像石头似的从天上掉下。

结果,下降和上升完全不同。下降的时候,他们快得就像流星。两人都失去了知觉。有一段时间,汉密尔顿稍稍清醒过来,意识到世界就在下面不远处。接着,便是重重的撞击。撞击之后,他又被高高抛起,沿着来路再度上升。第一次剧烈的反弹,让他几乎又升到天堂。

很快,他又再次下降,再次撞击,再次反弹。不知反弹了几次,他的肉体终于停了下来,再也无法动弹。他紧抓着大地,大口喘气。他不顾一切地紧紧抓住长在干燥红土中的枯草,痛苦地、小心翼翼地睁开双眼,看了看周围。

他瘫倒在一片干涸开裂、满是尘土的旷野。此时正是清晨时分,天气寒冷。远处,能看到几幢破败的大楼。他身边,查理·麦克费夫一动不动地躺着。

这儿是怀俄明州,夏延市。

"我想，"过了很久，汉密尔顿开口道，"一开始，我就该来这儿。"

麦克费夫没有回答。他彻底失去了意识。唯一的声音是啾啾的鸟叫。这些鸟儿们停在几百码^①外枝丫横斜的树上，尖声叫着。

汉密尔顿痛苦地撑起身子，站了起来，一步一晃地来到麦克费夫身边，查看同伴的状况。麦克费夫还活着，没有明显的外伤，但呼吸浅而急促。他半张着嘴巴，口中唾液沿着下巴流了下来，留下一条细细的痕迹。麦克费夫的脸上仍然挂着惊恐和迷惑，还有无力与沮丧。

为什么是沮丧？麦克费夫亲眼见到了自己的上帝，为什么不高兴？

又多了一件值得留意的怪事。这个古怪世界中的古怪之处，又多了一点儿。现在，他身处这个巴比教信徒宇宙的精神中心——怀俄明州，夏延市。上帝替他修正了前进中的错误曲线。之前，麦克费夫带他走了弯路；现在，他毫无疑义地回到正确的道路上。提林福说得对：前去面见贺拉斯·克兰普先知，是上帝给他的旨意。

他带着好奇，仔细查看附近城镇冷冰冰的灰色轮廓。在城

---

① 1 码约为 0.9144 米。

镇难以名状的建筑群中心，一座高耸的巨大尖塔拔地而起，在晨曦中闪耀着强烈刺眼的光芒。摩天大楼，还是纪念碑？

都不是。那是"唯一真信"的神庙。汉密尔顿所在之处离神庙还有几英里。哪怕距离这么远，他也能看到第二巴孛的圣墓。目前为止，他所体验过的巴比信徒力量，跟前方圣墓中的力量比起来，只能算小巫见大巫。

"起来。"他看到麦克费夫的身子动了动，便对他说道。

"我不去。"麦克费夫回答，"你自己去。我就待在这儿。"他把头枕在胳膊上，闭上眼睛。

"我可以等。"汉密尔顿回答。他一边等待，一边思考自己的处境。在冷飕飕的秋日清晨，他正身处俄明州的中部，而且口袋里只有三十美分。对了，提林福说过什么来着？他打了个哆嗦。值得一试。再说，他也没别的选择。

他单膝跪下，双掌合十，虔诚的双眼望着天堂（他已经越来越习惯这个姿势了）。"主啊，"他开口道，"请赐予您谦卑的仆人，赐给他4A电子技师这个级别通常该得的报酬。提林福说过，有四百美元呢！"

一时间，周围毫无动静，只有寒冷干燥的风从红土荒野上呼啸而过。枯草刷刷作响，生锈的啤酒罐哐啷啷翻滚。过了片刻，头顶的空气鼓动了起来。

"护住脑袋!"汉密尔顿对麦克费夫喊道。

硬币雨点似的从天而降,有五美分、十美分、二十五美分,还有五十美分,仿佛闪闪发亮的旋风。硬币雨哗啦啦地砸在地面上,发出像一整车煤炭沿着锡质滑道滑下的声音,让汉密尔顿什么都听不见,什么都看不见。旋风平息后,他开始捡拾硬币。天上掉钱的兴奋很快退去,取而代之的是失望和愠怒:掉下来的根本没有四百美元,这些只是丢给路边乞丐的零钱。

不过,这也是他活该。

他点了点数,一共是四十美元七十五美分。不无小补,至少能填肚子。等这些花完……

"别忘了,"麦克费夫挣扎着爬起来,含糊嘟哝道,"你还欠我十美元。"

麦克费夫的状况不佳。他那张大脸长出了斑点,气色难看。脸上的肥肉挂了下来,甜甜圈似的丑陋地叠在领子周围。他的面颊在抽动,手指则紧张地抚弄着面颊。麦克费夫身上的转变令人震惊。只因为见到上帝,他就被摧垮了。跟自己的上帝实实在在地打个照面,让他彻底崩溃。

两人拖着脚步,木然地走向公路。"他跟你想的不一样?"汉米尔顿开口问道。

麦克费夫咕哝一声,把一块红土踢进草丛。他双手深深插在衣袋里,脚步沉重,眼神空洞,缩着肩膀,一副垮掉的模样。

"当然,"汉密尔顿不想逼他,补充道,"这事跟我无关,你不必非得回答。"

"我得喝杯酒。"麦克费夫只说了这句话。两人走上公路坚硬的路肩,麦克费夫数了数钱包里的钱。"我们回贝尔蒙特再见。给我十块钱,我的钱不够买机票。"

汉米尔顿不情不愿地数出十美元零钱。麦克费夫一言不发地接过。

两人沿着公路,进入夏延市郊区。突然,汉密尔顿发现了某个不祥之兆。麦克费夫的后脖颈上,有好几个丑陋肿胀的红色脓疮正在隆起,仿佛鲜红的鞭痕,汉密尔顿眼睁睁看着这些东西越来越大,越来越肿。

"是疖子。"汉密尔顿惊讶道。

麦克费夫一脸痛苦,沉默地瞥了他一眼。随后,他摸了摸下巴左边。"我有颗智齿旁的牙龈也肿了。"他彻底心灰意懒道,"疖子、脓肿,都是给我的惩罚。"

"你做了什么,要受惩罚?"

麦克费夫再次沉默,陷入独自的愁闷之中,与某种无形的启示作抗争。见此,汉密尔顿忽然明白:亲眼见过上帝后,此人只要能活下来,就是幸运。当然,这个世界自有其复杂的赎罪机制。只要进行恰当的忏悔,麦克费夫就能摆脱发炎的智齿和让人困扰的疖子。麦克费夫,这个天生的机会主义者,肯定能找到办法。

两人在遇到的第一个大巴站停下休息,疲惫地坐在湿漉漉的长凳上。周末到城里去购物的过路人,好奇地看着他俩。

"我们是朝圣者。"汉密尔顿迎着投来的好奇目光,没好气地解释道,"从密歇根州巴特克里克市一路跪过来的。"

这一次,天上没有降下惩罚。汉密尔顿叹口气,反倒希望惩罚降下。上帝反复无常的善变性子让他很恼火,行为和惩罚之间的联系实在太少;惩罚他刚才撒谎行为的闪电,说不定落在了夏延市另一头某个无辜市民的头上。

"车来了。"麦克费夫松了口气,撑着站起来,"准备好十美分硬币。"

大巴开到机场站,麦克费夫蹒跚下车,强撑着走向售票大楼。汉密尔顿继续坐车往前,驶向那座高耸耀眼的、不容忽视的"唯一真信"圣墓。

先知贺拉斯·克兰普在堂皇的入口处与他相见。圣墓四周均由大理石柱子支撑,阵势吓人。这座圣墓,尽管宏伟惊人,却有种中产阶级的粗鄙庸俗气息,毫不遮掩地照搬了传统古墓的样式。这座巨大吓人的圣墓是对审美的粗暴践踏。跟苏联的大楼一样，这座建筑也是由缺乏艺术鉴赏力者设计的。不过，跟苏联大楼不同的是，这座圣墓周身密布着镂空细工装饰，由洛可可风格的栏杆与柱身凹槽装点，还有数不清的小装饰品，花哨抛光的黄铜把手和管道，墙上内嵌的柔光在瓷砖表面打转。墙上刻有浅浮雕，尺幅极大，庄严中带着傲慢，描绘着牧歌式的场景。画面中所描绘的人物衣着精美，显得既高尚又愚昧。

"祝好。"先知朗声道，举起一只肥硕苍白的手，示意祝福。贺拉斯·克兰普简直像某家主日学校鲜艳海报上走下来的人物，他穿着带兜帽的长袍，臃肿的身子走起路来摇摇晃晃，偶尔出神，脸上带着慈祥的微笑。他引汉密尔顿走上台阶，督促他合乎礼仪地进入神殿。当两人走进装饰华丽的书房。汉密尔顿丝毫提不起劲，不禁自问：我到底来这儿干吗？上帝到底想让我做什么？

"我在等你。"克兰普拿出公事公办的态度，"我得到消息，说你要来。"

"消息？"汉密尔顿莫名其妙，"谁给的消息？"

"自然是 Tetragrammaton①。"

汉密尔顿糊涂了，"你是说，你就是神的先知，而他的神名叫

---

① 四字神名，意思是"四个字母"，为古代希伯来人尊崇的神名。

作——"

"此名不可说。"克兰普狡黠地打断他的话,"太过神圣。他喜欢被人称呼为 Tetragrammaton。你居然连这个都不知道,我很吃惊。这可是常识。"

"我比较无知。"汉密尔顿应道。

"据我所知,你最近经历了一次异象。"

"如果你是说,我最近亲眼见过了 Tetragrammaton,确实如此。"才一会儿工夫,他已经开始讨厌面前这位矮胖的先知了。

"他怎么样?"

"看起来挺健康。"说罢,汉密尔顿忍不住加了一句,"在他这个年纪,算是挺健康了。"

克兰普在书房里来回踱步。他的头顶几乎全秃了,头皮亮得就像抛光的石头。他简直是神学尊严和盛况的典范,汉密尔顿觉得,他就像漫画里的人物,身上浓缩了所有永恒的、乏味的元素……克兰普太堂皇庄严,根本不像真人。

漫画人物——或者说,他是某人对"唯一真信"精神领袖该长什么样的想象。

"先知,"汉密尔顿开门见山,"我就直说了。我在这个世界只待了大约四十个小时。此前,我一直不在这个世界里。说实话,这里的一切都让我想不明白。对我来说,这是个彻底疯狂的宇宙。在这儿,月球只有豌豆这么大——太荒唐了。地球是宇宙中心——太阳绕着地球转——太原始了!还有这一整套过时的,非西方的上帝概念:老头子降下硬币雨和蛇,散布疖子瘟疫……"

克兰普盯着他,眼神锐利,"可是,亲爱的先生,一切就该如此。这就是他创造的世界。"

"在这个世界,或许是这样,但这不是我的世界。在我的世界……"

"我看,"克兰普打断道,"你最好给我讲讲你到底从哪儿来。有关这一方面,Tetragrammaton 没跟我说。他只告诉我,有个迷失的灵魂会来这儿。"

汉密尔顿勉强地讲了事情的大概。

"啊。"听他说罢,克兰普叹道。他面露忧虑和怀疑,背着手在书房大步来回。"不,"他断然道,"我没法接受。但这是有可能的,确实有可能。你确实说——你确实站在此处,明明白白地说出——周四之前,你一直生活在一个他不曾涉及的世界?"

"我没说他不在,但绝非以这种粗糙夸张的方式存在。这儿的一切——如同部落神一般的狭隘、恐吓、雷鸣——我的世界里都没有。但他还是很有可能在的——我一直理所当然地认为他在。不过,他的存在方式微妙而间接,不会一看到谁越线,就一脚踹过去。"

先知明显被汉米尔顿透露的事情动摇了，"这可真是耸人听闻……我从没想过，还有这种纯粹异端的世界存在。"

听了这话，汉密尔顿彻底爆发，"你难道听不懂我的话？这个二等宇宙，这个巴孛什么玩意儿的……"

"是第二巴孛。"克兰普纠正。

"到底什么是巴孛？第一巴孛去哪儿了？这一切无稽之谈到底哪儿来的？"

克兰普高傲地沉默片刻，才说："1850年7月9日，第一巴孛在大不里士①被处决。他的两万追随者，也就是巴比教信徒，被残忍谋害。第一巴孛是我主的真正先知。他死得超然，连看守他的狱卒都流下了眼泪。1909年，他的遗骨被运到迦密山。"说到这儿，克兰普顿了顿，以制造戏剧效果。他眼中充满了感情，"1915年，他死后六十五年，巴孛重返地上。那是8月4日上午8时，在饭店里的一群顾客看到了他。迦密山的遗骨完好无缺，他却重新活了过来！"

"这样啊。"汉密尔顿应道。

克兰普举起双手："还需要什么别的证据？这世界几曾见过更伟大的奇迹？第一巴孛不过是'唯一真神'的先知，"克兰普的声音颤抖起来，"而第二巴孛——就是他本尊！"

---

① Tabriz，伊朗西北部城市。

"为什么圣墓选在怀俄明州夏延市?"汉密尔顿问道。

"第二巴孛,就在此处结束了他在地球上的岁月。1939年5月21日,他升入天堂,由五位天使接引,众多真神信徒亲眼见证。那真是令人激动的时刻。我本人——"克兰普激动得说不出话来,"我,在第二巴孛在地球上的时刻,亲手接受了他的——"他指指书房墙上的壁橱,"在那个神殿里,放着第二巴孛的手表、钢笔、钱包,还有一颗假牙——其余的全是真牙,跟着他的肉身上了天堂。第二巴孛在地球上生活期间,我一直是他的记录者。我就用你面前的这台打字机,写下了《巴扬经》当中的许多章节。"他伸手碰碰一只玻璃匣子,里面放着老式的安德伍德五号办公室打字机,又破又旧。

"现在,"克兰普先知继续道,"我们来思考一下你描述的世界。显然,你是上帝派来知会我这一异常重大的情况的。一整个世界,几十亿人,全都生活在'唯一真神'的视线之外。"他的眼中闪出炽热的光芒。随着光芒愈来愈盛,先知口中吐出一词:"圣战。"

"等等。"汉密尔顿担心地开口。克兰普打断了他。

"圣战。"克兰普兴奋地说,"我们会抓住加州维护实验室的T.E.爱德华兹上校……立刻准备远距离火箭。首先,我们要用神圣经典中的文字信息轰炸那不毛之地。接着,等荒野中燃起精神的火苗,我们就派出教学部队。教学部队之后,要集中派出流动信使,通过各种大众媒体——电视、电影、书籍、十诫录音唱片等等方式——传播真信。我相信,我能说动 Tetragrammaton 做一段十五分钟的电视讲话,再来几段长篇传道,作为给不信神的人群的福祉。"

听了这话,汉密尔顿琢磨:上帝特地送我来怀俄明州夏延市,是不是就为了让我听这些? 见识了克兰普先知坚定不移的信仰,他也开始动摇了。或许,他本人就是个迹象,是上帝派来说服皈依的。或许,这个被 Tetragrammaton 紧紧抱在胸口的世界,才是真正的世界。

"我能去圣墓四周转转吗?"他转移话题,"我想仔细看看巴比教的精神中枢到底什么样。"

克兰普沉浸在自己兴奋的思绪中,抬头看了他一眼。"什么? 哦,当然可以。"他随即开始按内部通信器的按钮,"我马上跟 Tetragrammaton 通话。"可他的手又停下了动作,朝汉密尔顿俯过身来,扬起头问道:"你说,他怎么没通知我们有这么个黑暗世界存在?"第二巴孛先知丰满自得的脸上掠过一层不安。"我本以为……"他摇摇头,喃喃道,"但真神行事神秘,凡人难测。"

"神秘得很。"说着,汉密尔顿离开书房,步入空荡荡的大理石走廊。尽管还是大清早,已有虔诚的信徒来这里朝圣,在神圣的展品前驻足观看,轻手抚摸。看到信徒,汉密尔顿心头一沉。

在一间大房间里，一群大多中年模样、衣着齐整的男女，正在齐唱圣歌。汉密尔顿正想走过，却停下了脚步。

这群信徒头顶，悬着某个光芒隐约的存在，要求他们保持绝对的忠诚。汉密尔顿觉得，加入这支圣歌队伍，或许是个好主意。

他犹犹豫豫地站到队伍里，不情不愿地跟着一同唱起来。他从前没听过这支圣歌，但很快就跟上了节奏。圣歌简单至极：同样的歌词和音调一再重复，单调的话语无限循环。汉密尔顿想，原来 Tetragrammaton 有个贪得无厌的胃口，而且性格幼稚，阴晴不定，需要不断的赞美——而且要用最直白的词句。他容易发怒，也容易陶醉，急不可待、欣欣然地接受这种庸俗的马屁。

这也是平衡，是哄神的办法。可这办法实在靠不住，人人都有危险……脾气暴躁的存在总在附近，总竖着耳朵。

唱完圣歌，他继续情绪低落地闲逛。这座建筑，还有里面的人，都带着"Tetragrammaton 就在附近"的庄重感。汉密尔顿能感觉到，他无处不在。这位真神附在一切之上，仿佛一层厚厚的浓雾，压得人透不过气来。汉密尔顿浑身不自在，他走到了一面高墙边，墙上嵌着巨大发光的牌匾，上头写着：

蒙受召唤的信徒名单。有你吗？

牌匾上的名单是根据字母顺序排列的。他粗粗地扫了一遍,自己的名字不在其上。麦克费夫的名字也不在。他心中冷哼一声:可怜的麦克费夫。不过,没关系,他能应付。牌匾上也没有玛莎的名字。整张名单短得吓人。在地球上所有的人当中,只有这么可怜的一小撮,有资格进天堂?

他暗自愤懑,随意想了几个他心中伟大的名字:爱因斯坦、阿尔伯特·史怀哲①、甘地、林肯、约翰·多恩②。一个都没有。他怒意更盛:这是什么意思? 难道这些人都进了地狱? 就因为他们不是怀俄明州夏延市第二巴字的追随者?

当然。唯有信徒才能得到拯救。其余所有人,数不清的几十亿人,统统注定被地狱的火焰吞噬。牌匾上一排排自鸣得意的名字,全是"唯一真神"的信徒。这些性格狭隘的无知村夫,平庸得书无可书,就像小到看不见的墨水点……

牌匾上有个熟悉的名字。他不敢相信,盯着这个名字看了许久,困惑不已,琢磨其中的含义。越是琢磨,他越是不安:为什

①阿尔伯特·史怀哲(Albert Schweitzer, 1875–1965),法国神学家,作家,管风琴家,哲学家,医生,有神学、音乐、哲学、医学四个博士头衔,1952年因在非洲建立医院而获诺贝尔和平奖。

②约翰·多恩(John Donne, 1572–1631),英国十六世纪玄学派诗人,以出奇的隐喻著名。

么这个名字会出现在这里？它的存在，说明了什么？

亚瑟·西尔维斯特

是那个退伍老兵！那个还躺在贝尔蒙特医院里的严厉老兵！他是"唯一真信"的教徒。

这说得通，这能够解释太多东西了。他太过震惊，站着没法动弹，茫然注视着雕刻在牌匾上的名字。

朦胧间，各种碎片在他眼前拼凑了起来，浮现出一幅完整的图景。终于，在经历了这么多以后，他终于发现了这个世界背后的奥秘。

下一步他需要返回贝尔蒙特，然后找到亚瑟·西尔维斯特。

夏延机场，汉密尔顿拿出所有的钱，推给柜台那头，说："我要一张去旧金山的单程票，哪怕坐行李舱也行。"

钱不够。他发电报给玛莎，很快补上了缺口……也彻底清空了自己的储蓄账户。除了汇钱，玛莎还附了一条神秘悲伤的留言：**你还是别回来的好。我身上发生了可怕的变化。**

他没觉得太惊奇……事实上，他甚至可能猜到了玛莎身上所发生的变化。

正午前,飞机带他降落在旧金山机场。他在机场转坐灰狗大巴,回到贝尔蒙特。他回到自家门口,前门上了锁;观景窗里头,蹲着个没精打采的黄色身影——是尼尼·笨猫。汉密尔顿从口袋里找钥匙,猫一直盯着他看。窗户里看不到玛莎的身影,但他知道玛莎在家。

"我回来了。"他打开前门,叫道。黑乎乎的卧室里传来微弱的抽泣声。"亲爱的,我快死了。"他听到玛莎在房中绝望地走动,"我没脸出来。别看我,拜托你别看我。"

汉密尔顿脱下外套,拎起电话,拨了号码。电话那头传来比尔·洛斯的声音。"到我这儿来,"汉米尔顿说,"我们八个人中,你把能找到的全都找来。琼安·瑞斯,那个女人和她儿子,还有麦克费夫——如果你找得到。"

"伊迪斯·普里奇特和她儿子还在医院。"洛斯说,"至于其他人在哪儿,上帝才知道。非得现在来吗?"他接着解释道,"我喝多了,宿醉头疼。"

"那就今晚。"

"还是明天吧,周日。"洛斯说,"周日很快就到了。怎么了?"

"我想,我已经把这一切都搞明白了。"

"我可刚刚开始喜欢这地方呢。"洛斯带着嘲讽的语气,继续道,"而且,明天可是这地方的大日子。我滴天老爷,俺们可真得好好享受这舞会。"

"你怎么了？说话怎么突然这样？"

"没哈，先桑，"洛斯干笑几声，"没这回事儿。"

"那么，我们周日见。"汉密尔顿挂了电话，走向卧室。"出来吧。"他大声唤着妻子。

"不出来。"玛莎顽固不化，死扛到底，"你不能见我。我决定了。"

汉密尔顿站在卧室门口，在身上摸香烟。烟没了。他想起来，烟都给丝姬了。不知丝姬是不是还坐在他的福特车里，车子是不是还停在奥法瑞神父的非巴比信徒教堂门口。也许，她看到了他和麦克费夫升入天堂。不过，那姑娘见多识广，不会太惊讶。所以，基本上没人受伤害——除了取回福特车得费一番功夫。

"出来吧，宝贝。"他对妻子说，"我饿了，想吃早饭。而且，如果这和我想的一样……"

"糟透了。"玛莎的声音打着战，透着厌恶和痛苦，"我要自杀。为什么？我做错了什么，要受这种惩罚？"

"这不是惩罚。"他柔声道，"这些都会消失的。"

"真的？"她声音中有了微弱的希望，"你确定？"

"只要我们采取恰当手段就行。我去客厅坐着跟尼尼一起等你。"

"它已经见过了。"玛莎哽咽得说不出话来,"它讨厌我。"

"猫讨厌的东西太多了。"汉密尔顿回到客厅,一屁股坐在沙发上,耐心等待。一时间,没有动静。接着,黑乎乎的卧室里传来一声沉闷的响动。有什么笨拙沉重的东西在往前挪动。汉密尔顿心中涌起同情。那可怜的小东西……而且,她根本不明白为什么会这样。

卧室门口出现了一个身影,粗笨,矮胖,面朝着他。哪怕他心有准备,仍然被吓得不轻。那东西,只能隐约看出有玛莎的影子。这水桶似的浮肿怪物,真是他妻子?

泪水沿着她粗糙的脖子滑下。"我——"她低声道,"我该怎么办?"

他站了起来,快步走向她,"这模样不会持续很久。而且,发生变化的不止你一个。洛斯开始自渎,而且现在说话还带上了口音。"

"我不关心洛斯怎么样,我只关心**我自己**。"

她全身每个部位都起了变化。曾经柔软的褐发变得肮脏粗糙,就像一股股麻绳,扭结成束,披在她脖子和肩膀上。她的皮肤灰暗,坑坑洼洼的,爆出很多粉刺。身体仿佛块块隆起的布丁,不成形状,古怪可笑。双手则大得吓人,指甲发黑,还开了裂口。双腿就是两根长毛的白色"圆柱","柱子"末端是同样大得吓人的扁平足。玛莎平常的衣着一向齐整俏丽,现在却穿着一件粗糙的羊毛套头衫,染了污渍的粗呢短裙,一双网球鞋——居然还配了皱巴巴的波比袜。

汉密尔顿绕着她走了一圈,品评道:"能说得通。"

"这是不是上帝的——"

"跟上帝没关系,倒是跟那个退伍老兵亚瑟·西尔维斯特有关。那疯子老兵,有自己一套坚信不疑的异教和刻板的观念。对他来说,你这样的人就是危险的极端分子。他很清楚一个激进分子——特别是年轻的女激进分子——该长什么样。"

玛莎粗壮的身子痛苦地抽搐,"我看着就像——就像一个卡通人物。"

"在西尔维斯特心中,年轻的女大学生激进分子,就长这样。他还认定黑人都会自渎。他的刻板观念时刻影响着我们所有人……除非我们赶紧离开西尔维斯特的世界,否则我们永远都只能这样了。"

8

周日早晨,天刚亮,汉密尔顿就被可怕的叫嚷声吵醒了。那声音充满了整栋房子。他僵硬地从床上爬起来,突然想起比尔·洛斯的警告:礼拜天清早,会有可怕的事情发生。

那尖利刺耳的吵嚷声是从客厅传来的。汉密尔顿走进客厅,发现电视机奇迹般地自己开了,屏幕亮着,在播放节目。夸张的模糊色块不时浮动,危险的红色和紫色绞在一起,形成愤怒的旋涡,布满整个屏幕。高保真音响中传来震耳欲聋的声音,那声音激烈而又不知疲倦,真正是地狱的烈火和天罚在咆哮。

他醒悟过来,这是周日早晨的布道。而且是 Tetragram-maton 本尊亲自进行的布道。

他调低电视机的音量,蹑手蹑脚地走回卧室穿衣服。玛莎在床上沮丧地蜷成一团,企图避开从百叶窗中漏进来的明亮晨光。"该起床了，"汉密尔顿告诉她，"你没听到万能的主在客厅大叫大嚷吗？"

"他说了些什么？"玛莎没好气道。

"没什么特别的，就说要忏悔，否则就会受到永恒的天罚。部落巫师吓唬人的老一套。"

"别看我。"玛莎恳求道，"我穿衣服的时候，你转过身去。天哪，我就是个**怪物**。"

客厅里，电视机又自动调到了最大音量。没人能阻挠上帝每周一次的激情布道。汉密尔顿尽可能不去理会，悄声走进洗手间，照例洗漱和刮胡子。接着，他回到卧室，穿好衣服。这时，门铃响了。

"他们到了。"他对玛莎说。

玛莎已经穿好衣服，正绝望地梳理头发。闻言，她发出痛苦的悲鸣，"我不能见他们。让他们走。"

"亲爱的，"汉密尔顿一边系鞋带，一边坚定地说，"如果你想变回从前的模样——"

"里们都在吧？"比尔·洛斯的声音传来，"俺可推门儿径直来了。"

汉密尔顿快步来到客厅。洛斯，这位尖端物理研究生，双臂无力地耷拉着，眼球外凸，膝盖弯曲，瘦长的身子走起路来摇摇晃晃。他迈着怪异的步伐晃到汉密尔顿身边。

"里寄几看看,"他对汉密尔顿说,"看,兄弟,俺这都成啥样了。介个挨千刀的贼老天可狠狠踢了俺屁股一脚。"

"你是故意用这种腔调的吧?"汉密尔顿又气又想笑。

"故力?"黑人注视着他,一脸茫然,"里啥意思,汉密尔顿先桑?"

"要么,你已经彻底落在西尔维斯特手里;要么,你就是我见过的最愤世嫉俗的人。"

闻言,洛斯的眼睛突然闪了闪。"西尔维斯特手里? 你什么意思?"他说话的口音彻底消失,一瞬间变得警醒而专注,"我以为是伟大永恒的主干的呢!"

"看来,口音是装出来的?"

洛斯的眼中闪过亮光。"我在努力克制,汉密尔顿。我能感觉到,有股力量在拉扯——强迫我说话带口音。不过,我还能胜它一筹。"这时,他看到了玛莎,"这是谁?"

汉密尔顿尴尬地解释道:"是我妻子。那东西也影响了她。"

"耶稣啊。"洛斯轻声道,"我们该怎么办?"

门铃又响了。玛莎悲鸣一声,消失在卧室里。这次进门的是瑞斯小姐,一脸严肃,动作干练,快步走进客厅。她穿着全灰的职业装,低跟鞋,戴着牛角框眼镜。"早上好。"她干脆利落地说,

"洛斯先生说今天来这里——"说到这儿,她住了口,惊讶地指着轰轰吵闹的电视机说,"你们电视上也有这些东西?"

"当然。他要每个人都听见。"

瑞斯小姐明显松了口气,"我还以为他单单挑了我呢!"

这时,查理·麦克费夫,这个被痛苦折磨的人,从半开的前门走了进来。"诸位好。"他嘟哝道。他的下巴肿得厉害,已经包上了绷带。脖子周围也包着白布,一直塞进领子里。他小心翼翼地穿过客厅,来到汉密尔顿身边。

"那些问题还没解决吗?"汉密尔顿同情地问道。

麦克费夫闷闷不乐地摇头,"没办法。"

"到底怎么回事?"瑞斯小姐想知道答案,"洛斯先生说,你有话要讲,跟这儿的阴谋有关。"

"阴谋?"汉密尔顿不安地注视着她,"这个词恐怕不适用。"

"我同意。"瑞斯小姐误会了他的意思,热切回应,"这儿的一切绝对不是小小的阴谋。"

汉密尔顿放弃了。他来到关闭的卧室门口,急切地敲了敲门,"出来吧,亲爱的。我们该去医院了。"

玛莎左右为难,犹豫了好一会儿才咬牙出来。她穿上了厚厚的长大衣和牛仔裤,用红色头巾包了头,想遮住乱糟糟的头发。她没化妆,化妆也是浪费时间。"好吧,"她有气无力地回答,

"我准备好了。"

汉密尔顿把麦克费夫的普利茅斯车停在医院停车场里。五人踩着碎石,走向医院大楼。比尔·洛斯道:"西尔维斯特是这一切的关键?"

"西尔维斯特就是这一切本身。"汉密尔顿说,"你跟玛莎做的梦才是关键。这儿的各种事情——你自渎,她模样改变,第二巴孛信徒的地位,还有以地球为中心的宇宙……我能感觉到,这些事里里外外都透着亚瑟·西尔维斯特的味道,特别是'里'。"

"你确定?"洛斯怀疑地问。

"我们八个人都掉进了贝伐加速器的质子流。在那短短的瞬间,只有一个人醒着,只有一个意识。我们八个人,只有一个参考系。而西尔维斯特就是一直保持着清醒的那个人。"

"这么说,"洛斯用坦然的口吻道,"我们其实并不在这里。"

"我们的身体都躺在贝伐加速器的地板上。但是精神上,我们就在此地。质子释放的自由能量把西尔维斯特的个人世界变成了公共宇宙。我们都受制于一个宗教疯子的逻辑。那个老头,三十年代在芝加哥接受了古怪的异教观念。我们全都在他的宇宙中。在这儿,所有的无知和虔诚迷信都会起效。我们全都在他脑袋里。"他一摊手,"这儿的风景和地形,全是他大脑的沟纹;丘陵和山谷,全是他的想象。"

"天哪。"瑞斯小姐轻声道,"我们全在他手心里。他打算毁了我们。"

"我觉得,他很可能并不知道这回事。这才是讽刺之处。西尔维斯特或许根本没发觉这世界有什么不一样。毕竟,他这一辈子都生活在这儿——他自己幻想的世界里。"

五人走进医院大楼。大楼里空空荡荡,一个人都没有。每个房间都传出 Tetragrammaton 的周日清晨布道声,轰轰隆隆,极具穿透力。

"对了,还有布道。"汉密尔顿说,"我倒忘了。我们得小心。"

咨询台空无一人,很可能整个医院的员工都去观看周日布道了。汉密尔顿查阅机器上的住院目录,找到了西尔维斯特的病房号。片刻后,五人乘着安静的水压电梯往楼上升去。

亚瑟·西尔维斯特的病房门大开着。这位瘦削的老头儿正笔挺地坐在里头,面对着电视机,神情专注。伊迪斯·普里奇特和儿子大卫也在房内,看上去坐立不安。见五人鱼贯而入,两人稍微松了口气,打了声招呼。西尔维斯特却一动不动地坐着,一脸狂热,态度顽固而冷漠。屋里涌现着愤怒和好战情绪组成的旋涡,他面对着上帝,沉浸在这股情绪之中。

很明显,面对造物主亲自出面布道,亚瑟·西尔维斯特毫不吃惊。这肯定是他周日的惯例。每逢周日早晨,他都会照此吸收足够一周使用的精神养料。

大卫·普里奇特急急走向汉密尔顿。"这到底是谁?"他指指屏幕,大声问,"我真受不了。"

而他胖乎乎的中年母亲优雅地坐着,小口啃着去核的苹果。面对现状,她表情平静,没有丝毫反应。除了对刺耳噪声的隐约反感,她彻底漠视屏幕上的惊人放送。

"很难解释。"汉密尔顿回答孩子,"你很可能从没见过他。"

亚瑟·西尔维斯特微微转过衰老枯瘦的头颅,从不让步的灰色双眼严厉地逼视着汉密尔顿。"不准说话。"老人的声音让汉密尔顿浑身发凉。说罢,老人转头继续盯着屏幕。

他们进入的正是这种人物的私人世界。从贝伐加速器事故以来,汉密尔顿第一次感到真实无疑的恐惧。

"俺揣摩,"洛斯从嘴角漏出字风,"俺们全都得叮完介个讲话。"

洛斯说得没错。他老人家一旦上了台,一般会布道多久?

十分钟后,普里奇特太太忍不下去了。她发出懊恼的呻吟,站起来,慢慢走到房间后头,跟其他人站到一起。

"老天呀,"她抱怨道,"我向来受不了这些咆哮的布道者。我这辈子可能都没听过这么吵闹的声音。"

"他会停下的。"听了这话,汉密尔顿有些好笑,"他快没力气了。"

"整个医院的人都在看。"普里奇特太太悄声道,脸上露出一丝不悦,"这对大卫不好……我一直希望能引导他用理性的方式看待世界。他不该待在这儿。"

"对,当然不该。"汉密尔顿赞同。

"我想让儿子接受良好教育。"她滔滔不绝地继续道,华丽的帽子连抖带舞,"我想让他熟悉伟大的经典,体验生活的美丽。他父亲是艾尔弗雷德·B.普里奇特,他把荷马史诗《伊利亚特》翻译成了美妙的韵诗。我认为,伟大的艺术应该在普通人生活中占有一席之地。你认为呢? 艺术能让人的存在更丰盈、更有意义。"

普里奇特太太简直跟 Tetragrammaton 一样无聊。

琼安·瑞斯小姐背对着屏幕说道:"我忍不下去了。一分钟都不行。那糟老头儿居然就这么坐着,把那些垃圾舔得干干净净。"瑞斯小姐的脸一阵抽搐,"我真想拿样东西——不管什么东西——朝他脑袋上来一下。"

"夫人,"洛斯说,"要是你辣么做,辣位老人家,会让你堂堂从没堂过的滋味。"

普里奇特太太听着洛斯的重口音,露出刻意的热情。"地区口音,听起来真动人。"她不动脑子,脱口而出,"你从哪儿来,洛斯先生？"

"俄亥俄州，克林顿市。"洛斯愤怒地盯了普里奇特太太一眼，话中的口音消失了。他没料到，还会有人有这种反应。

"俄亥俄州，克林顿市。"普里奇特太太重复道，保持着方才那种刻意的热情，"我有一次路过那地方。我记得那儿有家很棒的歌剧公司，对不对？"

普里奇特太太开始喋喋不休地列出她最喜欢的歌剧。汉密尔顿转身，面对妻子。"那妇人，哪怕世界**不存在了**，她也不会注意到。"他对玛莎说。

他声音很轻。可就在同时，咆哮的布道也告一段落，屏幕上愤怒的浑浊洪流也随之退去。顿时，房间内四下无声。汉密尔顿方才那句话，在突如其来的寂静中，一下子凸显出来，让他十分难堪。

西尔维斯特那如同扫帚杆似的脖子，顶着衰老的头颅，缓慢而冷酷地转了过来。"抱歉，请再说一遍。"他用平静冷淡的声音说道，"你有话要说？"

"对。"汉密尔顿应道。此时，他已经没有退路。"西尔维斯特，我要跟你谈谈。我们七个人碰上了难题，解决的钥匙握在你手里。"

角落里,电视机上出现了一群天使,欢快地唱着密集和声①版的流行圣歌。天使们个个脸色木然,懒洋洋地前后晃动身体,倒是给这凄惨的旋律增加了些微爵士风味。

"我们碰上了难题。"汉密尔顿的双眼直视老人。很可能,西尔维斯特拥有将他们七人打入地狱的力量。毕竟,这儿是他的世界。在这儿,要说有谁能劝动Tetragrammaton,必是亚瑟·西尔维斯特无疑。

"什么难题?"西尔维斯特问道,"碰上难题,你们为什么不祈祷?"

汉密尔顿没理会,继续道:"事故之后,我们发现了一些事。对了,你的伤口愈合得怎么样了?"

老人干枯的脸上浮出平静自得的笑容。"我的伤口,"西尔维斯特道,"都消失了。全是信仰的功劳,跟瞎管闲事的医生没关系。信仰加上祈祷,能支持人经历任何困苦。"他补充道,"你刚才说的'事故',其实是天意在考验我们。上帝用这种办法,考验我们到底是什么料子做的。"

"哎呀,亲爱的。"普里奇特太太笃定地微笑着抗议道,"我觉得,天意肯定不会让人受这种罪。"

老人冷冷地盯着她。"'唯一真神',"他直截了当地说,"是一

---

① 指组成和声的几个音符属于同一个八度。

位严厉的上帝。他会降下奖励,也会施以惩罚,一切全都由他裁决。我们则必然屈服于他。人类生于地球,就是为了履行宇宙权威的意志。"

"我们八个人中,"汉密尔顿说,"有七个在下落的冲击中失去了意识。唯有一个人仍然清醒。那就是你。"

西尔维斯特点点头,甚是自得。"下落的时候,"他说,"我一直祈祷'唯一真神'保护我不受伤害。"

"不受什么的伤害?"瑞斯小姐插嘴,"不受他降下的考验的伤害?"

汉密尔顿挥手让她别说话,继续道:"当时,贝伐加速器实验室中有大量自由能量逃散。通常情况下,每个人都有独特的认知框架。但是,下落的时候,我们不但都处在能量束中,而且失去了意识,只有你……"

西尔维斯特没听他说话。他的目光直勾勾地越过汉密尔顿,落在比尔·洛斯身上,凹陷的双颊涨红了,显出义愤填膺的模样。"那儿——"他声音绷紧,"是不是有个有色人种?"

"那是我们的向导。"汉密尔顿说。

"我们的谈话先暂停,"西尔维斯特用没有起伏的声音道,"请那位有色人种出去。这里是一位白人男性的私人空间。"

汉密尔顿热血上涌,未经思索,脱口说了一句话。这句话无法用任何借口解释，它们自发自然地涌出，丝毫无法掩饰。"下地狱去吧你。"此言一出，西尔维斯特的脸色顿时冷硬如顽石。嘻！说也说了，不如说到底。"一名白人男性？要是第二巴孛，不管他叫什么，还有你胡扯出来的Tetragrammaton之类，听到你说这种话，还袖手旁观，那他可真是一文不值、破烂到底，只算是个滑稽的丑角，根本不配称作神。虽然你也是个一文不值、破烂到底的人，可你的神更糟，糟得多。"

普里奇特太太倒吸一口气。大卫·普里奇特笑了出来。瑞斯小姐和玛莎惊得连连后退。洛斯笔直站着，面露痛苦和讥讽。房间的角落，麦克费夫护着肿胀的下巴，仿佛根本没听到。

亚瑟·西尔维斯特慢慢站了起来。他不再是人；他已经化身为超越人类的复仇力量，成为荡涤罪孽的代理人。他在护卫自己的异教神灵、他的国家、白人种族，以及个人尊严。片刻时间，他站着不动，积蓄力量。一阵颤抖袭上他衰弱的身体，体内深处，升腾起一股浓厚黏稠、带着剧毒的恨意。"我相信，"他说，"你是个亲有色人种派。"

"一点儿不错。"汉密尔顿应道，"我还是无神论者、左派。你见过我太太没有？她是俄国间谍。再来见见我朋友比尔·洛斯。他是尖端物理研究生，可以堂堂正正坐到任何一张晚餐桌前，跟任何人共进晚餐。他还可以……"

电视屏幕上，天使的合唱停了下来。画面抖动，出现了黑色的波纹，散发着恶意，仿佛化为液体般的愤怒愈来愈盛。扬声器中不再传出哀伤的圣歌，取而代之的是单调的隆隆声，震动着电子管和电容器。隆隆声越来越大，逐渐变成震耳欲聋的雷声。

电视机屏幕中出现了四个巨大形象，慢慢爬出屏幕。是天使，高大、野蛮、肌肉发达的天使。这些天使个个体重差不多两百斤，眼中不怀好意，扇动着翅膀，直冲汉密尔顿而来。西尔维斯特满是皱纹的老脸露出得意之色，后退一旁，打算旁观这一幕上天降下复仇天使惩罚亵渎者的好戏。

第一个天使落地，正想宣读宇宙裁决书，就被汉密尔顿一拳揍昏。汉密尔顿身后，比尔·洛斯抢起落地台灯，跳上前去，狠狠击中第二个天使的脑袋。天使懵了，挣扎着站起来，去抓黑人。

"哎呀，天哪，"普里奇特太太哀叫，"快去叫警察呀！"

警察也没用。房间角落里，麦克费夫从麻木中清醒，扑向一名天使，落了个空。一束纯净能量降下，击中麦克费夫。麦克费夫应声瘫软，一言不发地倒在墙角，一动不动。大卫·普里奇特兴奋呐喊，从床头柜上抓起药瓶，毫无章法地丢向天使。玛莎和瑞斯小姐也拼命厮打，两人都吊在一名身材壮硕、头脑迟钝的天使身上，扯住他又踢又抓，一把把扯下天使身上的羽毛。

电视屏幕中，越来越多的天使涌了出来。亚瑟·西尔维斯特看着比尔·洛斯被一堆复仇翅膀压在底下,自得之色更甚。房间里,还能站立的唯有汉密尔顿。但也没多少力气了。他外套破烂,鼻子淌血,下定决心,做最后一搏。又一个天使爬出屏幕,被汉密尔顿一脚踢中裆部。但是,每倒下一个天使,就会有一群天使出现在二十七英寸的电视屏幕中,并迅速长到真人大小。

汉密尔顿步步后退,朝西尔维斯特身边退去。"要是你这臭烘烘的破烂世界上还有一点正义——"他喘着气,话还没说完,两个天使就朝他扑来。他眼前漆黑,喘不过气,感到双腿一滑,倒了下去。见此,玛莎一声大叫,拼命挤了过来,手中挥舞着亮闪闪的帽针,刺中一名天使的腰部。天使吃痛大吼,放开了汉密尔顿。汉密尔顿趁机抓起桌上的苏打矿泉水玻璃瓶,死命抡出。瓶子砸中墙壁碎裂开来,玻璃碎片和冒着气泡的水四处飞溅。

亚瑟·西尔维斯特口中咒骂,急忙后退,正好跟瑞斯小姐撞上。瑞斯小姐灵活得像只猫,迅速转身,重重推了他一把,趁空溜开。西尔维斯特脸上露出震惊的表情,立足不稳,倒了下来,脆弱的颅骨正好砸在尖尖的床角上。一声清脆的"咔嚓"声响起,亚瑟·西尔维斯特嘟哝着失去了意识……

天使顿时消失。

喧闹也同时消失。电视机恢复寂静。房间里只剩下八个受伤的人类,横七竖八地躺着,护着伤口。麦克费夫彻底失去了知觉,身上还有部分烧伤。亚瑟·西尔维斯特一动不动地躺着,眼神呆滞,舌头伸出,一条手臂还在条件反射地抽动。比尔·洛斯坐了起来,撑着地,想站起身。普里奇特太太吓得不轻,站在门外偷偷朝里张望,柔软脸蛋上的慌乱呼之欲出。大卫·普里奇特站着直喘气,怀里满是苹果和橙子,他拿这些当武器投掷。

瑞斯小姐歇斯底里地尖笑起来,叫道:"我们打败他啦!我们赢了! **赢了!**"

汉密尔顿晕乎乎地从地下扶起颤抖不已的妻子。玛莎已经恢复了苗条的身材,喘着气,紧紧靠在他身边。"亲爱的,"她亮晶晶的眼中噙满泪水,轻声问,"已经没事了,对不对?都结束了。"

她柔软的褐发散落在汉米尔顿脸上。汉密尔顿亲吻着妻子光滑温暖的肌肤。怀中的身体纤细柔弱,他记忆中妻子那轻盈柔软的躯体又回来了。玛莎身上麻袋似的衣服也不见了,她又穿上了合身的棉制短上衣和短裙。玛莎拥抱着汉密尔顿,满怀感激、快乐和宽慰。

"当然。"洛斯喃喃回答,用力站直身体。他一只眼睛睁不开了,肿胀得厉害,衣服也破破烂烂。"这个老混蛋已经昏过去了。我们把他打昏了——不,是床把他打昏了。现在,他跟我们几个一样,都没了知觉。"

"我们赢了。"瑞斯小姐重复道,用力咬字,以示强调,"我们从他的阴谋中逃了出来。"

医生们从医院各个区域飞奔前来。医护人员的大多数注意力都集中在亚瑟·西尔维斯特身上。老人虚弱地抽动脸部肌肉，好不容易才爬回电视机前的椅子上。

"谢谢你们。"他嘟哝着，"我没事，谢谢。我肯定是被人施了眩晕咒。"

麦克费夫慢慢苏醒，高兴地摸摸自己的下巴和脖子。下巴和脖子上的诅咒都消失了。他乐得大喊一声，扯掉绷带和填料。"我好了！"他叫道，"感谢上帝！"

"别谢上帝。"汉密尔顿半开玩笑地提醒，"不久前你才刚见到他呢。"

"这儿到底怎么回事？"一名医生问道。

"小冲突而已。"洛斯讥讽地指指散落一地的巧克力。这盒巧克力原本放在床头柜上，被扫了下来。"最后一块黄油味巧克力争夺战。"

"只有一件事不对劲。"汉密尔顿沉思着，喃喃道，"可能只是技术问题。"

玛莎紧紧贴着他，问道："什么事？"

"你做的梦。我们不是都躺在贝伐加速器地板上，多多少少都失去了意识？在肉体上，我们的时间不是凝滞了吗？"

"天哪。"玛莎猛然醒悟，"没错。可我们回来了——我们安全了！"

"显然如此。"汉密尔顿能够感觉到妻子的心脏有节奏地怦怦直跳，还有妻子的呼吸，同样有节奏，只是缓慢些。"这样就够了，"妻子的身子温暖柔软，苗条得惊人。"只要能把你变回原来的样子……"

他的声音低了下去。臂弯里，妻子的身体苗条归苗条，可也未免太瘦了。

"玛莎，"他轻声道，"有什么事情**不对劲**。"

玛莎柔软的身体立即僵硬了，"不对劲？什么意思？"

"把衣服脱了。"他急急拉住她裙子的拉链，"快——赶快！"

玛莎不敢相信地眨眨眼睛，躲开他，"在这儿脱？亲爱的，这么多人——"

"快！"他厉声命令。

玛莎一脸疑惑，慢慢解开衬衣的扣子，脱了下来，丢在床上。接着，她又弯腰脱下裙子，最后除去内衣裤，赤条条地站在房间中央。看着她，房内众人惊呆了。

她身上没有任何性器官，仿佛不辨雌雄的蜜蜂。

"看看你自己！"汉密尔顿急得大声嚷嚷，"老天在上，快看看！难道你一点儿感觉也没有？"

玛莎惊呆了，低头看着自己的身体。胸前的乳房不见踪影，皮肤光滑，略有些瘦骨嶙峋，没有任何第一或第二性征。纤瘦，无毛，她简直像个少年。不，她连少年都不是，她什么都不是。绝对无误、毫不含糊的中性。

"怎么……"她吓坏了，开口道，"我不明白。"

"我们没回去。"汉密尔顿说，"这不是我们的世界。"

"可那些大使，"瑞斯小姐说，"它们消失了呀。"

麦克费夫摸着自己恢复正常的下巴，也异议道："我的牙龈也不肿了嘛。"

"但这里也不是西尔维斯特的世界。"汉密尔顿接着说道，"这是另一个人的私人世界，第三方的私人世界。我的上帝——我们永远回不去了。"他痛苦极了，向身边瞠目结舌的众人抛出求助的目光，"到底还有多少个世界？**我们到底还得经历多少次**？"

9

贝伐加速器室内地板上，八个人零零落落地躺着，多多少少都失去了意识。他们身边，散落着冒烟的各种零碎——烧焦的金属支柱和水泥碎块。这些零碎曾经莫名其妙地混在一起，组成了八人曾经站立过的观测平台。

医护人员正小心地爬下梯子，进入加速室内，动作慢得像蜗牛。不需很长时间，医护人员便能到达八人身边，磁场的动力很快就会切断，发出"嗡嗡"声的质子流就会减弱消失。

汉密尔顿在床上翻来覆去，在梦中仔细研究这幅永无休止的舞台场景。他一次又一次仔细观察，从每个角度审视这幅画面。他逐渐清醒，画面也随之淡去。当他再次进入不安的睡眠，这幅画面重新出现，轮廓清晰，细节可辨。

汉密尔顿身边，妻子也在梦中翻来覆去，发出叹息声。此时，在贝尔蒙特，有八个人都在梦中翻来覆去，交替进入睡眠和清醒状态，一次又一次看到贝伐加速器那里固定不变的场景，看到八人受了重伤、横七竖八躺着的躯体。

汉密尔顿费力辨认画面中每一个细节，仔细研究画面中的每一个人。

首先——也是最触目惊心的——是他本人的肉体。出事时，他最后一个跌下，带着惊人的冲力，重重砸在水泥地面上。此时，这具躯体四仰八叉躺着，一条腿曲折地压在身下，整具躯体一动不动，看上去奄奄一息。上帝，要是他能摸到自己的身体多好……要是他能大喊大叫，声音响到能唤醒这具身体，把它拉出无意识的漆黑深渊，该有多好！可是，他无能为力。

麦克费夫的庞大身躯瘫在不远处，满是横肉的脸上挂着又惊又怒的表情。他一只手仍然前伸，徒劳地企图抓握已经不存在的栏杆，血沿着鼓鼓的脸颊淌下。无疑，麦克费夫受了伤。他呼吸粗重，时急时缓，外套下的胸腔痛苦地起伏。

麦克费夫后面，是琼安·瑞斯小姐。她半埋在碎石瓦砾当中，躺着直喘气，手臂和双腿条件反射地挣扎，想要推开覆盖在身上的石灰和水泥。她的眼镜摔碎了，衣服也揉皱扯破。太阳穴上，一条难看的红肿疤痕正在隆起。

妻子玛莎离他不远。看到妻子一动不动、毫无生气的躯体，汉密尔顿心中抽疼起来。跟其他人一样,她也失去了意识,没法被唤醒。她一条手臂弯曲着压在身子底下,膝盖拱起,整个姿态仿佛胎儿。她脸歪向一边,烧焦的棕发披在脖子和肩膀上。她嘴唇在动,缓缓吐出气来。除此之外,毫无动静。玛莎的衣服着了火,一串暗淡的火花正缓慢无情地逼近她的身体。一团刺激性的烟雾笼罩在她身上,半遮住纤巧的腿脚。一只高跟鞋被扯得没了样子,落在大概一码之外,孤零零的甚是可怜。

普里奇特太太就像一团会脉动的肉堆,状如水桶。她身上花哨的印花连衣裙被烧得一团糟,裹着她的躯体,看起来怪异可笑。精美考究的帽子被落下的石灰压得只剩残骸,手提包被下落的冲力震了开去,大敞着口子,里头的东西在她周围撒了一地。

大卫·普里奇特整个人几乎都被埋进了废墟,抽动着发出一阵呻吟。一段扭曲的金属压在他胸口,害得他没法爬起来。蜗牛般前进的医疗队正朝这孩子而来。他们到底怎么回事?汉密尔顿真想尖叫,歇斯底里地狂叫——他们怎么不加紧动作?都已经过去四个晚上了……

不。在那儿,并没有过去四个晚上。在那个世界,真实世界,只过了可怕的几秒钟。

黑人向导比尔·洛斯躺在一堆破烂的护栅上,瘦长的身体不时抽搐,眼睛睁着,空洞地望着一具冒烟的有机体。那便是亚瑟·

西尔维斯特瘦削脆弱的身体。这位老人已经失去了意识……脊骨折断带来的痛苦和冲击，已经夺走了他最后一丝神智。八人当中，他受的伤最重。

八具烧伤的、受创严重的躯体，就这么躺在那儿，看上去很是凄惨。虽然汉密尔顿正躺在舒适的床上，在他苗条可爱的妻子身旁辗转反侧。但他愿意放弃这世界的一切，重返现实，回到贝伐加速器去唤醒他毫无生气的躯壳……这样，他的精神才能脱离无尽的漫游，不再迷失在不知通往何方的通道里。

无论在哪个宇宙，周一总是一个样。早晨八点三十分，汉密尔顿坐上了南太平洋通勤列车，膝上摊着一份《旧金山纪事报》，沿海岸而上，打算前往电子设备开发处。当然，前提是：在这个世界，电子设备开发处仍然存在。目前，他还不敢肯定。

汉密尔顿身边坐的全是一脸倦怠的白领工人，抽烟、看漫画、讨论体育赛事。汉密尔顿蜷着身体坐在座位上，闷闷不乐地琢磨：这些人是否知道，自己不过是某人幻想中扭曲臆造之物？显然，他们一无所知。他们只是平静地执行周一的惯例，丝毫没有意识到自己生活的每一方面，都受到看不见的存在的操控。

这个存在，其身份并不难猜。或许，他们八人当中的七个，现在已经想明白了——就连他妻子也猜中了。早餐时，玛莎郑重地对他说道:"是普里奇特太太。我想了一整夜,肯定没错。"

"你怎么能肯定?"汉米尔顿故意反问。

"因为,"玛莎用毋庸置疑的口吻回答,"她是唯一一个会相信这种事的人。"她摸摸自己扁平的身体,"这种加诸我们身上的傻兮兮的维多利亚式荒唐东西,只有她能想得出来。"

火车慢慢开出贝尔蒙特时,一瞥之下,汉密尔顿看到了车窗外的景致。眼前所见,打消了他心中最后一丝"这个世界是否属于普里奇特太太"的疑虑。窗外一座简陋乡村茅舍前,停着一辆装满废铁(确切地说,是装满废弃车辆的生锈部件)的两轮平板车,车前拴着一匹驯顺的马。而马,穿着裤子。

"南旧金山到了!"摇晃的车厢尽头出现了一位售票员,大声嚷道。汉米尔顿揣起报纸,跟着稀稀落落的几个生意人,走向列车出口。片刻后,他郁闷地走向电子设备开发处那几幢闪闪发亮的白色大楼,心中没抱多少希望。至少这家公司还在……算是开了个好头。他交叉手指,热切祈祷他的新工作能被这个世界接受。

提林福博士在外间办公室迎接了他。"神清气爽,早早到岗。好啊。"他容光焕发,跟汉密尔顿握手,"是个不错的开端。"

汉密尔顿长长松了口气,脱下外套。EDA还在,他的新工作也还在。提林福(不知他现在属于哪一个扭曲的领域)确实聘用了他,这部分成功过渡到了新世界。一个重要的问题终于可以从他的"忧虑列表"上划去了。

提林福带着汉密尔顿,穿过大厅,走向实验室。"您真好心,让我休息一天。"汉密尔顿小心开口,"我很感激。"

"结果怎么样?"提林福问道。

汉密尔顿一时语塞。在西尔维斯特的世界,提林福派他去咨询第二巴字的先知。这一部分过渡到新世界的可能性实在不大……应该说,完全不可能。汉密尔顿支吾着,拖延时间,"还不坏,考虑到,嗯,我不擅长这个。"

"地方好找吗?"

"很好找。"汉密尔顿背上冒汗,拼命琢磨在这个世界,他究竟干了什么。"真……"他开口道,"您真是太好了,第一天,就这样。"

"别在意。就告诉我一件事——"到了实验室门口,提林福停住了脚步,"谁赢了?"

"赢——赢了?"

"你的作品,拿大奖了没?"提林福笑容满面,亲昵地拍拍他的背,"老天在上,我赌你肯定赢了。看你的脸色就知道。"

胖胖的人事处主任大步走过大厅,腋下夹着一只厚厚的公文包。"他怎么样?"主任带着让人厌烦的笑声问道,还特地拍了下汉密尔顿的胳膊，"有东西给我们看吧？说不定是一条奖牌绶带？"

"他不肯明说，"提林福透露道，"厄尼，我们在办公室公告板上写一条消息，宣布这事。底下的员工都会感兴趣的。"

"说得有理！"人事主任赞同，"我得记下来。"他转向汉密尔顿，"你上次说，你家猫咪叫什么来着？"

"什么？"汉密尔顿惊得一个趔趄。

"周五，我们说起过的。该死，我怎么忘了呢。要写公告板消息，猫咪的名字可不能拼错。"

在这个宇宙，汉密尔顿得到这份新工作后，第一天就获准休了假——而且，休假的目的是送尼尼·笨猫参加宠物展。汉密尔顿心中暗暗呻吟一声。普里奇特太太的世界，在某些方面，恐怕比亚瑟·西尔维斯特的世界更有挑战性。

从汉密尔顿嘴里套出宠物展的所有细节后，人事主任便匆匆离开，只剩汉密尔顿和老板两人面对面。没法再拖下去了，他必须开口。

"博士，"汉密尔顿下定决心，一字一句说出，"我得向您坦白。周五的时候，听说能为您工作，我太兴奋，所以——"他讨好地一笑，"嗯，坦白说，我俩当时说的话，我一个字都记不起来了，脑子里一片模糊。"

"我懂,孩子。"提林福安慰道,用父亲般慈爱的眼神看着他,"别在意……我们有的是机会讨论细节。我想,你会在这儿工作很长时间。"

"说起来,"汉密尔顿咬牙继续,"我连自己的工作到底是什么都记不得了。太可笑了,是不是?"

两人大笑了一番。

"我的孩子,这确实很可笑。"终于,提林福擦擦笑出来的眼泪,开口道,"我还以为我什么笑话都听过了呢。"

"您能不能——"汉密尔顿尽量让声调轻松随意,"在离开前,再给我简短介绍一下这份工作呢?"

"唔。"提林福应着,脸上的笑容退去,换上严肃郑重的表情,陷入认真的思索。慢慢地,他脸上现出凝重神色,目光远眺,正在思考全局,"我想,回顾基本原则不是一件坏事,这很重要。我一直说,我们应该时不时回顾那些基本前提,我们的事业才不会偏离正轨太远。"

"很对。"汉密尔顿赞同道,默默祈祷不论这个"基本前提"是什么,他都能调整适应。鬼知道伊迪斯·普里奇特想象中的电子研究巨头公司会是什么样?

"EDA,"提林福开口道,"你一定很清楚,是全国社会结构的重要组成部分,肩负着关键的任务。而且,这项任务我们一直完成得很好。"

"一点儿不错。"汉密尔顿附和。

"在这儿,在EDA,我们所做的不只是工作。我可以说,我们不只是一家经济企业。EDA成立的宗旨并非赚钱。"

"我听着呢。"汉密尔顿应和。

"EDA经济上很成功——但这不过是微不足道的成就。我们的任务——伟大光荣的任务——超越了任何追求盈利的观念。对你尤其如此。作为年轻的理想主义者,你刚刚入门,和曾经的我一样被心中的热情鼓舞。如今我老了,已经完成了自己的工作。总有一天——而且这一天不会太远——我要卸下肩上的担子,托付给更热切、精力更旺盛的年轻人。"

提林福博士把手搭在汉密尔顿的肩上,骄傲地领着他走进EDA星罗棋布的研究实验室。

"我们的目标,"他郑重宣布,"是将电子工业无限的资源和人力,投入到民众文化水准的提升之上。我们要将艺术引向全人类。"

闻言,汉密尔顿猛地后退一步。"提林福博士!"他喊道,"你敢不敢看着我的眼睛,把刚才的话再说一遍?"

提林福大吃一惊,嘴巴一开一合,说不出话来。"怎么了,杰克……"他喃喃道,"什么……"

"你怎么能站在此地,堂而皇之地说出这些荒唐话来？你可是个受过教育的聪明人,是世界上最伟大的统计学家。"汉密尔顿双臂乱挥,对困惑不已的老人吼道,"你难道没有独立思想？老天在上——快想起来你自己是谁！别让这些发生你在你身上！"

提林福惊慌得连连后退,口里支支吾吾,双手紧紧绞在一起,说:"杰克,我的孩子,你怎么回事？"

汉密尔顿打了个哆嗦。说什么都没用。他在浪费时间。突然,他想要大笑。目前的情形,已经荒谬到了叫人不敢相信的地步。他还是收起愤怒,省省吧。这不是可怜的提林福的错……提林福,和那匹拖着垃圾车、穿着裤子的马一样,都是无辜的。

"对不起,"他疲惫道,"我太心烦了。"

"天哪。"提林福博士大口吸气,慢慢缓了过来,"我得坐下休息会儿,请别介意。我有心脏问题……症状不严重,名字很奇怪,叫突发性心动过速。有了这病,我胸口这台老闹钟时不时会走得太快……抱歉。"说着,他躲进旁边的办公室,"砰"地关上门。飞快拧开药瓶、吞服药片的响动从办公室门缝中漏了出来,传到大厅里。

他很可能已经丢了新工作。汉密尔顿茫然地坐倒在大厅长椅上,摸索香烟。这可真是个良好开头……他的表现简直糟糕透顶。

办公室的门慢慢地、小心翼翼地开了。提林福博士犹豫地探出头来，瞪大的眼中仍有恐惧。"杰克。"他无力地唤道。

"干吗?"汉密尔顿没抬头，嘟哝着应道。

"杰克，"提林福没底气地问道，"**你确实想把文化带给大众吧?**"

汉密尔顿叹了口气。"当然，博士。"他站了起来，把脸转向老人，"我爱艺术。这是人类最伟大的发明。"

提林福整张脸顿时放松下来。"谢天谢地。"他又恢复了些许信心，大着胆子走出办公室，回到大厅，"你身体恢复了吗? 已经可以工作了吗? 我——呃，不想给你增加太多压力……"

一个由伊迪斯·普里奇特构建和居住的世界。这个世界的模样，他已经可以想象：一个友善的、互助的、甜得发腻的世界。行动、思考和信念，没有一样不美好纯良。"你不会开除我吧?"汉密尔顿问道。

"开除你?"提林福眨眨眼，"干吗要开除你?"

"我刚才严重地冒犯了你。"

提林福轻声笑了，"别往心里去。我的孩子，你父亲是我最要好的朋友之一。告诉你也无妨——有时候，我们俩闹得可凶哪。把刚才那事忘了吧，杰克。"说罢，提林福博士小心地搭着汉密尔顿的肩膀，把他带到工作的实验室去。实验室中，四周都是技师和设备，还有一个快速运转的电子研究项目，嗡嗡作响，轻轻震动。

"博士，"汉密尔顿没底气地问道，"我能问个问题吗？就随口问问。"

"嗯，当然可以，我的孩子。什么问题？"

"您记不记得有谁名叫Tetragrammaton？"

提林福博士一脸疑惑。"Tetragrammaton？谁呀？不，我想我不记得。没听说过。"

"谢谢。"汉密尔顿闷声回应，"我只想确定一下。我也觉得您不记得。"

提林福博士从一张工作台上捡起一本1959年11月的《应用科学》杂志，"这里头有篇文章，我们的员工正轮流传看。如今看来，文章里提到的东西已经有些过时，不过，或许你仍会有兴趣。里面分析了我们这个世纪最重要的伟大人物——西格蒙德·弗洛伊德的作品。"

"行。"汉密尔顿回应，声调毫无起伏。他已经做好了最坏的准备。

"你也知道，西格蒙德·弗洛伊德提出了一个精神分析学的概念——性，是艺术冲动的升华。他阐述道：艺术创造行为是人类最基本原始的冲动，如果得不到恰当的表达，就会转变为其替代形式——性行为。"

"真的?"汉密尔顿自暴自弃地嘀咕。

"弗洛伊德的研究表明,健康的、未受抑制的人类身上,不存在性冲动,也不存在对性的好奇和兴趣。跟传统看法相反:性,纯属人为植入的冲动。不论男人或女人,只要有机会进行体面的、正常的艺术行为——例如绘画、写作和音乐——所谓的性冲动就会减弱消失。机械式的社会压抑了个体的天性,艺术才华就会转化成一种隐秘的形式,即性行为。"

"没错。"汉密尔顿说,"我在高中学的跟这个也差不多。"

"弗洛伊德这一里程碑式的发现,"提林福继续道,"一开始自然遭到了强烈抗议和反对。幸好,令人高兴的是,抗议被压制下去,反对声渐渐消失。如今,凡是受过教育的人,没人会提起性或性欲。我说起这些词的时候,只把它们当作医学术语,用来描述某种不正常的临床医学状态。"

汉密尔顿抱着一丝希望问道:"您刚才说,在下层群众中,还有些人保留着传统的想法?"

"唉,"提林福承认,"教化大众确实需要时间。"接着,他又恢复了活力和激情,说道:"这就是我们的工作呀,孩子。这就是电子技艺的功能。"

"技艺。"汉密尔顿喃喃重复。

"虽然不能算艺术形式，可差得也不远。我们的任务，孩子，便是继续追寻终极交流媒介，用这种设备与每一个人沟通。通过这种设备，所有的人类都能接触到文化和艺术遗产。你跟得上我的思路吗？"

"我已经找到了这种设备。"汉密尔顿回答，"我家有高保真设备，已经买了好几年。"

"高保真？"提林福高兴地问，"原来你喜欢音乐？我还不知道呢。"

"我只喜欢声音。"

提林福没理会他，滔滔不绝地继续道："那，你一定得加入公司的交响乐团。12月上半月，我们会跟T.E.爱德华兹上校的交响乐团比赛。老天，你能有机会跟你的旧东家同场竞技呢。你会什么乐器？"

"尤克里里①。"

"哈，还是新手。你妻子呢？会乐器吗？"

"她拉雷贝琴②。"

提林福感到莫名其妙，于是不再继续这个话题。"嗯，我们以后再聊。我想，你肯定等不及要工作了。"

①形似小型吉他的拨弦乐器，较为简单易学。
②中世纪拉弦乐器，半梨形，据传为小提琴前身。雷贝琴不属于大众乐器，所以提林福没听懂。

　　下午五点半,汉密尔顿获准放下图表,收好工具,加入下班回家的通勤大军。他松了口气,夹在人群中离开工厂,沿着林荫碎石小道,朝大街走去。

　　他正四处张望,寻找火车站,突然看到一辆熟悉的蓝色轿车靠近人行道,迅速停在他身边。正是他的福特双门轿车,驾驶位上坐着丝姬。

　　"活久见了①!"他说(不对,他想说的是"活见鬼",出口的却是"活久见了!"),"你怎么在这儿? 我正打算去找你。"

　　丝姬微笑着替他打开车门。"我看了注册牌,上面有你的名字和地址。"她指指方向盘转轴上嵌着的白色小牌,"你说的还真是实话。你名字当中的 w,代表哪个词?"

　　"维尔博德。"

　　"你可真是什么都说。"

　　他在她身边疲惫地坐下,说道:"可是,这上面没写我在那儿工作啊。"

　　"是没写。"丝姬说,"我给你妻子打了电话,是她告诉我在哪儿能找到你。"

　　汉密尔顿恐慌地睁大眼睛,不敢相信地盯着丝姬。丝姬挂

---

　　① "活见鬼"的英文是"I'll be damned",直译是"我会被打入地狱",用来表达"绝不可能,简直不敢相信"等情绪。因有 damned 一词,属于不雅的渎神之语,所以在普里奇特太太的世界里,"damned"被改成了委婉语"darned"。

上低速挡，启动汽车。

"不介意我开车吧？"丝姬语气中充满期待，"我真喜欢你这辆小车……干净又可爱，而且很容易操控。"

"你开吧。"汉密尔顿仍然没回过神来，"你——给玛莎打了电话？"

"我们还聊了好久呢，敞开聊。"丝姬平静地说。

"聊什么？"

"你。"

"聊我什么？"

"你的长相，你做过的事情，你的一切。你也知道女人在一起会聊什么。"

汉密尔顿彻底沉默，愣愣地注视着皇家大道上密集的车流，这些车子的目的地都是半岛的各个郊区城镇。身边，丝姬高兴地开着车，俊俏的瓜子脸容光焕发，看起来心满意足。在这个纯洁无瑕的世界里，丝姬身上也发生了巨大的变化。金色长发编成了两条紧紧的麻花辫，垂在背上，上身一件白色水手衫，底下是一条保守的深蓝色短裙，鞋子也是朴素的乐福鞋。不管怎么看，她都像个纤尘不染的年轻女学生。她脸上没有任何化妆品，原先那种既娇羞又四处寻找猎物的表情也消失了。她的身材，跟玛莎一样，完全没有发育。

"这些天,你好吗?"汉密尔顿声音干涩。

"好呀。"

"你还记不记得,"他小心问道,"我们上次见面是什么时候? 还有当时发生的事情?"

"当然记得。"丝姬毫不犹豫,"你,我,还有查理·麦克费夫一起开车去了旧金山。"

"去干什么?"

"麦克费夫先生想让你去参观他的教堂。"

"我去了吗?"

"我想是的,你们俩都消失在门里头。"

"然后呢?"

"然后就不知道了。我在车里睡着了。"

"你——什么都没看见?"

"看见什么?"

说"两个大男人被一把雨伞带上天堂"实在太古怪,所以,他没说出口,反问道:"我们现在去哪儿? 回贝尔蒙特?"

"当然。还能去哪儿?"

"回我家?"看来,要适应这个世界,还需要一段时间,"你,我,和玛莎……"

"晚饭已经烧好了,"丝姬说,"或者马上就好。等我们到了家,就能吃。玛莎给我工作的地方打了电话,跟我说了要买的食材,然后我买了送去。"

"工作?"这个词让他大为惊讶,"你,现在做哪一行?"

丝姬莫名其妙地看了他一眼,"杰克,你可真是个怪人。"

"哦。"

丝姬不太自在,一直盯着他,直到前方隐约传来尖锐的刹车声,才把她的注意力拉回公路。

"按喇叭。"汉密尔顿下令。右边车道上,有一辆庞大的油罐车正打算插进他们的车道。

"什么?"丝姬问道。

汉密尔顿恼火地探过身,按下喇叭。一点儿声音都没有。

"你干吗按这个?"丝姬减慢车速,给油罐车让出空位,同时好奇地问。

汉密尔顿重新陷入沉思,在脑中的"智慧仓库"里又存入一份数据:在这个世界,"汽车喇叭"这类东西已经被废除了。原本,在回家的密集车流中,应该时时刻刻响着嘈杂的喇叭声。

伊迪斯·普里奇特会清除所有令她不快的东西,她清除的不只是一两件物体,而是那些物体所属的大类。或许,在过去的某个时间,某个地点,某辆车猛按喇叭惹恼了她。于是,在她自己愉悦的幻想世界中,这种东西便不复存在。凭空消失。

她的"讨厌之物"清单肯定长得不得了。而且，也没法确定到底有哪些东西被她列入了清单。汉密尔顿忍不住想起歌剧《日本天皇》①中《寇寇之歌》：

……你在名单中写谁都没关系，

因为，他们一个都逃不掉——他们一个都逃不掉！

想起来就可怕。物体、事件，不论什么东西，只要在她五十多年的生命中，曾经搅扰过她那一成不变、自娱自乐的生活，都会被悄无声息地抹掉。他能猜出几样被抹消的东西：把垃圾桶弄得哐啷作响的清洁工、上门推销员、各种账单和税单、哭闹的婴儿（或许**所有的**婴儿）、醉鬼，以及所有的污物、贫穷和苦难。

这世界还能留下东西，真是奇迹。

"怎么了？"丝姬同情地问，"是不是不舒服？"

"雾霾的缘故。"他回答，"雾霾总让我不舒服。"

"雾霾？"丝姬问道，"什么是雾霾？这词可真滑稽。"

车内陷入沉默。汉密尔顿坐在那儿，徒劳地试图保持理智。

----

① 由亚瑟·萨列文作曲，W.S.吉尔伯特作词的两幕喜歌剧，1885年于伦敦首演，为演出场次最多的喜歌剧之一。寇寇为剧中重要角色，是一位"宫廷刽子手老爷"。

"要不要找个地方停下?"丝姬又同情地问,"来杯柠檬水①?"

"别说了行不行!"汉密尔顿怒吼。

丝姬闭上嘴,眨眨眼睛,向他投来惊恐的一瞥。

"对不起。"汉密尔顿泄了气,憋出一个借口,"新工作——不顺利。"

"我理解。"

"你理解?"他憋不住话中尖酸的讽刺,"说到这个——你刚才正想说,这些天,你干什么工作?"

"老一套。"

"老一套,到底是什么?"

"我还在'安全港'酒吧工作。"

听到这个词,汉密尔顿恢复了一些信心。至少,这儿还留了些东西。"安全港"还在。还是有些真正世界的碎片过渡到了这个世界,这给他带来一丝安慰。

"我们先去'安全港',"他迫不及待地说道,"喝几杯啤酒再回家。"

两人到达贝尔蒙特。丝姬将车停在酒吧街对面。汉密尔顿

---

① 碰到同伴情绪不佳时,作为成年人,通常情况下应该提议"要不要来杯酒"。但在这个世界中,酒是粗鲁不雅之物,所以丝姬口中说出的是"要不要来杯柠檬水"。

坐在车里,挑剔地品评眼前所见。从远处看,酒吧没多大变化。非要说有,就是比从前干净了些,更齐整。酒吧的航海元素得到强化,酒精的暗示则被悄悄削弱。门口的招牌"金色闪光"几乎没法辨认,亮红色的字母糊成了含义不明的一团。要不是他早知道上面的内容,根本没法……

"杰克,"丝姬困惑地轻声道,"我希望,你能告诉我怎么回事。"

"什么怎么回事?"

"我——说不好。"她朝他笑笑,有些拿不定主意,"我觉得有点儿怪。我脑子里的记忆好像混在了一起,四处乱窜。到底是什么记忆,我说不清楚;只有一些模糊的印象。"

"什么印象?"

"你和我在一起的印象。"

"哦,"他点点头,"这个啊,还有麦克费夫?"

"对,他也在。还有比尔·洛斯。这些事仿佛是在好久以前发生的。可是,这不可能呀,对不对? 因为我刚刚认识你。"她纤细的手指痛苦地抵着太阳穴。他瞟到,她没涂指甲油。"真是乱作一团。"

"我真希望能帮上你。"这话,他是认真的。他接着说:"可是,这几天,我自己也有点儿迷糊。"

"没出什么事吧？我感觉就好像我正要穿过人行横道。就好像……一旦我的脚踏上人行道，就会一直陷进去，沉下去。"她紧张地笑了几声，"我该再去找个精神分析师了。"

"再找？你是说，你现在已经有一个了？"

"当然。"她紧张地转过身，"我就是这个意思。你一直问我这些古怪问题，害得我心神不定。杰克，你不该问我这些，这不对。这些……让我很痛苦。"

"对不起。"他难为情地道歉，"这不是你的错。我不该针对你。"

"我的错？什么不是我的错？"

"别提了。"他推开车门，踏上黑乎乎的人行道，"让我们进去喝几杯。"

"安全港"内部大大改装了一番。里面摆起了小小的四方桌，桌上铺着浆洗过的白色棉桌布。每张桌子上都点着一支蜡烛，往下滴着烛油。墙壁上挂着好几张"柯里尔和艾夫斯"公司①出品的印刷画作。几对中年夫妇静静地坐在那儿吃着蔬菜沙拉。

"后面更舒服。"说着，丝姬带着他穿过桌子，来到酒吧后部

---

① 十九世纪著名的美国印刷画作公司，多出品平静安详的日常生活画，尤以冬景著名。

灯光晦暗的卡座。酒吧菜单在二人面前摊开。

啤酒上来了。这竟是汉密尔顿喝过的最好的啤酒。他仔细看看菜单,发现这竟是不折不扣的真正德国黑啤,他很少有机会喝到这么好的啤酒。进入这个世界后,他第一次兴起了乐观的念头,甚至快乐了起来。

"让我们敞开喝。"说着,他对丝姬举起了啤酒杯。

丝姬微笑着,同样举起了酒杯。"又能跟你一起坐在这儿真好。"她喝了口酒,说道。

"确实如此。"

丝姬摆弄着手中酒杯,问道:"你有没有好的精神分析师推荐? 我试过好多个了……一直不停地换,想找个最好的。每个人都有自己推荐的分析师。"

"我就没有。"汉密尔顿说。

"真的? 太奇怪了。"她抬起头,视线越过汉密尔顿,落在后面墙上"柯里尔和艾夫斯"的画作上。画上是1845年新英格兰冬天的景象。"我想,我还是去趟MMHA,找他们的咨询师。那些人一般都能帮上忙。"

"什么是MMHA?"

"流动精神卫生协会(The Mobilized Mental Hygiene Association)。难道你不是协会的成员? 大家都是协会成员啊。"

"我是边缘人物。"

丝姬从包里掏出会员卡给他看,"他们负责你所有的精神健康问题。服务好极了……不分日夜,随时提供服务。"

"发药吗?"

"你是说精神药物?"

"差不多。"

"他们也负责发药。他们还有二十四小时的营养学建议服务。"

汉密尔顿呻吟一声,"还不如Tetragrammaton的世界呢。"

"Tetragrammaton?"丝姬突然焦躁不安,"我是不是听过这名字?这名字什么意思?我仿佛有印象……"她丧气地摇摇头,"实在想不清楚。"

"跟我说说营养学。"

"嗯,他们会负责你的饮食健康。"

"这我知道。"

"要吃得对,吃得好,这很重要。现在我只吃糖蜜和农场奶酪。"

"我想吃西冷牛排。"汉密尔顿衷心地说道。

丝姬大吃一惊,恐惧地看着他,"牛排?动物的肉?"

"一点儿不错。大块大块的牛排,跟洋葱一起熏烤,再配上烤土豆,豌豆,一杯滚烫的黑咖啡。"

丝姬的惊恐转成了反感,"哎呀,杰克!"

"怎么了?"

"你真是个——**野蛮人!**"

汉密尔顿俯过身,凑近姑娘,说:"你和我,我们俩出去吧?开车找条僻静的小路,来次性交。"

姑娘的脸色毫无波澜,只有困惑,"我没听懂。"

汉密尔顿顿时没了兴致,"算了。"

"可是——"

"我说算了!"他没好气地一口灌下剩下的啤酒,"走,我们回家吃晚饭吧。玛莎要担心啦!"

10

　　两人前后进入明亮的小小客厅。看到他们,玛莎明显松了口气,迎了上来。

　　"来得正是时候。"说着,她踮起脚,吻了汉密尔顿一下。玛莎穿着印花裙子,罩着围裙,漂亮苗条,芳香温暖,"洗个手,坐下来吃饭。"

　　"要我帮忙吗?"丝姬礼貌地问道。

　　"不用不用。杰克,替她拿外套。"

　　"没关系,"丝姬说,"我去扔在卧室里就行。"她小步跑开,给两人留下短暂的独处时间。

　　"这才是最吓人的事情。"汉密尔顿跟着妻子走进厨房。

　　"你是说她?"

　　"对。"

"你什么时候遇见她的?"

"上周。她是麦克费夫的朋友。"

"她很可爱。"玛莎俯下身,从炉子上端下冒着热气的炖锅,"又体贴,又青涩。"

"亲爱的,她是妓女。"

"嗯?"玛莎眨眨眼,"真的? 她看起来不像——你说的那种人。"

"她当然不像。这个世界没有妓女。"

玛莎的脸色立即放晴,"那她就不是妓女了。我就觉得不可能。"

说罢,玛莎端着炖锅,打算走回客厅。汉密尔顿心中冒火,拦住她的去路,"她就是妓女。在真实世界,她是个酒吧常客,专门勾搭男人讨酒喝。"

"哼,真的?"玛莎不信,说道,"我不相信。我们在电话里聊了很久,她好像是个女招待什么的,是个讨人喜欢的孩子。"

"亲爱的,如果她身上的'装备'还齐全……"刚说到这儿,他发现丝姬已经从卧室出来,一身学校女生的打扮,娇俏齐整。

"没想到你会说这样的话。"玛莎从丈夫身边挤过,轻盈地回到厨房,"你该为自己感到羞愧。"

汉密尔顿有点儿脸红,讪讪走开。"去他的。"说着,他来到客厅,捡起《奥克兰论坛报》晚间版,在丝姬对面选了个座位,一屁股陷进沙发,开始浏览报纸标题。

费恩伯格宣布新发现:哮喘将彻底痊愈!

头版文章的配图是个矮胖秃头、满脸微笑、身穿白大褂的医生,简直像是从漱口水广告里直接走下来的。文章报道了他震惊世界的发现。头版,头条。

头版二条是一篇长文章,报道了中东最近的考古发现。出土的文物有水罐、盘碟、花瓶;一整座黑铁时代的城市遗址的位置已经确定。整个人类世界都在屏息关注。

汉密尔顿心中突然升起扭曲的好奇心。在这个世界,跟苏联的冷战怎么样了? 说到这儿,苏联这个国家怎么样了? 他迅速翻遍剩下的报纸版面,不由得后颈汗毛倒竖:

苏联,作为一大类,已经被全部消除。这简直太让人难受了。千百万男男女女,千百万平方英里的土地——**就这么没了**! 那地方还剩下什么? 荒芜的平原? 雾蒙蒙的空地? 巨大的坑洞?

从某种角度说,这个世界的报纸没有第一版……报纸是从第二版——"女人的世界"——开始的:时尚、社会新闻、订婚和结婚、文化活动、比赛。漫画板块呢,只剩了一部分。给孩子看的幽默诙谐的漫画还在;而但凡涉及侦探、硬汉和女色的漫画都没了。这些没了倒也关系不大。只是,看着报纸上触目惊心的大片空白,总有点儿不舒服。

或许,亚洲北部现在也同样如此:曾经千百万人生活的地方,如今只剩了大片的空白,就像手中这份报纸一样。对伊迪斯·普里奇特这位肥胖的中年妇女来说,苏联仿佛嗡嗡叫的蚊子,搅扰了她的愉悦生活。

说起蚊子,在这个世界,他连一只蚊子、一只苍蝇都没见着。蜘蛛也没有。任何害虫都没有。等到普里奇特太太完成世界的清理工作,那将是一个多么令人愉快的世界呀……假如还能有东西剩下的话。

"苏联没有了。"他突然开口对丝姬说,"你会在意吗?"

"什么没有了?"丝姬从杂志上抬起头问道。

"算了。"他丢下手中的报纸,闷闷不乐地从客厅踱到厨房。"我受不了这个。"他对妻子说。

"哪个,亲爱的?"

"他们根本不在意!"

玛莎温和地指出:"这个世界,苏联从来不存在。他们怎么可能在意?"

"可他们应该在意。假如普里奇特太太消除了写作这东西，他们倒不用在意，也不用想念——因为他们根本不会发现苏联消失了。"

"既然他们没发现，"玛莎若有所思，"那还有什么关系？"

他倒没想过这个。于是，趁女人们布置餐桌，他思考，并得出结论。"这更糟糕。"他告诉玛莎，"这是最糟的部分。伊迪斯·普里奇特对他们的世界动了手脚，重塑了他们的生活，他们却根本没发现——这太可怕了。"

"哪里可怕？"玛莎突然火起，提高声调，"我觉得，并不可怕。"她压低声音，朝丝姬的方向点点头，"她现在很糟糕吗？难道她从前有这么好？"

"这不是重点。重点是——"他的火气也上来了，"现在这个人，不是丝姬，是其他人，某个蜡做的呆头娃娃，是普里奇特太太做出来替换真正的丝姬的。"

"我觉得她就是真正的丝姬。"

"你根本没见过她从前的样子。"

"为此，我感谢上帝。"玛莎情绪激动。

汉密尔顿心中忽有所悟，慢慢地生出可怕的怀疑。"你，喜欢这个世界。"他轻声说，"你**更喜欢**这地方。"

"我可没这么说。"玛莎支吾。

"你真的喜欢！你喜欢这些——这些'改进'。"

玛莎在厨房门口停了下来，握着满手的勺子和叉子，"我今天一直在思考。这个世界从很多角度说，每一件事物都更干净、整洁。东西都——嗯，更简单，更有秩序。"

"哼，这儿的东西可不多。"

"东西少，不好吗？"

"我们也可能会变成令她不快的东西。这一点，你想过没？"他往身上一比，"这儿不安全。看看我们俩——我们已经被改造了。我们变成了无性人——你喜欢这样？"

玛莎没有马上回答。

"你喜欢！"汉密尔顿倒吸一口气，"你更喜欢现在这样！"

"这事我们以后再说。"说着，玛莎握着满手的银餐具，打算走开。

汉密尔顿抓住她的胳膊，把她粗鲁地拉了回来，"回答我！你喜欢她的世界，是不是？你喜欢那个斤斤计较的胖老太太的想法，喜欢她把性和其他肮脏的东西清理出这个世界。"

"嗯，"玛莎想了想，"我的确觉得，这个世界是该清理清理。对。要是你们男人没有能力，或者不愿意……"

"我来告诉你。"汉密尔顿怒气冲冲道，"伊迪斯·普里奇特抹消的速度有多快，我重建的速度就有多快。我要重建的第一类，就是性。就在今晚,我要把性重新带到这个世界上来。"

"啊,你要。可不是嘛,这就是你要的东西,你时时刻刻都惦记着这个。"

"那个姑娘,"汉密尔顿的脑袋朝客厅一扬,丝姬正开开心心地整理桌子上的餐巾,"我要把她拖到地下室,跟她做爱。"

"亲爱的,"玛莎实事求是地指出,"你做不到。"

"为什么?"

"她——"玛莎一比画,"她没有'装备'。"

"这跟你有什么关系?"

"这太荒唐了,就像寻找紫色鸵鸟——压根儿不存在的东西。"

汉密尔顿大步走进客厅,牢牢握住丝姬的手。"来,"他命令道,"我们下楼去视听室,听贝多芬的四重奏。"

丝姬吃了一惊,跌跌撞撞地跟在他身后,心不甘情不愿,"可是,晚饭还没吃呢?"

"让晚饭见鬼去。"他答道,一边拉开通往地下室的楼梯门,"我们赶紧去,趁她还没清除音乐。"

地下室又冷又湿。汉密尔顿打开电热器,拉下百叶窗。房间渐渐温暖宜人。汉密尔顿拉开装唱片的柜子,抱出一大摞密纹唱片。

"你想听什么?"他挑衅地问。

丝姬吓坏了,站在门口不敢进来,"我想吃东西。玛莎做了这么好的菜——"

"动物才吃东西。"汉密尔顿嘟哝,"吃东西令人不快,不文雅。我已经清除了它。"

"我不明白。"丝姬哀哀地抗议。

汉密尔顿打开功放,调好精细的控制系统。"你觉得我这儿的设备如何?"他问道。

"很——吸引人。"

"推挽平行输出,转数高达30 000转/秒。四个15英寸的低频扬声器,八个剧院扬声器——就是高频扬声器。分音器网络速率为400圈/秒。手工转动的变压器,钻石唱针,纯金液体扭矩唱头。"他一边把唱片放在唱盘上,一边补充道,"还有马达,功力能转动10吨重物,速度不会低于33又1/3。不坏吧,啊?"

"很——很棒。"

放出来的音乐是《达夫妮与克罗埃》①。他的密纹唱片收藏,有好一部分都神秘消失了,其中的大部分都是现代无调性音乐,

----

① 古希腊朗格斯(longus)所作小说,由法国作曲家拉威尔(Ravel)改编为芭蕾舞曲。

还有实验性打击乐。普里奇特太太偏好高品位的古典乐，如贝多芬、舒曼，还有严肃的管弦乐之类，都是常听音乐会的中产阶级熟悉的那一套。他珍爱的巴托克①全集也没了。这套藏品的消失，不知怎么，比之前发生的所有事情都更惹他生气。这件事，涉及了他的私人生活，干涉了他为人最底层的东西。普里奇特太太的世界里没有生活；她比 Tetragrammaton 还要糟糕。

"怎么样？"他机械地问道，把台灯调到几乎全暗，"不合你的品味，是吧？"

"向来不合我的品味。"丝姬面露困惑，被净化的脑中，渗入了模模糊糊的记忆碎片，"天哪，我都看不清周围了……我怕摔倒。"

"没几步路。"汉密尔顿讥讽地回应道，"你想喝什么？我记得，这儿恰巧还有一瓶750毫升苏格兰威士忌。"

他一把拉开酒柜，熟门熟路地伸手摸索。他的手指摸到了某个瓶颈，于是迅速握住拉出来，同时弯腰找杯子。忽然，他意识到手中的瓶子手感不对。他拿近一看，发现果然不对。手中的酒瓶根本不是什么威士忌。

"还是喝薄荷甜酒吧。"他无奈地更正道。从某种角度看，薄荷甜酒比威士忌更好。"行吗？"

---

① 匈牙利作曲家，为二十世纪重要的作曲家之一，民族音乐学奠基人。

《达夫尼和克罗埃》的乐声漫溢在灯光晦暗的房间里。汉密尔顿带着丝姬来到沙发旁,安顿她坐下,递上酒杯。丝姬听话地接过,顺从地喝了一口,一脸茫然和温顺。汉密尔顿四处走动,用专家的眼光进行各种细微的调整:正一正挂在墙壁上的画,稍稍调大功放,再压低一些台灯,拍松沙发上的靠垫,检查通往楼梯的门是否关严锁紧。他能听到楼上玛莎不安的脚步声。哼,她自找的。

"闭上眼睛,放松。"他怒气冲冲地命令。

"我已经放松了。"丝姬还有些害怕,"这还不够吗?"

"当然。"他不怀好意地轻声道,"这样就很好。对了——把鞋脱了,脚搁在沙发上。这样,听拉威尔的感觉会不一样。"

丝姬听话地踢掉白色乐福鞋,将裸露的双脚放上沙发,压在身下。"挺好。"她无力道。

"好多了,对不对?"

"好多了。"

突然,无法抵抗的巨大悲伤压倒了汉密尔顿。

"没用。"他沮丧地说,"做不到的。"

"什么做不到,杰克?"

"你不会明白。"

一时间,两人陷入沉默。接着,慢慢地,丝姬默默伸出手,碰了碰汉密尔顿的手,"抱歉。"

"我也很抱歉。"

"是我的错,对不对?"

"有那么一点儿,但这个错误很模糊,很抽象。"

丝姬犹豫片刻,问道:"我——能不能问你点儿事?"

"当然,随便问。"

"你能不能——"她的声音很轻,几不可闻。她抬起头,注视着他,在朦胧的光线中,眼睛又黑又大,"杰克,你能不能吻我一次? 就一次?"

他紧紧抱住她,把她拉近,抬起她小小的瓜子脸,吻了她的嘴唇。她紧贴着他,身体脆弱轻盈,瘦得可怕,瘦得丢人。他用尽力气抱着她。不知过了多久,她忽然挣脱他的怀抱,退了开去,只剩一个疲惫的、凄凉的轮廓,在黑暗中几不可见。

"我感觉糟透了。"她断断续续道。

"别责备自己。"

"我觉得很——空虚。我全身都疼。**为什么会这样**,杰克? 到底怎么回事? 我为什么感觉这么糟糕?"

"别想了。"他闷声道。

"我不喜欢这种感觉。我想给你什么东西,却没什么可给的。**我**什么都不是,只是空洞的躯壳,对不对? 一片虚无之地。"

"不全是。"

黑暗中,隐约出现了动作。她站了起来,站在他面前。她的动作很快,在昏暗的光线下,只能看到模糊的影子。仔细再看,他发现她正迅速脱下身上的衣服。衣服叠在他身边的沙发上,整整齐齐一小堆。

"你想要我吗?"她犹豫地问道。

"嗯,理论上想。"

"行。"

他自嘲地一笑,"行?"

"换种说法——我同意。"

汉密尔顿从沙发上拾起她的衣物,递给她。"穿上衣服,我们上楼去。别在这儿浪费时间,晚饭要冷了。"

"没用吗?"

"没用。"他痛苦地回答,眼睛尽量避开她平板无毛的身体,"一点用都没有。但你已经尽力了。你能做的都做了。"

穿好衣服后,他牵着她的手,带她来到楼梯边。身后,电唱机里仍徒劳地涌出《达夫尼和克罗埃》的乐声。两人谁都无心聆听,垂头丧气,脚步沉重地跨上楼梯。

"对不起,让你失望了。"丝姬说。

"没事。"

"也许我能弥补,用另外的办法。也许我能……"

姑娘的声音轻了下去。原本握在他手中的,她小小的、干燥的手指,忽然消失。他吃惊地扭过头,眯着眼睛在黑暗中搜寻。

丝姬消失了。她整个人慢慢熄灭,不复存在。

他困惑万分,不敢相信眼前所见,愣愣地站在楼梯上。这时,头顶楼梯门打开,玛莎出现在楼梯顶上。看到他,她惊讶道:"喔,你在这儿。上来吧——来客人了。"

"客人。"他喃喃重复。

"普里奇特太太。她还带了不少人。看上去是个普通的聚会,大家都情绪高昂,笑个不停。"

汉米尔顿浑浑噩噩地爬上楼梯,进入客厅。客厅里全是嘈杂的人声和四处走动的向他打招呼的人影。人群中,立着那个高大肥胖的妇人,身穿俗气的毛皮大衣,花哨的帽子上怪异的羽毛不断颤动,漂过的金发不自然地贴在粗壮的脖子和两颊上。

"哎呀,你来啦!"看到他,普里奇特太太高兴地叫道,"吓你一跳吧?"她提起手里胀鼓鼓的方形纸板盒,中气十足地说:"我买了最可爱的小蛋糕——你肯定没吃过这么好的蛋糕,真是宝贝。还有最好吃的蜜饯——"

"你把她怎么了?"汉密尔顿逼近女人,哑着嗓子问,"她在哪儿?"

普里奇特太太起初莫名其妙,接着,斑驳的、肉团似的五官舒展开来,露出狡猾的微笑,"嗯,我把她废除了。我清除了她那一整类。你明明知道的嘛。"

11

汉密尔顿站着,紧紧盯着眼前的女人。玛莎悄悄走到他身边,在耳边轻声道:"小心点儿,杰克,**小心**。"

他转过身,面对妻子,"你也有份?"

"我想应该有。"她耸耸肩,"伊迪斯问我你在哪儿,我跟她说了。当然没说细节……只说了个大概。"

"丝姬属于哪一类?"

玛莎笑了,"伊迪斯概括得很好。我记得,她说的是'让人气急的姑娘'。"

"让人气急的姑娘肯定有很多。"汉密尔顿说,"都清除了,至于吗?"

跟在伊迪斯·普里奇特身后进来的,是比尔·洛斯和查理·麦克费夫。两人怀里大袋小袋,满满抱着各种吃食。"庆祝大会。"

洛斯解释道,半带着歉意,朝汉密尔顿轻轻点头,"厨房在哪儿?我得把手上的东西放下。"

"怎么样,老兄?"麦克费夫夸张地挤了挤眼睛,暧昧地说道,"快活吗?我这袋子有二十罐啤酒,都准备好啦。"

"好。"汉密尔顿仍没清醒。

"这些酒,打个响指就出现了。"麦克费夫宽大的脸盘因为兴奋涨得绯红,冒着汗珠,补充道,"我是说,她打个响指就出现了。"

跟在麦克费夫身后进来的是琼安·瑞斯,个子瘦小,神情严肃。男孩子大卫·普里奇特走在瑞斯小姐身边。最后进门的是阴沉而庄重的退伍老兵,一瘸一拐,满是皱纹的脸上毫无表情,就像戴着面具。

"八个人都来了?"汉密尔顿一阵反感,心情低落,问道。

"我们打算玩猜哑谜①游戏,"伊迪斯·普里奇特高兴地说,"我今天下午过来了一趟,"她对汉密尔顿解释道,"你可爱的小妻子和我,我们俩贴心地好好聊了聊。"

"普里奇特太太……"汉密尔顿刚开口,就被玛莎迅速打断。

"到厨房来帮我准备。"她一字一顿、不容抗拒地命令道。

_____

①流行的派对分组游戏,一人比画肢体动作,不得出声,其余人根据动作猜测字谜谜底,猜对组得分。

汉密尔顿不情不愿地跟着她进了厨房。厨房里,麦克费夫和比尔·洛斯站在那儿,手足无措,不知该做些什么。看到他们俩,洛斯飞快咧嘴一笑,脸上的表情像是理解,也可以看成是内疚。汉密尔顿还没分辨出来,洛斯就迅速转过身,忙着拆开冷切肉和三明治抹酱的包装。厨房里堆了不知多少这类餐前小食,看来它们很讨普里奇特太太喜欢。

"打桥牌,"普里奇特太太不容置疑的声音从客厅清晰传来,"不过得有四个人。你能参加吗,瑞斯小姐?"

"恐怕我打桥牌技术不佳。"接着传来的是瑞斯小姐沉闷的回答,"不过我会尽力。"

"洛斯,"汉密尔顿说,"你这么聪明,不该上当。麦克费夫,我倒可以理解。可你……我没想到。"

洛斯没抬头看他。"你担心自己的事吧,"他声音沙哑,"我的事我自己管。"

"你这么有理性,难道……"

"汉密尔顿先桑,"洛斯滑稽的口音又出现了,"俺捞着哈就吃哈。则样,俺才能活得更长。"

"够了。"汉密尔顿气得涨红了脸,"别跟我来这套垃圾。"

洛斯的黑眼睛中闪着冷笑和敌意,他背过了身去。但他身子发抖,双手抖得太厉害,连手里的熏培根都拆不开。玛莎只能接了过去。"别烦他，"玛莎责备丈夫，"这是他的生活，他自己定。"

"你错了。"汉密尔顿说，"这是她的生活。你能靠冷切肉和三明治抹酱过活？"

"吃这些也不错啊。"麦克费夫听天由命道，"老兄，醒醒。这儿是那老太太的世界——对不对？她掌管这地方，她是老大。"

亚瑟·西尔维斯特出现在厨房门口，"请问，能不能给我一杯温水，加些碳酸氢盐苏打？我今天有些胃疼。"

汉密尔顿把手放在西尔维斯特瘦弱的肩膀上，说："亚瑟，你的神不在这地方。你不会喜欢这儿的。"

西尔维斯特一言不发，拂开汉密尔顿的手，来到厨房水槽边。玛莎递给他一杯温水和苏打，他接了过去，走到厨房角落专心饮用，丝毫不理会其余人等。

"我还是没法相信。"汉密尔顿对妻子说。

"相信什么，亲爱的？"

"丝姬。她消失了，彻底消失了。就像'啪'地打死一只蛾子似的。"

玛莎无动于衷地耸耸肩，"嗯，她总还在的，在某个世界里，某个地方。在真实世界，她肯定还在炫耀自己的玩意儿，向男人讨酒喝。"她说"真实"这个词的时候极为反感，仿佛那地方既猥琐又肮脏。

"要我帮忙吗?"伊迪斯·普里奇特迈着小碎步,出现在厨房门口。她庞大的身体裹着一条丝制连衣裙,裙子花哨得令人发指,全身肥肉乱颤,"天呀,围裙在哪儿?"

"在那边柜子里,伊迪斯。"玛莎指了指方向。

普里奇特摇摇摆摆挤过他身边时,出于本能,汉密尔顿反感地缩了缩身子,躲开这个庞然大物。普里奇特太太朝他露出傻笑,一脸心知肚明:"别闷闷不乐的,汉密尔顿先生,别毁了我们的派对。"

普里奇特太太从厨房晃回客厅后,汉密尔顿堵住了洛斯,"你就打算让那怪物控制你的生活?"

洛斯耸了耸肩,"我从来就没有过生活。在贝伐加速器给人做向导,你管这叫生活?那些人,从街上随随便便晃进来,什么都不懂,都是些没经过任何技术培训的游客……"

"那你现在在做什么?"

霎时,洛斯脸上闪过挑衅和骄傲,"我在圣何塞的拉克曼香皂公司,担任研发部负责人。"

"我从来没听说过这家公司。"

"这是普里奇特太太的新创造。"他避开汉密尔顿的目光,解释道,"公司制造奢侈的浴用香皂。"

"天啊。"汉密尔顿说。

"对你来说不算什么,对不对? 你死也不会干这种事。"

"为伊迪斯·普里奇特制造香皂,不会。我不会干。"

"听着,"洛斯说道,声音低沉颤抖,"你来尝尝当黑人的滋味。你来试试,不管什么样的垃圾白人,你都得鞠躬应着'是,先生'。哪怕某个佐治亚州的白人乡巴佬,笨到自己跌倒,在地板上撞歪鼻子,傻到连厕所都找不到,得别人带他去——而**我**,就是这个带他去厕所的人。一点儿不夸张,我甚至还得教他怎么脱裤子! 你来尝尝这种生活的滋味。为了养活自己,大学整整六年,我都在廉价小餐馆里头给白人洗盘子。我听说过你,你父亲是物理学大腕,你家很有钱,你根本不用在什么小餐馆里干活。你不用像我一样拼命打工拿到学位,然后揣着学位证书几个月找不到工作,最后只落得当个导游,在袖子上戴个臂章,带着游客四处闲逛。我简直就像纳粹集中营里的犹太人。经历过这些,恐怕你就不会介意负责某个香皂工厂的研发部了。"

"哪怕这家工厂根本不存在也没关系?"

"在**这个世界**,这家工厂存在。"洛斯黝黑瘦削的脸上黯淡中带着倔强,"而我,就在这个世界。只要我还在,我就要好好利用这个机会。"

"可是,"汉密尔顿抗议道,"这儿只不过是幻想的世界。"

"幻想?"洛斯露出讽刺的笑容,一拳重重砸在厨房墙上。"我倒觉得,这儿够真实的。"

"这儿是伊迪斯·普里奇特太太的意识世界。像你这样聪明的人……"

"省省,"洛斯愤怒地打断,"我不想听。在真实世界,你可没关心过我聪不聪明。你根本不在意我这样的人是不是在当向导,根本不在意我的才智有没有被用在合适的地方。"

"当向导的人多得是,成千上万。"汉密尔顿尴尬地辩解。

"或许。但当向导的,都是我这样的人。而你这样的人,是不会当向导的。你想知道为什么我更喜欢这儿? 就因为**你**,汉米尔顿。这是你的错,不是我的。仔细想想,要是在真实世界,你为我努力过……可你没有。你在那儿有妻子、房子、猫咪、车子,还有工作,你什么都有,你当然想回去。可是,我不一样。在真实世界,我什么好东西都没有,所以我不想回去。"

"要是这世界消失,你就得回去了。"汉密尔顿说。

洛斯脸上出现了冰冷的、硫酸般强烈的恨意,"你打算毁了这地方?"

"拿你的命打赌。"

"你想让我回去重新戴上臂章,对不对? 你跟其他人一样,没有丝毫不同。他们对我说,永远别相信白人。可我还以为,你是我的朋友。"

"洛斯,"汉米尔顿说,"你是我见过的最神经质的狗杂种。"

"就算我真是,那也是你的错。"

"你有这种感受,我很难过。"

"这是事实,不是感受。"洛斯斩钉截铁地说。

"不全是。你只说对了一部分,你刚才那些话的深处,的确包含着事实的内核。或许你说得对,或许你应该待在这儿。或许,对你来说,这地方比真实世界更好。在这儿,普里奇特太太会照顾你——只要你对她五体投地,曲意奉承;只要你亦步亦趋,讨她欢心;只要你不介意香皂、冷切肉和哮喘疗法。在真实世界,为了生活,你得跟所有人拼命;或许,你是该歇歇了。反正在真实世界,你八成也赢不了。"

"别再跟他废话了,"麦克费夫一直听着他们的对话,这时他插嘴道,"你在浪费时间——他不过是只浣熊①罢了。"

"你错了。"汉密尔顿对麦克费夫说,"他是人类,而且不想再输了。可是在这儿,他赢不了,你也赢不了。除了伊迪斯·普里奇特,谁都赢不了。"他又转头对洛斯说:"在这儿,你的生活会比被白种男人指手画脚更糟……在这个世界,你会彻底被这个肥胖的中年白种女人握在手心里。"

"晚饭好了,"玛莎在客厅高声叫道,"大家都过来吃饭了!"

---

① 原文是coon,是racoon的缩写,既指浣熊,也是对黑色人种的蔑称。

　　大家一个接一个地走进客厅。汉密尔顿进客厅的时候，正好看到尼尼·笨猫闻到食物的香味，出现在客厅门口。尼尼刚才一直在衣柜鞋盒里睡大觉，皮毛凌乱。它悄无声息地踱步过来，行进路线恰巧跟伊迪斯·普里奇特交叉，差点撞上。"哎呀，天哪。"普里奇特太太一个趔趄，恼火道。于是，正四处寻找膝头跳上去的尼尼·笨猫，就这么消失了。普里奇特太太粉红色的粗笨手指上端着一盘法式小点心，继续走自己的路，仿佛根本没有注意到。

　　"她弄走了你的猫！"大卫·普里奇特尖声高叫，声音中带着指责。

　　"别介意，"玛莎茫然地说道，"猫多得是。"

　　"不对。"汉密尔顿沉声纠正，"再也没有猫了。你忘了？猫这一大类都消失了。"

　　"你们说什么？"普里奇特问道，"你们用了什么词？我没听清。"

　　"没关系，小事。"玛莎迅速应道，在餐桌边坐下，给大家布菜。其余客人也找了位子坐下。最后一个出现的是亚瑟·西尔维斯特。他已经喝完了温水加苏打，从厨房出来，手里拿着一壶茶。

"这个该放哪里?"他在放得满满的餐桌上寻找空位,同时不耐烦地问道。巨大的玻璃茶壶在他枯瘦的手中光滑闪亮。

"给我吧。"普里奇特太太心不在焉地笑着,顺口应道。西尔维斯特朝她走去,她伸手来接。就在这时,西尔维斯特面不改色,举起茶壶,用尽虚弱的身体中所有的力气,朝妇人的脑袋砸下去。餐桌边的人们倒吸一口凉气,不敢相信眼前所见,都站了起来。

就在水罐砸到普里奇特太太脑袋的前一瞬间,亚瑟·西尔维斯特"噗"地消失。水罐从消失的双手中落下,掉在地毯上,碎裂翻滚开来。茶水四溅,在地毯上留下难看的尿色痕迹。

"哎呀,老天。"普里奇特太太恼怒道。于是,同亚瑟·西尔维斯特一道,砸碎的玻璃壶,还在冒热气的茶水,也一起消失了。

"真让人不快。"沉默片刻,玛莎开口。

"幸好都结束了。"洛斯双手颤抖,尖着嗓子道,"刚才——真险。"

突然,琼安·瑞斯从桌边站了起来。"我身体不舒服,过会儿回来。"她迅速转身,快步走出客厅,沿着走廊消失在卧室里。

"怎么了?"普里奇特太太紧张地问道,环视餐桌上的众人,"有什么事让那姑娘不开心吗?或许我能……"

"瑞斯小姐,"玛莎急切地尖声叫道,"请回来。我们还在吃饭呢。"

"我得去看看她怎么了。"普里奇特太太叹了口气,撑着肥胖的身子,挣扎着站起来。

汉密尔顿动作更快,已经出了客厅。"我去就行。"他转头叫道。

卧室里,瑞斯小姐呆坐着,双手叠放在膝头,外套、帽子和手包放在身边。"我跟他说了,别这么干。"她轻声对汉密尔顿说。她已经摘掉了角框眼镜,眼镜松松地挂在手指上。失去了眼镜的遮掩,她的眼睛苍白无神,眼珠淡到几乎看不到颜色。"这么做,不是好办法。"

"看来,你们是**计划好的**?"

"当然。亚瑟,那孩子,还有我,我们三个今天碰了面。我们都指望这个计划。我们不敢叫你,因为你妻子⋯⋯"

"你们可以信任我。"

瑞斯小姐从手包里拿出一个小瓶子,放在自己身边的床上。"我们打算让她睡着,"她声调平稳,"她老了,而且也累了。"

汉密尔顿抄起瓶子,迎着灯光举起细看。那是一瓶氯仿的液体制剂,通常用来制作标本。"可是,这个会杀了她的。"

"不,不会。"

男孩子大卫出现在卧室门口,神情焦急,"你们最好快点儿回来——我妈坐不住啦。"

瑞斯小姐站了起来,取回小瓶塞进手包,"好了,我没事了。刚才那一下,把我吓到了。他保证过不会……可这些老兵——"

"这事我来干。"汉密尔顿说。

"为什么?"

"我不想她死。我知道,你会杀了她。"

一时间,两人陷入僵持。瑞斯小姐不耐烦地抽搐了一下,随即摸出瓶子塞在汉密尔顿手中,"好好干。今晚就干。"

"不,明天再干。我会把她弄到室外——去野餐好了。我们一早就带她上山,天一亮就出发。"

"别到时候怕得缩头。"

"不会。"他揣起瓶子,应道。

他是认真的。

12

十月的阳光,冰冷闪耀。清晨的草坪上铺着薄薄的浅霜,宁静的贝尔蒙特市笼罩在沉闷的蓝白色雾气里。高速公路上车流繁忙,都是从半岛开往旧金山,后车的保险杠几乎能碰到前车。

"哎呀,天哪,"普里奇特太太抱怨道,"路真堵。"

"我们不走这条路。"说着,汉密尔顿驾着福特双门轿车转了个弯,驶下湾岸高速,开上一条小路,"我们去洛思加图斯。"

"然后呢?"普里奇特太太兴奋地问,带着孩子似的热切期待,"天哪,我还没走过那条路呢!"

"然后一路开到海边。"玛莎的脸颊也兴奋得发红,"我们打算沿着一号公路一直开,就是那条海岸公路,开到大苏尔为止。"

"大苏尔? 在哪儿?"普里奇特太太没听懂。

"在圣路西亚山里,就在蒙特雷下面。那地方开车过去不用多久，而且景色很美，是个野餐的好地方。"

"好。"普里奇特太太满意了，往后一靠，倚在座椅靠背上，交叠双手放在膝头，"你人真好，提议今天出来野餐真是个好主意。"

"哪里。"汉密尔顿故意狠狠踩了一脚油门。

"为什么不去金门公园?"麦克费夫狐疑地问道。

"人太多。"瑞斯小姐打圆场说道，"大苏尔属于联邦自然保护区，那地方仍是原生态的。"

闻言，普里奇特太太有些担忧，"我们不会有危险吧?"

"绝对不会。"瑞斯小姐保证，"肯定安全。"

"汉密尔顿先生，你今天不上班吗?"普里奇特太太问道，"今天不是工作日吗? 洛斯先生就去上班了。"

"我今天上午请了假，"汉密尔顿语带讥讽，"这样才好带你们四处转转呀。"

"哎呀，你可真好。"普里奇特太太叫道，柔软的手掌轻拍膝盖。

麦克费夫一边闷闷地抽着雪茄，一边说:"到底怎么回事，汉密尔顿? 你是不是有什么阴谋，针对某个人?"正说着，一缕难闻的雪茄味飘到了汽车后座，普里奇特太太皱了皱眉，立即清除了雪茄。瞬间，麦克费夫发现手中空荡荡，他的脸一下子涨红了，红得像甜菜根。接着,脸上的红色慢慢消退。"啊。"他嘟哝道。

"你说什么?"普里奇特太太质问道。

麦克费夫不开腔。他笨拙地搜索各个衣袋,指望着某根雪茄能奇迹般地逃过被清除的命运。

"普里奇特太太,"汉密尔顿装作随意地开口,"你有没有注意到,爱尔兰人对文化毫无贡献? 没有爱尔兰画家,爱尔兰音乐家……"

"上帝!"闻言,麦克费夫惊呆了[1]。

"没有音乐家?"普里奇特太太惊讶道,"天呀,天呀,真的吗? 我一直没有注意到。"

"爱尔兰人是一支野蛮民族,"汉密尔顿带着施虐般的快感继续道,"他们所做的只有……"

"萧伯纳!"麦克费夫在恐惧中大吼,"世界上最伟大的剧作家! 威廉·巴特勒·叶芝! 最伟大的诗人! 还有詹姆斯·乔伊斯,最……"他忽然改了口,"也是个诗人。"

"是《尤利西斯》的作者。"汉密尔顿补充道,"这本书遭禁多年,因为其中多有淫秽粗俗的段落。"

"那是伟大的艺术!"麦克费夫哑着嗓子叫道。

---

[1] 从姓名判断,麦克费夫(Mcfeiyffe)是爱尔兰人。若是普里奇特太太认定爱尔兰人对文化没有贡献,清除这一民族,麦克费夫也就消失了。

普里奇特太太想了想。"对。"她赞同道。最后，她做了决定："法官裁决了，那就是艺术。汉密尔顿先生，我想你犯了大错。爱尔兰人在戏剧和诗歌方面很有才华。"

"斯威夫特！"麦克费夫继续轻声打气，"他写了《格列佛游记》，了不起的作品。"

"好吧，"汉密尔顿柔声让步，"你说得对，我错了。"

麦克费夫方才吓得差点儿背过气去，此刻瘫倒在椅背上大口喘气，冷汗直流，满是斑点的脸上一片灰白。

"你可真干得出来。"玛莎把嘴唇贴近丈夫的耳朵，谴责道，"你这——野兽。"

瑞斯小姐倒觉得挺滑稽，看汉密尔顿的眼光也多了一分尊敬，"你只差一点儿了。"

"差不多就够了。"汉密尔顿应道。此刻，平静下来事后想想，他也对自己感到惊讶，"抱歉，查理。"

"算了。"麦克费夫粗声嘀咕。

道路右边出现了大片荒芜的田野。汉密尔顿一边开车，一边在脑中搜索：这地方从前就是这副模样吗？费了好一番功夫，他终于想了起来。这地方，从前是一片嘈杂喧闹的制造厂和冶炼厂。墨水厂、油脂厂、化工厂、塑料厂、木材厂……现在全没了，只剩下空旷的田野。

"我有一次路过这地方。"普里奇特太太看到汉密尔顿脸上的表情，解释道，"这儿又脏又难闻，还吵闹，我就把这地方全清除了。"

"所以，工厂全没了？"汉密尔顿问道，"比尔·洛斯的香皂厂也没了？那他可得失望了。"

"香皂厂我没清除。"普里奇特太太假仁假义道，"那些厂子至少闻起来挺香。"

汉密尔顿破罐子破摔，简直要享受这世界的乐趣了。这世界错得彻底，摇摇欲坠，危机四伏。只一挥手，普里奇特太太就清除了全世界整个工业领域。这种幻想世界肯定没法长久。这世界的基本架构正在崩塌瓦解。既没有婴儿出生，也没有工厂生产……极为关键的两大类都不复存在。性和繁殖成了变态的象征，只有医学专业人士才知道。这种内在逻辑脆弱不堪的幻想世界，本身也一样脆弱不堪。

想到这儿，他有了个主意。或许，他的力气方才用错了地方。想从猫身上扯下猫皮，还有更快、更轻松的办法。

可惜，这世上已经没有猫了。想到尼尼·笨猫，难过与愤怒便涌了上来。就因为那只公猫差点儿迎面撞上她……至少，在真实世界它还存在。亚瑟·西尔维斯特、尼尼·笨猫、蚊子、墨水厂、苏联，全在真实世界中稀里糊涂地存在着。想到这些，他高兴了点儿。

反正尼尼也不会喜欢这世界。老鼠、苍蝇、地鼠,这些动物早被清除了。而且,在这个扭曲的世界中,就连后院情事也不存在。

"你瞧。"汉密尔顿开始实验。他们正进入一座破败而贫困的小镇,眼前所见尽是些桌球店、擦鞋店、下三流旅馆。"真不检点。"他大声道,"我太生气了。"

桌球店、擦鞋店和下三流旅馆顿时消失。在现实这张大图中,又多了些空白处。

"这就好多了。"玛莎带着一丝不安道,"可是,杰克,我想还是——还是让普里奇特太太自己决定更好。"

"我只想帮她。"汉密尔顿快活地说道,"毕竟,我也想帮忙把文化带给大众呀。"

瑞斯小姐很快反应了过来。"瞧那个警察,"她评论道,"正给可怜的摩托车手开罚单。他怎么能干出这种事来?"

"我同情那摩托车手。"汉密尔顿打心眼里赞同,"落在那个肌肉发达的野蛮人的手里。或许,那也是个爱尔兰人。爱尔兰人都这样。"

"那警察,我倒觉得更像意大利人。"普里奇特太太挑剔地说,"可是,汉密尔顿先生,警察不是做好事的吗?我一直有这个印象……"

"警察,是的。"汉密尔顿说,"可是,交警,就不一样了。"

"哦,"普里奇特太太点点头,"我明白了。"于是,所有的交警,包括他们左边那个,全都消失了。全车人,除了麦克费夫,全都松了口气。

"别怪我,"汉密尔顿说,"要怪就怪瑞斯小姐。"

"我们清除瑞斯小姐吧。"麦克费夫恼怒道。

"哎呀,查理,"汉密尔顿咧嘴笑道,"你这就不对啦,这可不是人道主义者该有的想法。"

"是呀,"普里奇特太太表示赞同,一脸严肃,"麦克费夫先生,你竟能说出这样的话,我很惊讶。"

麦克费夫一肚子火没法发作,只能闭着嘴,瞪着窗外生闷气。"那些烂泥,真该清除掉。"他大声说,"臭气熏天。"

烂泥地顿时不臭了。应该说,根本没有了烂泥地。剩下的只有模糊的凹坑,沿着道路边缘延伸。汉密尔顿仔细查看,想知道坑有多深。不深,大概只有几码……沼泽原本就浅。几只野鸟,从前的烂泥地居民,满脸不高兴地走上公路。

"我说,"大卫·普里奇特说,"这还挺有趣。"

"你也来,"汉密尔顿豪爽地说,"你讨厌什么?"

大卫仔细想了想,"我什么都不讨厌。我什么都想看。"

闻言，汉密尔顿立刻清醒。"你是对的。"他对孩子说，"别让任何人改变你的想法。"

"要是观察对象都没了，我还怎么做科学家？"大卫问道，"我想用显微镜看微生物，该去哪儿找池塘水？发臭的死水全没了。"

"发臭的死水。"普里奇特太太好不容易才重复了这几个词，"大卫，你在说什么？我不确定……"

"还有，田野里也没有破瓶子了。"大卫气愤地抱怨，"我找不到甲壳虫来丰富我的收藏了。你还清除了所有的蛇，我也没法设陷阱捕蛇了。煤炭也没了，我没法看铁路工人卸煤车。我还能干什么？我从前经常穿过派克墨水公司……现在墨水公司也没了。你还能给这世界剩下什么？"

"美好的东西。"他母亲用责备的口吻说，"世界上美好的东西那么多，你尽可以随便探索。你也不想玩肮脏的、让人不快的东西吧，是不是？"

"还有，"大卫带着热切的劲头继续道，"埃莉诺·鲁特，街对面新搬来的姑娘，答应给我看她身上有、而我没有的东西——只要我肯跟她一起到后面的车库去。我去了，可她身上根本没有什么我没有的东西。而且，我看到的东西也不怎么样。"

普里奇特太太满脸绯红，好不容易才说出话来。"大卫·普里奇特，"她叫道，"你是个思想污秽的小变态。老天在上，你到底怎么了？你怎么会变成这个样子？"

"他爸遗传的。"汉密尔顿猜测，"血脉不好。"

"肯定是。"普里奇特太太直喘气，匆匆说下去，"当然不是我遗传的。大卫，等我们回家以后，我要好好痛打你一顿，打得你这辈子都忘不了。你一个礼拜都别想坐下。我这辈子从来没有……"

"清除了他。"瑞斯小姐云淡风轻道。

"你敢清除我！"大卫挑衅地咆哮，"你最好别这么干——我就说这么多。"

"我等下再找你算账。"他的母亲扬起下巴，眼中冒火，厉声说道，"现在，我一个字也不想和你多说了，年轻人。"

"哎哟。"大卫绝望地抱怨。

"我来跟你谈谈。"汉密尔顿对大卫说。

"我希望你别这么做。"普里奇特太太声音紧绷，"我得让他学到，除非戒掉他那些肮脏的念头，否则别想跟体面人来往。"

"我自己也有些肮脏的念头哩。"汉密尔顿刚开口，就被玛莎踢了一下脚踝，于是闭嘴。

"换了我是你，"玛莎轻声道，"可不会张扬出去。"

普里奇特太太心神不宁，情绪低落，一言不发地凝视窗外，一个接一个地清除着各种类别。带着摇摇欲坠风车的老农舍就此消失了。生锈的老爷车，从这个宇宙中删除。户外厕所、枯树、破旧牲口棚、垃圾堆、衣着邋遢的摘果子工人，都消失了。

"那边是什么?"忽然，普里奇特太太不耐烦地问道。

右侧，有一座敦实丑陋的水泥建筑。"那个，"汉密尔顿说，"是太平洋燃气电力公司的电站。它连接高压电缆。"

"嗯，"普里奇特太太让步，"我想，这个还是有用的。"

"有些人是这么想的。"汉密尔顿道。

"他们至少可以把房子造得好看些嘛。"普里奇特太太抗议。车子驶过时，那座建筑波浪似的流动起来。等到车子驶离，电站已经变成了一座古雅的斜顶小屋，浅色的外墙上，旱金莲攀缘交错。

"真可爱。"玛莎喃喃道。

"等电工们来这儿检查电缆，"汉密尔顿说，"他们可会吓一大跳。"

"不，不会。"瑞斯小姐露出毫无幽默感的微笑，纠正道，"他们会觉得向来如此，没有变化。"

时未过午，汉密尔顿便驾着福特车，从一号公路驶入洛斯帕德斯森林中。森林茂密葱茏，枝丫横生，保持着原生状态。道路两侧，巨大的红杉高耸入云，寒冷阴郁的狭窄道路恶兆似地向前延伸,一直通到大苏尔公园深处,沿着科恩峰的斜坡一路向上。

"真可怕。"大卫说道。

道路成了上坡。很快,他们就来到一片开阔的斜坡地带,树丛和灌木郁郁葱葱,细瘦的常青植物之间,零落散布着石块。草地上,盛开着几百万朵伊迪斯·普里奇特最喜欢的花——加利福尼亚州金色罂粟。见此景象,普里奇特太太发出惊喜的叫声。

"呀,这儿真美! 我们就在这儿野餐吧!"

汉密尔顿依言照办。他驾车驶离道路,开到草地上。草地上的车辙震得车子不时颠簸。趁车子稍微稳当的功夫,普里奇特太太立即清除了车辙这一大类。片刻后,车子停了下来,汉密尔顿关掉引擎。顿时,四下无声,只有散热器微弱的嗡鸣声,还有空旷的山谷中鸟鸣的回响。

"好了,"汉密尔顿说,"我们到了。"

众人迫不及待地下了车。男人们从后备厢拖出装食物的篮子,玛莎拿着毯子和摄像机,瑞斯小姐提着一保温瓶的热茶。大卫蹦蹦跳跳,捡了根木棍敲打灌木丛,惊起一家子鹌鹑。

"真可爱。"普里奇特太太注意到那家子鹌鹑,"瞧那几个小家伙走路的模样。"

四下无人,只有广袤的绿色森林掀起阵阵松涛,向斜下方延伸,直到遥遥山脚下的"太平洋丝带"——看不见尽头的铅灰色海岸线。海岸线之外，便是波澜壮阔的海面。见此，连大卫都生出敬畏之心来。

"老天，"他轻声道，"可真够大的。"

普里奇特太太选定了野餐的地点，众人小心翼翼地铺开毯子，打开篮子，拿出餐巾、纸碟、叉子、杯子，高高兴兴地传到每一个人手上。

汉密尔顿躲在附近的常青灌木阴影中，预备手中的氯仿。没人注意他；他打开手帕，用氯仿浸湿。中午凉爽的微风吹走了氯仿的气味。这东西不会危害别人；除了某一个人的鼻子、嘴巴和呼吸道得受些苦。这办法迅速、安全、有效。

"你在干什么，杰克？"玛莎突然在他耳边说道。他猛地一惊，心虚地跳了起来，差点弄掉了瓶子。

"没什么，"他搪塞道，"回去吧，剥你的水煮蛋。"

"你有什么阴谋。"玛莎皱着眉，越过他宽厚的肩膀往他手里看。"杰克！这难道是——老鼠药？"

他勉强地笑了笑，"是咳嗽药，治我感冒的。"

玛莎褐色的眼睛瞪大了，"你有阴谋。我看得出来。你心里有事的时候，总是躲躲闪闪的。"

"我要了结这个荒唐的世界。"汉密尔顿带着不可更改的决心说道，"我受够了。"

玛莎坚定嶙峋的手指紧紧握住他的胳膊，"杰克，看在我的分上……"

"你这么喜欢这地方？"他没好气地拽回胳膊，"你，洛斯，麦克费夫，个个都兴高采烈，简直像来到了'真希望你也在这儿'的好地方。可那丑老太婆，正不停地清除人类、动物甚至昆虫——她贫乏的想象力所能注意到的一切。"

"杰克，**别动手**。求你了，别动手。答应我！"

"抱歉，"他回答，"这事已经决定好了。车轮已经滚滚转动，没法回头。"

普里奇特太太眯起近视的双眼，越过草地望向两人，叫道："杰克、玛莎，快过来，这儿有冷切肉和酸奶。快来，不然我们可吃完啦！"

玛莎挡住汉密尔顿的去路，急切道："我不让你去。你不能动手，杰克。你怎么就不明白呢？还记得亚瑟·西尔维斯特吗？还记得……"

"让开。"他不耐烦地打断了她，"这东西容易挥发。"

突然，玛莎眼中溢出了泪水，汉密尔顿吃了一惊。她哀哀道："上帝呀，亲爱的，我该怎么办？要是她清除了你，我会受不了的，我会死的。"

汉密尔顿的心软了，"你这小笨蛋。"

"真的。"泪水无助地顺着她的面颊滚下。她紧紧抓住他，想把他推回去。自然，这是徒劳。瑞斯小姐已经设计成功，让伊迪斯·普里奇特转了个身，背对汉密尔顿。大卫正举着自己挖到的奇特石块，兴奋地滔滔不绝，同时指向远方，吸引了他母亲的注意力。万事俱备，机不可失。

"站到旁边去。"汉密尔顿柔声道，"要是你看不下去，就转过身。"他坚定地掰开她的手指，把她推到一旁。"这也是为了你、洛斯、尼尼、我们大家，以及麦克费夫的雪茄烟。"

"我爱你，杰克。"玛莎全身发抖，甚是可怜。

"那就让开，行吗?"他应道，"时间不等人。"

她点点头，"行。祝你好运。"

"谢谢。"他一边走向野餐地，一边又说，"丝姬的事，我很高你愿意原谅我。"

"那你呢，你原谅我了吗?"

"还没。"他硬起心肠，"不过，等我再见到她，或许就会原谅你。"

"希望你能原谅我。"玛莎可怜巴巴道。

"替我祈祷吧。"说罢，他丢下玛莎，大步跨过松软的草地，迅速朝普里奇特太太走去。普里奇特太太背对着他，仿佛一座起伏的肉山，正端着纸杯大口喝着热乎乎的橙花茶。她左手握着半个全熟的鸡蛋,肥厚宽大的膝头还摊着一碟土豆沙拉和炖杏桃。汉密尔顿靠近她身后,迅速蹲下。趁机,瑞斯小姐向老妇人提出请求,声音丝毫没有异样:"普里奇特太太,您能把糖递给我吗?"

"噢,当然可以,亲爱的。"普里奇特太太有礼貌地应道,放下手中的半个煮鸡蛋,急急摸索包着糖的蜡纸包。"天呀,"她忽然皱皱鼻子,"这是什么让人不快的味道?"

顿时,汉密尔顿颤抖的手中空空如也,浸透了氯仿的手帕不见了,原本紧贴着胯部、弄得他不太舒服的小瓶子,也不见了。他身上的担子霎时全部消失。普里奇特太太礼貌地把糖包放到瑞斯小姐无力的手中,随即又拿起了煮鸡蛋。

结束了。计策失败。失败得毫无声响、彻彻底底。

"茶真好喝。"普里奇特太太见玛莎慢慢靠过来,大声夸道,"你真棒,亲爱的。你简直是个天生的厨子。"

"嗯,没办法了。"汉密尔顿坐下来,搓搓手,查看垫子上各式各样的食物,"有什么吃的?"

大卫·普里奇特瞪大眼睛,张大嘴巴看着他。"瓶子不见了!"他哀号道,"她弄走了!"

汉密尔顿没有理他,自顾自地挑选了不少食物,堆放在膝头。"我看,我每样都来一点儿吧,"他真心地夸赞道,"看起来都很好吃。"

"随便吃。"普里奇特太太嘴里塞满了鸡蛋,含糊不清道,"别忘了尝尝绝妙的芹菜软奶酪,简直好吃得让人没法相信。"

"谢谢,"汉密尔顿应道,"我会尝的。"

大卫·普里奇特绝望之际,歇斯底里地跳了起来,指着母亲尖叫道:"你这邪恶的老青蛙——你拿走了我们的氯仿!你让它消失了!现在,我们怎么办?"

"没错,亲爱的。"普里奇特太太淡淡地说,"那种化学品又脏又难闻。坦白说,我也不知道你们还能有什么办法。我看,你还是好好吃完饭,然后出去走走,看能认出多少种蕨类植物吧。"

瑞斯小姐的声音绷得紧紧的,听来挺滑稽,"普里奇特太太,你会怎么处置我们?"

"天哪,"普里奇特太太嚷道,又盛了些土豆色拉,"这算什么问题呀?好好吃,亲爱的。你实在太瘦啦。你得多长些肉才成。"

一行人食不知味地吃着。唯有普里奇特太太显得很是享受,大快朵颐……她吃的可真不少。

"这儿可真宁静,"她评论道,"只有风过松林的声音。"

就在此时,远处有架飞机飞过,传来轻微的嗡鸣声。是海岸救援队的巡逻机,正飞往海边。

"哎呀，"普里奇特太太的眉毛不悦地拧在一起，"讨厌的不速之客。"瞬间，巡逻机，连同所有类型的飞机，全都不复存在。

"嗯，"汉密尔顿装出毫不介意的模样，"这个没了。下一个会是什么？"

"潮湿。"普里奇特太太毫不犹豫。

"什么？"

"潮湿。"妇人在垫子上不舒服地扭了扭身子，"我能感觉到地面的湿气透上来，很烦人。"

"你连这种抽象的概念都能清除？"瑞斯小姐问道。

"我能，亲爱的。"刹那间，六人身下的地面变得既温暖又干燥，仿佛刚出炉的吐司。"还有风；这风太凉了些，你们不觉得吗？"顿时，凉风成了拂颊生暖的和风，"现在怎么样，各位？"

汉密尔顿心一横，索性破罐子破摔。反正也没什么可损失的，他已经到了退无可退的地步。"那边的海洋，颜色太难看。"他大声道，"我觉得挺讨厌。"

海洋立即变了颜色，不再是呆板的铅灰色，而是成了令人愉快的淡绿色。

"这就好多了。"玛莎好不容易说出话来。她靠在丈夫身边，抽搐的手紧紧握住丈夫的手。"哦，亲爱的……"她无助地开口道。

汉密尔顿拉过妻子,抱在怀里,又说:"你瞧那边飞来飞去的海鸥。"

"它在找鱼吃。"瑞斯小姐补充。

"坏心眼的鸟。"汉密尔顿大声说,"杀死毫无还手之力的鱼。"

海鸥消失了。

"可是,鱼也没多好。"瑞斯小姐若有所思地指出,"它们会吃更小的水生生命,简单的单细胞生物。"

"邪恶肮脏的鱼。"汉密尔顿兴致勃勃地说道。

水中仿佛出现了微微的漩涡。所有的鱼,全都不复存在。野餐垫中央,一小块烟熏鲱鱼也慢慢没了踪影。

"哎呀,"玛莎说,"这可是挪威进口的。"

"肯定很贵。"麦克费夫反感地嘟哝,"进口的东西都很贵。"

"谁需要钱啊?"汉密尔顿质问。他掏出一把硬币,洒在地上,任其顺着山坡滚下。富有光泽的金属小圆块在午后的阳光下闪闪发亮,"脏东西。"

亮闪闪的硬币消失了。衣袋中,汉密尔顿的钱包发出一声古怪的"嘭"——里头的纸币也全都消失了。

"真迷人。"普里奇特太太咯咯笑着说,"你们真好心,都肯帮我。时不时地,我会找不到什么可清理的东西。"

山坡下,有一头母牛,正慢慢沿着坡往上走。一行人望着母牛。就在此时,母牛做了一件不可言说之事。"清除母牛!"瑞斯小姐叫道。不需她说,伊迪斯·普里奇特太太早就受了冒犯,母牛已然消失。

汉密尔顿注意到,同时消失的还有自己的皮带和妻子的鞋,还有瑞斯小姐的手包。这些都是牛皮做的。野餐垫上,酸奶和奶酪也消失了。

瑞斯小姐俯身,去拔一丛长短不齐、令人心烦的干枯野草。"这些植物真烦人。"她抱怨,"有一根草扎了我。"

那簇野草消失了,包括方才吃草母牛所在的几乎整片草地,都消失了,露出光秃秃的岩石和尘土。

大卫激动万分,绕圈跑来跑去,大叫道:"我找到了毒橡树!毒橡树!"

"林子里都是毒橡树,"汉密尔顿悄声补充,"还有荨麻和危险的藤条。"

右手边的树林抖动起来。周围,森林发出轻微的、几不可见的颤动。植被瞬间变得稀疏。

玛莎沉着脸,把鞋子整个脱下。鞋子只剩下衬里的布,加上金属搭扣。"看着真可怜。"她悲哀地对汉密尔顿说。

"清除鞋子。"汉密尔顿建议。

"真是个好主意。"普里奇特太太眼中闪烁着热切的光芒，"鞋子会磨脚。"玛莎手中鞋子的剩余部分也消失了，同时消失的还有众人脚上的各色鞋子。麦克费夫颜色鲜艳的袜子暴露在阳光下，甚是突兀。他红着脸，把脚收到身子底下，免得被人看见。

地平线上，隐约能看见一艘远洋蒸汽轮冒出的烟雾。"粗俗的商用货轮，"汉密尔顿道，"把它从地图上抹掉。"

黑色烟雾消失了。商用船舶走到了尽头。

"这世界干净多了。"瑞斯小姐评论。

公路上一辆汽车驶过，车上广播震天响。"清除广播，"汉密尔顿说。噪声立即停止。"还有电视和电影。"没有可见的变化。不过，这两类无疑也成功清除。"还有廉价乐器——手风琴、口琴、班卓琴、颤音琴。"这四种乐器也都从世界上消失了。

一辆大型的椭圆形卡车沿着公路前行，车身涂着鲜亮的广告语。"清除广告，"瑞斯小姐叫道。车身的广告语立即消失。"还有卡车!"卡车也消失了。卡车司机被抛进人行道边的阴沟中。

"他受伤了。"玛莎虚弱地说道。在阴沟中挣扎的司机立刻不见了。

"汽油，"汉密尔顿说，"那辆卡车运的是汽油。"

全世界的汽油都没了。

"机油和松节油。"瑞斯小姐补充。

"啤酒、医用酒精还有茶。"汉密尔顿说。

"煎饼糖浆、蜂蜜和苹果酒。"瑞斯小姐道。

"苹果、橙子、柠檬、杏子、梨。"玛莎轻声说。

"葡萄干跟桃子。"麦克费夫气呼呼地嘟哝。

"坚果、山药、番薯。"汉密尔顿说。

普里奇特太太全都照办,把以上各类东西挨个从地球表面清除。众人的茶杯空了,野餐垫上的食物肉眼可见地减少。

"蛋,还有法兰克福香肠!"瑞斯小姐跳了起来,叫道。

"奶酪、门把手跟衣架!"汉密尔顿也跳了起来,补充道。

普里奇特太太格格笑着,清除了这几类。"说真的,"她快活地喘着气,"我们是不是做过头了?"

"洋葱、电动吐司机、牙刷。"玛莎一字一句道。

"硫黄、铅笔、番茄、面粉。"大卫也反应了过来,掺和进来。

"药草、汽车、耕地。"瑞斯小姐叫道。身后,福特双门轿车静悄悄地消失。大苏尔公园起伏的山丘和斜坡上,植被又比之前稀疏了些。

"人行道。"汉密尔顿建议。

"饮水池和钟。"玛莎补充。

"家具上光剂。"大卫手舞足蹈,尖叫道。

"发梳。"瑞斯小姐道。

"漫画书，"麦克费夫提出，"还有那种法国糕点，那种黏糊糊的馅饼，上面还写满了字的。"

"椅子！"汉密尔顿突然叫道，被自己的胆量吓了一跳，"还有沙发。"

"沙发令人道德败坏，"瑞斯小姐附和，兴奋中踩到了热水瓶，"清除沙发，还有玻璃，所有的玻璃制品。"

普里奇特太太一一照做，清除了自己的眼镜，还有宇宙中一切与玻璃相关之物。

"还有金属！"汉密尔顿震惊不已，虚弱地叫道。

裤子的拉链消失了。热水瓶剩下的部分——金属外壳——也不见了。玛莎细细的腕表，补牙的填充物，女士们内衣的搭扣和钩子，都不复存在。

狂乱中，大卫连滚带爬地跑开，叫道："衣服！"

顿时，一行人都像刚从娘胎中出来一样，赤身裸体。不过，这不打紧。反正性早就消失了。

"植物！"玛莎挣扎着站起来，畏缩地站在丈夫身旁。这一次，产生的变化令人吃惊。大片大片的丘陵和高山，全都光秃秃暴露在外，光秃秃的仿佛一块又一块石板。只剩下褐色的土壤，被冰冷苍白的秋日阳光炙烤。

"云，"瑞斯小姐的面孔抽搐。头顶上，少数几缕精致的白色不见了。"还有雾!"太阳立即毒辣起来。

"海洋。"汉密尔顿说。大片淡淡的绿色眨眼消失,只留下深不见底、铺满干沙的大坑,延伸到目力不及的远方。汉密尔顿不胜敬畏,犹豫之间,被瑞斯小姐抢了先。她叫道:

"沙子!"

大坑更深了,已经看不见底。一行人脚下,地底发出不祥的隆隆响声,摇晃起来。地球基本的结构平衡被破坏了。

"快。"瑞斯小姐喘着气,脸激动得变了形,"接下来是什么?还剩什么?"

"城市。"大卫提议。

汉密尔顿不耐烦地向大卫摆了摆手。"山谷!"他吼道。众人所立之处瞬间变成了一马平川的平原,所有的起伏都被"熨平"了。六个身形各异的人站在那儿,苍白的身躯赤裸着,眼睛热切地环视周围。

"除了人以外的一切动物!"瑞斯小姐喘不过气来,嘶声道。

完成。

"除了人以外的一切**生命形式**!"汉密尔顿更进一步。

"酸类!"瑞斯小姐叫道。此言一出,她立即跪倒,面部被疼痛扭曲。六个人都在猛烈袭来的疼痛中扭成一团。人体的基本化学结构遭到了极大破坏。

"金属盐!"汉密尔顿高声叫道。他们再次遭受体内剧痛的袭击。

"硝酸盐!"瑞斯小姐高叫。

"磷!"

"氯化钠!"

"碘!"

"钙!"瑞斯小姐陷入半昏迷,手肘撑着地。众人零落地躺倒在地,绝望挣扎。伊迪斯·普里奇特浮肿悸动的躯体阵阵痉挛,涎水从松弛的嘴唇里滴下。她还在努力集中注意力,消除各个类别。

"氦!"汉密尔顿哑声道。

"二氧化碳!"瑞斯小姐用微弱的声音说。

"氖!"汉密尔顿挤出字来。周围的一切晃了晃,都灭了。他在无垠的幽暗混沌中旋转。"氟利昂,格利昂①。"

"氢。"瑞斯小姐苍白的嘴唇形成这个词。她飘荡在他身旁的阴影中。

"氮!"汉密尔顿唤道。不存在的旋风聚集在他身边。

瑞斯小姐用最后一点儿微弱的气力,抬起身子颤声说道:

---

① Gleon,通常指 Global Lake Ecological Observatory Network(全球湖泊生态观测网),并非化合物或化学元素名称。疑为汉密尔顿意识混沌之下,跟着氟利昂(Freon)顺口而出的胡话。

"空气!"

整个大气层嗖地一下没了踪影。汉密尔顿的肺部彻底真空,落入压倒性的死亡阴影中。宇宙慢慢地在他眼前消失。他看到伊迪斯·普里奇特毫无生气的身体,在条件反射地抽搐翻动。她的意识和人格已消失无踪。

他们赢了。她不再掌握他们的命运。他们了结了她——他们终于自由了,痛苦地自由了……

他活了过来,四仰八叉地躺着,全身一丝力气也没有,动弹不得。他的胸膛起伏,手指抓着地面。但他到底在哪儿?

挣扎许久,他终于睁开了眼睛。

这不是普里奇特太太的世界。周围笼罩着呆板的黑暗。黑暗如脉搏,有节奏地律动着。黑暗中,一股危险的暗流在他身边游荡、膨胀,不怀好意地紧贴着他。幸好,尽管模糊,他还能隐约看到其余人的身体呈"大"字形散落各处。

玛莎就躺在不远处,毫无动静。她身后是大块头查理·麦克费夫,张着嘴,眼睛无神。隐隐约约,在飘荡盘旋的阴暗中,他认出了亚瑟·西尔维斯特、大卫·普里奇特、瘦削的比尔·洛斯,还有伊迪斯·普里奇特庞大笨重的身影,都还没有恢复意识。

难道,他们已经回到贝伐加速器了?他心中突然闪过一丝激动的喜悦……接着立即又熄灭了。没有。这不是贝伐加速器。一声滚烫冒泡的哀号在他喉中成形,顶开阻挠,一路上升,最后从嘴里冒了出来。他绝望而虚弱地挣扎爬动,想从笼罩在他身上的东西那儿逃走。那苗条的、瘦骨嶙峋的生命躯壳慢慢弯折下来,直到凑近他的耳朵。

那东西在他耳边低语,声音干涩刺耳。那声音单调地振动,隆隆地回响,一再重复,直到他不再徒劳地试图用尖叫声盖过低语声,不再试图将它推开。

"谢谢你。"那东西的呼吸中带着金属般的声音,"你的任务完成得很好。事情都跟我预料的一样。"

"走开!"他尖声叫喊。

"我会走的。"那声音承诺道,"我希望你起来去做自己的事。我想观察你。你们几个人都很有趣。我已经观察了你很长时间,但还不够。我想更近距离地观察你,每分每秒、每一件事都不错过。我想围在你身边,进入你的身体。这样,我想对你下手,就能对你下手。我想触碰你,我想命令你干这干那。我想看看你会有什么反应。我想……"

于是,他明白了自己身处哪个世界——或者说,身处谁的世界。他认出了那平静的、金属般的,毫不留情地响彻耳朵和大脑的低语。

那是琼安·瑞斯的声音。

13

"谢天谢地。"一个声音缓慢地,有条不紊地说道。是清脆的女性声音,"我们回来了。我们回到真实世界了。"

浓厚的阴暗消失了。熟悉的森林和海洋四下延伸;大苏尔公园的大片绿色,还有科恩峰脚下绸带似的公路,都不知不觉恢复了原样。

头顶,下午湛蓝的天空高悬。加利福尼亚州金色罂粟在秋日的湿润空气中耀眼闪亮。野餐垫平平整整地铺着,垫子上的罐子、碟子、纸盘纸杯也在原地。汉密尔顿的右边是怡人的常青树林。光亮耀眼的福特双门轿车就停在不远处的草地尽头,闪着友好的金属色亮光。

一只海鸥振翅飞过聚集在地平线上的雾气。运油卡车轰轰驶过公路,留下一团团黑乎乎的油雾。半坡上干枯的灌木丛中,一只地松鼠东蹿西跳，朝它沙沙落屑的土穴跑去。

汉密尔顿四周，其余人也有了动静。一共七个人：比尔·洛斯还在圣何塞的某个地方，正为自己的香皂厂哀悼。汉密尔顿身上一阵剧痛，眼前模糊，勉强辨认出了他的妻子。玛莎已经摇摇晃晃地跪坐起来，一脸茫然。不远处，伊迪斯·普里奇特还没动静。更远处是亚瑟·西尔维斯特和大卫·普里奇特。野餐垫尽头，查理·麦克费夫也有了动静。

汉密尔顿身边，坐着利落干瘦的琼安·瑞斯。她正有条不紊地收拾手包和眼镜。接着，她细心地伸手轻拍紧紧盘在脑后的发髻，脸上毫无表情。

"谢天谢地。"她又说了一次，灵巧地站了起来，"都结束了。"

是她的声音惊醒了他。

麦克费夫仍然躺在原地，茫然地注视着瑞斯小姐。因为过于震惊，他脸上一片空白。"回来了，"他无法思考，只是机械地重复瑞斯小姐的话。

"我们回到真实世界了。"瑞斯小姐用平常语调说，"太好了，不是吗？"接着，她转向身边的庞大躯体。那具躯体仍一动不动躺在潮湿的草地上。"起来吧，普里奇特太太。你没法再控制我们啦！"她俯下身，拧了一把躺在地上的女人粗壮的胳膊，"一切都恢复原样啦！"

"感谢上帝。"亚瑟·西尔维斯特一边挣扎着爬起,一边凄惨地嘟哝道,"哎呀,上帝,那声音真可怕。"

"都结束了?"玛莎深深吸气,褐色眼睛里涌起泪花,眼中带着疑惑和解脱。她打着哆嗦,跟跟跄跄爬起,身体不住摇晃,"最后那可怕的噩梦……我只匆匆一瞥——"

"那是什么?"大卫·普里奇特也恐惧得发抖,可怜巴巴地问道,"那地方,还有对我们说话的那声音——"

"都过去了,"麦克费夫虚弱地回答,带着虔诚的渴望,"我们安全了。"

"让我帮你一把,汉密尔顿先生,"瑞斯小姐凑近汉密尔顿,伸出瘦骨嶙峋的手,对他露出苍白的、毫无血色的笑容,"回到现实世界,感觉如何?"

他什么话都说不出。他已被恐惧石化,躺在地上动弹不得。

"来,起来吧,"瑞斯小姐平静地说道,"你迟早得起来呀。"她指指福特车,又说,"我要你开车带我们回贝尔蒙特。大家越早安全回家,我就越高兴。"瑞斯小姐的瓜子脸不带一丝表情,她补充道,"我要看着你们一路回去,回到你们该回的地方。不然,我是不会满意的。"

他开着车。此刻,无论做什么事,他都动作僵硬,全依赖条件反射,没有丝毫的自主意识。前方,起伏的灰色山丘之间,平坦的州级公路不断延伸,不时细微地调整方向。时不时地,他们身边有车辆驶过。这里已经接近湾岸高速公路了。

"不用多久,"瑞斯小姐充满期待,"我们就能回到贝尔蒙特了。"

"听着,"汉密尔顿嘶哑着说道,"别装了,别再玩这个残酷的游戏了。"

"什么游戏?"瑞斯小姐和气地问道,"我没听懂,汉密尔顿先生。"

"我们没回到真实世界。我们在你的世界里。我们在你那偏执的、恶意的……"

"可是,我已经为你们**创造了**真实世界,"瑞斯小姐直截了当,"你没发现吗?看看四周。我干得不错,对不对?从很久以前,我就都计划好了。你们会发现,一切都跟从前一样。我没放过任何细节。"

汉密尔顿发白的双手用力地握着方向盘,质问道:"你早就计划好了?难道你知道,普里奇特太太的世界结束后,就会轮到你?"

"当然,"瑞斯小姐平静中带着不易发觉的骄傲,"只是你没动脑子罢了,汉密尔顿先生。你还记得,为什么亚瑟·西尔维斯特会抢在其他人之前,第一个控制世界吗?因为他一直没有失去意识。接着,第二个控制世界的人,为什么是伊迪斯·普里奇特?"

"因为她在动。"震惊之下,玛莎道,"就在那儿,在贝伐加速器地上,晚上做梦的时候,我们都能看见她。"

"汉密尔顿先生,你真该多关注自己的梦。"瑞斯小姐评论道,"你本可以看出来接下来会轮到谁。在伊迪斯·普里奇特之后,我就是最接近清醒的人。"

"你后面呢?"汉密尔顿问。

"我后面是谁都没关系,汉密尔顿先生,因为在我之后,不会再有其他世界出现。你们回来了……你们的旅程已经结束。这就是你们的小世界。是不是很可爱?这个世界属于你们所有人。我想让你们觉得,一切都跟自己希望的一样——所以我才创造了这个小世界。你们会发现,这个世界跟真实世界没有丝毫不同……我想让你们像从前一样生活。"

"我猜,"沉默片刻,玛莎说,"我们也没别的选择。只能如此。"

"你为什么不放我们走?"麦克费夫明知故问。

"我不能放你们走,麦克费夫先生。"瑞斯小姐答道,"要放你们走,我就不复存在了。"

"你不必彻底死掉。"麦克费夫急切地说道,声音颤抖,"你只要让我们用些东西——比如氯仿——把你弄昏就行。只要有东西——"

"麦克费夫先生,"瑞斯小姐平静地打断他的话,"为了这一天,我付出了很多努力。我计划了很久,自从贝伐加速器发生事故,自从我初次发觉什么时候会轮到自己,计划就开始了。好不容易实现的计划,就这么浪费,岂不可耻?这种机会,我们恐怕只有一次……不行。这个机会太珍贵,实在太珍贵,我不能错过。"

片刻后,大卫·普里奇特指指前方,说:"贝尔蒙特到了。"

"能回来真好。"伊迪斯·普里奇特声音颤抖,没底气地说道,"真是个可爱的小镇。"

在瑞斯小姐的指令下,汉密尔顿将众人一一送回家。最后回家的是汉密尔顿和玛莎。在瑞斯小姐的公寓楼前,汉密尔顿停下车,和玛莎两人坐在车里,看着瑞斯小姐收拾好东西,敏捷地钻出车子,走上人行道。

"你们俩快回家去,"她友好地说道,"泡个热水澡,好好睡一觉。对你们来说,没什么比这更好的了。"

"谢谢。"玛莎的声音几不可闻。

"放松一下,让自己高兴高兴。"瑞斯小姐指示道,"还有,请忘掉这些天发生的一切。那些已经过去了,结束了。请记住这一点。"

瑞斯小姐的声音毫无起伏,仿佛学校女老师。"好的,"玛莎机械地重复道,"我们会记住的。"

瑞斯小姐穿过人行道,走向公寓楼的台阶。忽然,她停住了。长长的灯芯绒外套裹着她的身体,让她显得分外平常,毫不起眼。她怀里抱着手包、手套、一本药店买来的《纽约客》杂志,活像某个刚刚下班,从办公室回到家的中产阶级秘书。傍晚的冷风吹拂着她沙色的头发。她转过头,角框眼镜背后,眼睛忽然瞪大扭曲,目光如炬,盯着车中两人。

"过几天,我说不定会去你们家拜访。"她试探着说,"我们可以享受一段安静的夜晚时光,就坐着聊聊天。"

"那—— 一定很好。"玛莎勉强答道。

"晚安。"瑞斯小姐干脆地结束了这一话题,轻轻一点头,转过身,快步上了台阶,打开公寓巨大的前门,消失在铺着地毯的昏暗大厅里。

"我们回家吧。"玛莎用干涩的声音低语,"杰克,我们回家。拜托了,我们回家。"

他依言照做,尽快开回了家。双门车颠簸着冲上房前车道。汉密尔顿一把拉上手刹,"啪"地关掉引擎,猛地踹开车门。

"我们到了。"他对玛莎说。坐在身边的玛莎一动不动,皮肤像蜡一样冰冷苍白。他温柔而坚定地揽住她,把她抱出车子。他将玛莎抱在自己双臂中,大步走过车道,沿着房子侧面走上前廊。

"至少,"玛莎颤抖着说道,"尼尼·笨猫会回来。还有性,也回来了。一切都会恢复原样,对不对? 这也不错了,不是吗?"

他什么都没说,专心开门。

"她想控制我们。"玛莎继续,"不过,这没关系,对不对? 我们又有了自己的世界,她确实为我们还原了现实世界。我看着确实跟真的一样,你觉得有区别吗? 杰克,看在上帝分上,说话啊。"

他用肩膀顶开门,撞开客厅的灯,一把放下玛莎。

"我们到家了。"玛莎胆怯地四下张望。

"对,到家了。"他"砰"地关上大门。

"这儿确实是我们从前的家,对不对? 一切都跟从前——所有的事情发生之前—— 一样。"玛莎一边解开外套的扣子,一边在客厅来来回回,查看窗帘、书本、墙上的印刷画,还有家具。"看起来不错,是吧? 都是熟悉的东西,真让人宽心……没人往我们头上丢蛇,也没人清除某个类别的东西……太好了,对不对?"

"好得不得了。"汉密尔顿愤然道。

"杰克，"她手臂上搭着外套，静静地来到他身边，"我们没法胜过她，对不对？她跟普里奇特太太不一样。她太聪明了，比我们想得都远。"

"比我们想得远一百万年，"他赞同道，"她早已计划好了这一切。她费尽心机……等着轮到自己来控制我们。"他摸到衣袋中有个硬硬的圆柱体，一把掏出来，愤怒地朝房间那头抢去，砸在墙上。装氯仿的空瓶子反弹到地毯上，滚了几滚，停住了，没碎。

"在这个世界，这些小算盘都没用。"他说，"我们趁早放弃的好。这一次，我们真被困住了。"

玛莎从衣柜里拿出衣架，把外套挂在上头，"比尔·洛斯肯定不会高兴的。"

"他真该杀了我。"

"不，"玛莎反对，"这不是你的错。"

"我哪里还有脸见他？我哪里还有脸见你们任何人？你本想待在伊迪斯·普里奇特太太的世界里，是我把你拉进了这个世界——是我掉进了这心理陷阱。"

"别担心这些，杰克。现在说这些也没用。"

"确实，"他承认，"是没用。"

"我来煮些咖啡。"玛莎走到厨房门口，疲惫地转身，"你想加些白兰地吗？"

"当然。那最好了。"

玛莎强颜一笑，消失在厨房里。屋中一时安静下来。

接着，她厉声尖叫起来。

汉密尔顿猛地跳起，奔过客厅，冲到厨房门口。起先，他什么都没看见。玛莎倚着厨房餐桌，挡住了他的视线。

当他绕过桌子去抱玛莎时，他也看见了。那幅景象深深地烙进他的脑海里。接着，他闭上眼睛不去看这一切，拖着玛莎离开厨房。他一只手捂住玛莎的嘴巴，强压下她痛苦的尖叫，同时他用尽所有的意志力，控制自己的情绪，免得跟妻子一样尖叫出来。

瑞斯小姐向来不喜欢猫。她一直害怕猫。猫是她的敌人。

厨房地板上那东西，是尼尼·笨猫。它被从里向外翻了个个儿，内脏在外，皮毛在里。可是，它还活着；那一团扭曲纠结的有机体，仍在继续运作。瑞斯小姐故意不让它死；她不会这么轻易放过这只动物。

那一团湿漉漉、滑溜溜的血肉、骨头和结缔组织，颤抖着，悸动着，一拱一伏，盲目地在厨房地板上爬动。恐怕，瑞斯小姐的世界一成形，它就以这种形态出现在这里，慢慢爬动。这丑陋可怕的团块，在三个半小时的时间里，竟拖着身体，像虫子似的蠕动，爬过了半个厨房的距离。

"不可能，"玛莎哀叫，"它**不可能**还活着。"

汉密尔顿从后院拿来铲子，铲起地上那团东西，带到外头。他一边祈祷这东西能被杀死，一边在铅桶里灌满了水，让铲子上那团颤抖的器官、骨头和组织滑进水里。一时间，桶不停往外溢水，残骸在桶里半沉半浮，贴着桶边，还想要爬出来。过了一阵，那东西最后哆嗦一下，沉入水底，死了。

他烧了尸体，匆匆掘了个坟墓，埋掉了它。接着，他洗了手，放好铲子，回到屋里。一共只花了几分钟……他却感觉过了很久。

玛莎静静地坐在客厅里，双手扭绞在一起，愣愣地注视着前方。听到他回屋，她也没抬头。"亲爱的。"他开口道。

"都结束了？"

"结束了，它死了。我们该为它高兴，琼安·瑞斯没法再折磨它了。"

"我嫉妒它。她对我们的折磨还没开始呢。"

"她恨猫，可不恨我们。"

玛莎微微转身，"你还记得那天晚上你对她说的话吗？你把她吓坏了，她不会忘记的。"

"嗯。"他承认，"她可能记得。很有可能，她什么都记得。"他来到厨房，开始煮咖啡。煮好后，他把咖啡倒进杯子里。玛莎无声无息地来到他身边,取出奶油和糖。

"看来,"她说,"这就是答案了。"

"什么问题的答案?"

"'我们能否活下去'这个问题。答案是不能,甚至比死更惨。"

"不可能比死更惨。"说归说,他的话连自己听来都不可信。

"她疯了,对不对?"

"一看便知。她是个偏执狂,一个阴谋论者,总觉得自己要被迫害。在她眼中,每件事都有意义,都是针对她的阴谋的一个部分。"

"如今,"玛莎说,"她不必再担忧了。这辈子第一次,她有能力与阴谋对抗了。"

汉密尔顿一边小口喝着滚烫的黑咖啡,一边说:"我想,她确实相信这儿是真实世界的翻版。至少,是她眼中的真实世界。我的上帝,她眼中的真实世界,会比我们其他任何人的幻想世界可怕不知多少倍……"他一时陷入沉默。接着,他继续道:"她把尼尼变成了那种东西。很有可能,她认定我们也会这样对她。对她来说,这种阴谋可能随时都在发生。"

汉密尔顿站了起来,把整座房子的百叶窗一扇扇关上。正值傍晚,夕阳已然消失无踪,屋外的街道黑暗寒冷。

他打开上锁的书桌抽屉，取出点四五口径的自动手枪，把子弹推入枪膛。

玛莎紧紧盯着他。"她能控制世界没错，"他对妻子说，"但是，这并不代表她全知全能。"

他把枪塞进自己的外套内袋。外套鼓出来一块，看着十分可疑。玛莎疲惫一笑，"你看着就像罪犯。"

"我是私家侦探。"

"你的大胸秘书呢？"

"就是你啊。"汉密尔顿也朝她露出微笑。

玛莎有些害羞，举起双手，"不知你发现了没有，我——我恢复原样了。"

"我发现了。"

"这样子好看吗？"她羞涩地问。

"看在咱俩旧日情分上，你的模样我还能忍。"

"感觉真怪……我都有些恶心啦。如此肉欲。"她抿着嘴唇，在他身边绕着圈子，"你觉得，我还能习惯这副身体吗？我还不太适应……我肯定还受着伊迪斯·普里奇特的影响。"

汉密尔顿讽刺道："那是上一个世界。我们如今已经在完全不同的地方啦。"

玛莎维持着羞涩的愉悦感，把他的话当作耳边风。"我们下楼去吧,杰克。我们去视听室,去——放松一下,听听音乐。"她贴近他,抬起小手搭在他的肩膀上,"好吗? 拜托了?"

他猛地一抽身,"换个时间吧。"

玛莎大为扫兴,又受伤又惊讶,"怎么了?"

"你不记得了?"

"噢,"她点点头,"那姑娘,那个女招待。她消失了,是不是? 你们俩在视听室的时候。"

"她不是女招待。"

"恐怕不是。"玛莎高兴起来,"反正,她现在已经回来了。所以,没关系了,对吗? 还有——"她期待地望着他的脸,"她的事,我并不介意。我理解。"

闻言,他不知该笑还是该恼,"你理解什么?"

"我理解你的感受。我是说,这其实跟她这个人毫无关系;她只是你表达自己主张的方式。你在用这种方式抗议。"

他一把她搂住她,紧贴自己,"你的胸怀,宽阔得不可思议。"

"我认为应该用现代的眼光来看待事物。"玛莎郑重地说道。

"听你这么说,我很高兴。"

玛莎从他怀里挣脱出来,娇媚地抚弄着他衬衫的衣领,"我们下去好不好? 你有好几个月没给我放唱片听啦……你从前可不会这样。你们俩在下面的时候,我嫉妒极了。我想听我们俩从前最喜欢的曲子。"

"你是说柴可夫斯基？每次你说'我们俩从前最喜欢的曲子'，指的一般都是柴可夫斯基。"

"去把灯和暖气打开，把房间弄得温暖明亮，舒适宜人。我希望一下去就觉得舒服。"

他弯腰向前，吻了她的嘴唇，"我会让那地方放射出性欲射线的。"

玛莎淘气地皱了皱鼻子，"你们这些没情调的科学家。"

通向地下室的楼梯间又黑又冷。汉密尔顿小心地摸索前进，一次一级，慢慢地步入到黑暗当中。两人间熟悉的亲密仪式，让他的情绪得到些许恢复。他无声地哼着曲子，凭着多年的记忆，熟稔地一步步走向黑暗深处的地下室……

突然，一个粗糙滑溜的东西，扫过他的腿，拦住了去路。那东西像是粗重的绳索，渗着湿乎乎的黏液。他猛地抽回腿。在他下方，楼梯底部，有什么笨重多毛的东西匆匆溜进视听室，没了响动。

汉密尔顿紧贴着楼梯间的墙壁，一动不敢动，伸长手臂，摸索下面的电灯开关。没多久，他摸到了。他用力一扫，打开开关，随即挺直身体。一阵闪烁后，灯光亮起，仿佛一片亮黄色的水洼，在黑暗中飞溅着光芒。

地下室楼梯上,挂着一大团粗糙的纤维。其中一些断了,更多的纠缠在一起,仿佛变形的灰色电缆。这是一张网,织工笨拙粗鲁地匆忙完成,丝毫不讲究美观。织网的,肯定是某个庞大笨重的野蛮生物。脚下的阶梯覆盖着厚厚的灰尘,头顶的楼梯间天花板满是巨大的污秽痕迹。织网者似乎四处游走爬行,探索过每一个角落和缝隙。

汉密尔顿全身力气尽失,瘫坐到台阶上。他能感觉到,她就在下面,在视听室,在恶臭的黑暗中等待着他。她还没织完网,他就闯了进来,吓走了她。这张网还不足以束缚住他,他还能挣扎,还能逃脱。

他慢慢地、极度小心地抽身,尽可能不触碰到网。他逐渐远离那团纤维,腿终于自由了。裤子上沾满了厚厚一层黏性物质,仿佛有一只巨型蛞蝓从他身上爬过。汉密尔顿紧握扶手,打着哆嗦抬腿上楼。

只上了两级,双腿便不听使唤,不肯继续前进了。他的大脑还没想清楚,身体却已经明白了——他没有上楼,而是在继续向下,朝着视听室走去。

他脑袋发晕,心中恐惧,转过身朝反方向挣扎前进。可怕的事情再次发生,仿佛挥之不散的残片般的噩梦——他仍然在朝下走……脚下,黑暗阴影延伸开去,到处都是污秽和残渣。

他被困住了。

他蹲伏在台阶上,中了魔似的呆呆望着脚下的梯级。这时,头顶传来了声音。地下室楼梯顶部,玛莎出现了。

"杰克?"她犹豫地叫道。

"别下来!"他嘶声叫道,微微转过头,直到能透过灯光隐约辨认出玛莎的身影,"离楼梯远点儿。"

"可是——"

"就在那儿别动。"他喘着粗气,贴着梯级,手指紧紧握着扶手,尽可能地保持清醒。他一定得慢慢来,绝不能急着跳出去,盲目扑向头顶明亮的房门,扑向妻子苗条的身影。

"告诉我底下怎么了!"玛莎厉声道。

"我没办法告诉你。"

"告诉我,否则我就下去。"玛莎是认真的。她的话中带着决心。

"亲爱的,"他哑声道,"我似乎没法儿上楼了。"

"你受伤了? 摔了一跤?"

"我没受伤。这儿有些不对劲。我每次想上楼……"他颤抖着深吸一口气,"就发现自己其实在往下走。"

"我——我能做什么吗? 你能不能面对我? 你只能背对我吗?"

汉密尔顿狂笑，"当然，我可以转身面对你。"他握着扶手，小心地转了个身——发现自己仍然面对着充满灰尘和阴影的暗穴。

"求你，"玛莎乞求道，"求你转过身，看看我。"

他心中升起愤怒……无法言说的无力愤怒。他闷声咒骂一句，站了起来，失控地厉声道："滚你妈的，滚你……"

远远地，传来响亮的门铃声。

"有人来了。"玛莎手足无措。

"让他们来好了。"他已经放弃，破罐子破摔。

玛莎挣扎犹豫片刻。接着，汉密尔顿听到裙子的沙沙声，玛莎走了。楼上厅堂的灯光直射下来，把他长长的、恶兆似的影子投在楼梯上。他的影子瘦长而巨大……

"老天爷，"一个男人的声音响起，"你在那下面干吗，杰克?"

汉密尔顿扭头往上看，只见一个严肃笔直的身影，是比尔·洛斯。"帮帮我。"汉密尔顿平静地说道。

"当然可以。"洛斯立即转头，对来到身边的玛莎说："你待在这儿，找个东西抓住，别掉下去。"他拉着她的手，靠近墙壁，让她的手指牢牢握住墙壁转角处，"你能撑得住吗?"

玛莎默默点头，"我——觉得可以。"

洛斯抓住玛莎另一只手，小心翼翼踏下楼梯，一步一步，同时紧握着玛莎的手。等他走到手臂能够到的极限时,他蹲了下来,朝汉密尔顿伸出手。

"抓得住吗?"他咕哝道。

汉密尔顿没法转身,只能用尽全力把手臂往后伸。汉密尔顿看不见比尔·洛斯,但能感觉到他的存在,能听到他粗重而又急促的呼吸,知道他蹲在自己的上方,正试图握住自己向后伸展的手。

"不行。"洛斯丧气道,"你下得太远了。"

汉密尔顿也泄了气,收回疼痛的手臂,继续蹲伏在梯级上。

"你在这儿等等。"洛斯说,"我就回来。"几声吱吱嘎嘎,洛斯冲上楼梯,回到厅堂,拉着玛莎一同消失了。

没多久,他带着大卫·普里奇特一同回来了。

"抓住汉密尔顿太太的手,"洛斯指示男孩,"别问为什么,照着做。"

玛莎一手紧抓楼梯顶部的墙壁转角,另一手紧紧握住男孩的小手。洛斯赶着男孩走下楼梯,直到男孩手臂伸展到极限。接着,他握住大卫的另一只手,自己继续往下走。

"我来了,"他咕哝道,"准备好了吗,杰克?"

汉密尔顿一手抓着扶手,另一条胳膊拼命向身后看不见的地方伸展。这一次,洛斯粗重的呼吸听起来就在附近。汉密尔顿能感觉到楼梯的响动,知道洛斯在一步一步往下走。接着,让他惊喜的是,洛斯汗湿的、有力的手握住了他的手。洛斯狠狠一拉,把他从蹲伏的位置拉了出来,一路拉上了楼梯。

明亮悦人的厅堂里,汉密尔顿和洛斯趴在地上,呼呼直喘气。大卫吓坏了,连滚带爬地逃开。玛莎挣扎着站起来,扑到浑身哆嗦的丈夫身边。

"到底怎么了?"等到喘过气来,洛斯问道,"那下面发生了什么?"

"我——"汉密尔顿几乎说不出话,"我没法上楼。不管走哪边都不行。"过了一分钟,他又补充道,"两边都是朝下。"

"那下面有东西。"洛斯说,"我看到了。"

汉密尔顿点点头,"她在等我。"

"她?"

"我把她留在了下面。伊迪斯·普里奇特清除她的时候,她正在楼梯上。"

玛莎痛苦地呻吟,"他是说那女招待。"

"她回来了。"汉密尔顿机械地说,"可在这个世界,她不再是女招待了。"

"我们可以用木板把楼梯封上。"洛斯建议。

"对,"汉米尔顿赞同,"封起来,挡住她,这样她就抓不到我了。"

　　说着,汉密尔顿站了起来,回头望望楼梯间布满绳网的阴暗深处。

　　"好,"洛斯一边安慰,一边跟玛莎一起紧紧抱住汉密尔顿,"我们封上楼梯间,不让她抓到你。"

14

一行人穿过屋子过道陆续进入客厅。"我们得抓住瑞斯小姐,"汉密尔顿说,"然后还得杀了她。越快越好,越彻底越好,不能犹豫。一抓住她,就得下手。"

"那样的话她会毁了我们。"麦克费夫嘟哝。

"大部分人,有可能。所有人,不可能。"

"但那也比这样好。"洛斯说。

"对,"汉密尔顿说,"比在这儿坐着等死要好得多。这个世界必须被终结。"

"有人反对吗?"亚瑟·西尔维斯特问道。

"没有。"玛莎回答,"没人反对。"

"你呢,普里奇特太太?"汉密尔顿问道,"你怎么说?"

"当然应该把她放倒,"普里奇特太太说,"可是那可怜的人儿……"

"可怜?"

"她这辈子,一直生活在这样的世界里,这可怕的、疯狂的世界,年复一年……想想这种滋味。一个时刻充斥着被猎杀的恐惧的世界。"

大卫·普里奇特的眼睛盯着木板封住的地下室,紧张地问道:"那东西会爬出来吗?"

"不会。"洛斯回答,"爬不出来。它会一直待在下面,直到饿死。或者,直到我们毁了瑞斯小姐为止。"

"那么,我们已经达成一致意见。"汉密尔顿一锤定音,"这可真了不起。至少,终于有了个没人想待的世界。"

"好了,"玛莎说,"我们已经决定了要做什么。那么,该怎么动手呢?"

"问得好。"亚瑟·西尔维斯特说,"动手可就难了。"

"但不是不可能。"汉密尔顿说,"我们胜过了你,胜过了伊迪斯·普里奇特。"

"你有没有发觉,"西尔维斯特若有所思道,"这一路下来,一次比一次更难? 如今,我们又希望自己留在普里奇特太太的世界里了——"

"当初,在普里奇特太太的世界里那时候,"麦克费夫闷闷不乐地接口,"我们还希望留在亚瑟·西尔维斯特的世界里呢。"

"你到底想说什么?"汉密尔顿开始坐立不安。

"或许,等我们来到下一个世界,"西尔维斯特说,"我们又会产生同样的希望。"

"下一个世界,就该是真实世界了。"汉密尔顿说,"迟早,我们总会逃出这个你死我活的地方。"

"没这么快。"玛莎反对,"我们一共有八个人,才经历了三个世界。不还剩五个吗?"

"我们已经经历了三个幻想世界,"汉密尔顿说,"三个封闭的、跟现实没有任何交集的世界。一旦进去就被困住,没法出来。目前为止,我们的运气都不好。"他沉思道,"但我觉得,我们其余人,不会生活在纯粹的幻想里。"

沉默片刻,洛斯道:"你这狗崽子,自我感觉可真良好。"

"说不定是真的。"

"有可能吧。"

"我说的'其余人'也包括你。"

"谢谢,不用!"

"你,"汉密尔顿说,"又神经质,又愤世嫉俗。但你同时是个现实主义者。我也是,玛莎也是,麦克费夫也是,大卫·普里奇特也是。我想,我们差不多已经经历完幻想世界了。"

"什么意思,汉密尔顿先生?"普里奇特太太有些不安,问道,"我不明白。"

"我没指望你明白。"汉密尔顿说,"你也不必明白。"

"有意思。"麦克费夫发言,"说不定你是对的。我同意你对自己和我,还有洛斯和那孩子的评断。不过,玛莎不一样。抱歉,汉密尔顿太太。"

玛莎脸色发白,"你还没忘了那事,对不对?"

"在我看来,那就是幻想世界。"

"在我看来,那也是幻想世界。"玛莎气得嘴唇发白,"你这种人——"

"他们俩在说什么?"洛斯问汉密尔顿。

"这不重要。"汉密尔顿不耐烦地说。

"重不重要说了才知道。他们到底在讲什么?"

玛莎扫了一眼丈夫,"摊开来说吧,我不怕。反正麦克费夫已经拿出来大做文章了。"

"不能不做啊,"麦克费夫郑重地说道,"我们的命全在这上头。"

汉密尔顿解释:"麦克费夫曾指控玛莎是个左派。自然,这是莫须有的罪名。"

洛斯思索片刻,"如果是真的,那可严重了。我可不想落到那种幻想世界里。"

"你不会的。"汉密尔顿保证。

洛斯的黑脸庞抽搐一下，神情冰冷苦涩，"杰克，你已经让我失望过一次了。"

"对不起。"

"不用说对不起。"洛斯道，"你可能是对的，香皂厂的味道，我怕也忍不了多久。但是……"他耸了耸肩，"总体而言，你对普里奇特太太世界结束之后的揣测，可是错得离谱。除非我们能从这烂摊子当中脱身——"他顿了顿，"在那之前，我们就忘了过去，专心应付眼前的事儿吧。这儿要应付的事儿还多着呢。"

"等等，忘了之前，我还有件事要说。"汉密尔顿道。

"什么事？"

"谢谢你，把我从楼梯底下拉上来。"

洛斯露出一闪即逝的笑容，"那没什么。你在下头缩成一团，看起来那么弱小无助。就算我明知道下去上不来，恐怕也会去救你。那时候我在上面看到的那个你，根本不像你。"

玛莎转身走向厨房，问道："我再去热些咖啡，有人肚子饿吗？"

"我饿坏啦，"洛斯赶紧说，"香皂厂消失后，我直接从圣何塞赶了过来。"

众人跟着玛莎穿过厅堂,朝厨房走去。"香皂厂变成了什么?"汉密尔顿一边走,一边问道。

"某种我认不出的东西,像是生产工具的厂子。有夹子、钳子,都是能'咔嗒'合拢的东西,就像手术工具。我拿了一副仔细看了看,但还是认不出到底是什么。"

"没这种东西?"

"现实世界里没有。这肯定是瑞斯小姐远远看到,但其实没认清楚的东西。"

"刑具?"汉密尔顿猜测。

"很有可能。所以我赶紧逃离,拦了一辆开往半岛的公交车。"

玛莎进了厨房,登上小梯子,拉开水槽上方的食品柜门,"桃子罐头怎么样?"

"好啊,"洛斯说,"什么方便就吃什么。"

玛莎刚把手伸进柜子,原本整齐排列的罐头当中,有一个突然倒了下来,滚出柜子,哐当一声,重重砸在玛莎的脚上。玛莎痛得倒抽一口气,跳了开来。接着,又一个罐头哐啷啷滚了出来,在柜门口悬了片刻,径直落下来。玛莎身子一缩,险险避过。

"关上柜门!"汉密尔顿上前一步,厉声道。他没踏梯子,踮起脚，"砰"地关上木质柜门。只听得门后不断哐哐作响，都是沉重的金属砸到木门的声音。声音持续了一阵，接着不情不愿地消失了。

"意外。"普里奇特太太轻描淡写道。

"我们得拿出理性态度来。"洛斯说，"这种事常有。"

"可是，这儿不是普通世界。"亚瑟·西尔维斯特指出，"这儿是瑞斯小姐的世界。"

"若是瑞斯小姐遇上这事，"汉密尔顿赞同道，"肯定不会认为是意外。"

"不是意外，难道是故意？"玛莎微弱地问道，她蜷成一团，揉着受伤的脚，"那些桃子罐头……"

汉密尔顿弯腰抄起罐头，拿到固定在墙上的开罐器那儿，"我们得小心。从现在开始，我们身上发生意外的概率会很高。这是报复。"

桃子罐头倒在盘子里。洛斯拿起盘子吃了一口，皱起了眉头，把盘子放在水槽边的沥水板上，"我看，你说得没错。"

汉密尔顿小心地尝了一口。罐头水果通常淡而无味，这一口桃子却刺激得很，带着金属似的苦味，令人反胃，他立即把口中的桃子吐到水槽里。

"化学酸。"他咳嗽着说。

"毒药，"洛斯平静地说，"我们也得小心毒药。"

"我们是不是该列一张表?"普里奇特太太不安起来，"看看这个世界的东西到底是怎么运作的。"

"好主意。"玛莎打了个哆嗦，赞同道，"这样，我们就能有心理准备。"她忍着痛，穿好鞋，一瘸一拐地走到丈夫身边，"这个世界里，所有的东西都有生命，而且心怀不轨，恶意重重，随时准备伤害你……"

说着，一行人出了厨房，往厅堂走去。突然，客厅的灯一闪，无声无息地熄灭了。客厅瞬间沉入黑暗。

"啊，"汉密尔顿轻声道，"又是意外。灯泡烧坏了，谁愿意去换个灯泡?"

没人出声。

"算了吧。"汉密尔顿决定，"不用冒这个险。等到明天天亮，我再去换。"

"要是房子里的灯全灭了，怎么办?"玛莎问道。

"好问题，我回答不了。"汉密尔顿承认，"如果真的全灭了，我们大概就得拼命找蜡烛了。还有独立光源，比如手电筒、打火机。"

"那可怜的疯姑娘。"玛莎轻声道，"想想看——每次电线短路，她就得坐在黑暗里，觉得怪物随时会扑到她身上来。不管发生什么,她都认为是某个精心策划的阴谋的一部分。"

"我们脑中现在也只有这些啦。"麦克费夫尖酸地说道。

"确实如此啊,"洛斯说道,"这可是她想象中的世界。一旦灯灭了……"

黑暗的客厅中,电话铃突然响起。

"电话铃也一样。"汉密尔顿说,"你们觉得,在瑞斯小姐看来,电话铃响意味着什么? 我们最好提前做好准备。对被害妄想狂来说,电话铃响,会发生什么事?"

"我想,每个被害妄想狂的想象都不一样吧。"玛莎回答,"就这个情况来说,显然是想引诱她走进黑暗的客厅。所以,我们不能去。"

众人默默等待。片刻后,电话铃不响了。七个人都松了口气。

"我们还是待在厨房里为妙。"洛斯转过身,朝厨房走去,"厨房不会伤害我们,那地方齐整舒适。"

"像是堡垒。"汉密尔顿讽刺道。

厨房里,玛莎想把第二罐桃子放进冰箱,却发现冰箱门拉不开。她手握罐头,傻傻站着,一手不停拉扯不肯合作的冰箱门把手,直到丈夫过来,轻轻把她推开。

"我只是紧张。"她喃喃道,"说不定这很正常。冰箱门一直就不好开。"

"谁开了吐司机?"普里奇特太太问道。厨房的小桌上,吐司机正嗡嗡工作。"这机器烫得简直像烤炉。"

汉密尔顿过来检查。他徒劳地摆弄了一阵调温器,最后不得不放弃,索性直接拔掉了插头。吐司机的加热元件慢慢冷却。

"我们还能相信什么?"普里奇特太太恐惧地问道。

"什么都不能信。"汉密尔顿回答。

"这地方真让人——毛骨悚然。"玛莎抱怨。

洛斯想了想,拉开水槽边的抽屉,"我们得找些自卫的武器。"他在抽屉的餐具当中翻找,最后找到了想要的东西:一把厚重的钢制牛排刀。他正想伸手握住,汉密尔顿一步上前,拉开他的手臂。

"小心,"汉密尔顿警告道,"别忘了桃子罐头的事。"

"可我们需要武器。"洛斯不耐烦地躲开汉密尔顿,抓住了牛排刀,"你已经有把该死的枪了,在外套里鼓得像块砖头。我也得找件武器。"

一时间,牛排刀躺在洛斯手心里,毫无动静。接着,仿佛下定了决心,刀身一抖,硬是扭了过来,颤抖的刀刃灵巧地刺向黑人的腹部。洛斯灵巧闪避,刀一下插进了水槽的木质镶板中。洛斯闪电般脱下鞋,抄起沉重的鞋身,狠狠拍向牛排刀留在外头的刀把。随着一声金属的脆响，刀把掉了下来，只剩刀身嵌在木头当中，仍在徒劳挣扎。

"看到没?"汉密尔顿没好气地说。

普里奇特太太险些昏厥，跌坐在餐桌旁的椅子上。"天呀，"她嘟哝道，"我们该怎么办?"她的声音越来越低，成了含糊不清的呻吟，"哦……"

玛莎迅速从沥水板中取了一只玻璃杯，伸到水龙头底下，"我接杯冷水给你镇定一下，普里奇特太太。"

龙头开了，但流出来的不是水，而是温热、浓稠、鲜红的血液。

玛莎赶紧关上龙头。白色的珐琅水槽中，一摊丑陋的血红缓缓地，不情不愿地朝下水道挪去。玛莎虚弱地说:"这幢房子，这幢房子本身，就是活物。"

"一点儿不错，"汉密尔顿赞同，"而我们正在它体内。"

"我们应该到屋子外头去。"亚瑟·西尔维斯特道，"我想这一点没人反对。问题是，**我们能出去吗**?"

汉密尔顿来到房子的后门前，试了试插销。插销牢牢固定在原位，汉密尔顿用尽全力也没法移动分毫。"这儿出不去。"他说。

"那个插销,一直不好用。"玛莎说,"我们得试试前门。"

"可是,走前门得经过客厅。"洛斯指出。

"难道你有更好的建议?"

"没。"洛斯让步,"反正,不管我们准备做什么,最好马上就去做。"

七人鱼贯而出,小心翼翼穿过黑黢黢的厅堂,朝一团漆黑的客厅走去。汉密尔顿带头走在最前面,想到这毕竟是自己的房子,他心中多了一些勇气。或许——他有种隐约的希望——这房子会对他格外开恩。

壁炉的烟道中传来有节奏的喘息声。汉密尔顿驻足倾听。从壁炉吹出来的气流是温暖的——还带着香味!不是机械设备鼓出的死气沉沉的陈腐气流,而是活生生的有机体吹出的,带有味道和生机的呼吸。地下室的炉子呼吸着。气流一进一出,便是房子在吸气和吐气。

"这房子——是男是女?"玛莎问道。

"男人,"麦克费夫说,"瑞斯小姐害怕男人。"

房子吹出的气息中,满是浓烈的雪茄味,不新鲜的啤酒味和男性的汗臭味。这些混在一起的难闻气味,想必都是瑞斯小姐在公交车、电梯或餐馆中闻到过的气味,是刺鼻的、满是蒜臭的中年男人的气味。

"恐怕，她的男朋友闻起来就是这种味道。"汉密尔顿说，"当他凑近她，呼吸喷到她的脖子上的时候……"

玛莎打了个哆嗦，"一回到家，家中就全是这种气味……"

到了此刻，很有可能整座房子的电线已经变成了神经系统，承载着房子的神经搏动。为什么不呢？毕竟水管载着血液，壁炉成了呼吸器官，把空气输送到地下室肺部。透过客厅的窗户，汉密尔顿能看到一排常春藤。那是玛莎好不容易种活、引着爬到房子顶上去的。在夜幕下，常春藤看起来不再是绿色，成了呆板的褐色。

就像头发。就像中年商人油腻腻、布满头屑的头发。常春藤在风中轻轻飘动，发出不祥的颤抖，把茎叶上的尘土和水滴洒在外头草坪上。

汉密尔顿脚下，地面动了。起先，他还没察觉到；当普里奇特太太发出哀号，他方才察觉脚下轻微的起伏。

他弯下腰，用手掌摸了摸脚下的沥青砖。地砖是温热的，仿佛人类的血肉。墙壁同样也是温热的，而且柔软。从前坚硬笔挺的油漆、墙纸、石灰和木质墙面，现在一按就会微微凹下去。

"快，"洛斯紧张地说，"我们快走。"

七人仿佛被困的小兽，提着万分警惕，走进漆黑的客厅。脚下，地毯也在不安地颤动。众人四周，活物的动静越来越明显，荡漾着,躁动着,不耐烦地挣扎醒来。

要穿过黑暗的客厅,得走一段长长的路。四周,灯具和书本恼怒地抖动着。突然,普里奇特太太发出慌了神的尖叫,电视机的电源线,灵巧地缠上了她的脚踝。比尔·洛斯迅速出手,一把拉断了电线,普里奇特太太重获自由。身后,断掉的电线愤怒不已,徒劳地"啪啪"鞭打地面。

"我们就快到了。"汉密尔顿对身后隐约的人形说道。此时,他已经能看到屋子前门和门把手的轮廓。他一边伸手去够,一边默默祈祷。他的手越伸越近,还有三英尺,两英尺,最后一英尺……

脚下的路忽然成了上坡。

他吓了一大跳,缩回了手。他发现自己站在斜坡上,斜坡还在不断隆起,他的身体已经开始向后滑去。突然,脚下一动,汉密尔顿向后滚了下去,他拼命挥动双臂,挣扎着想站起身。身后的六人也一并滑倒,七人连歪带撞,朝着客厅中央,朝着厅堂滚去。厅堂已经全黑;连厨房的灯也灭了。唯一的光源便是窗外模糊闪烁的星光,远在千万里之外的小点。

"是地毯。"洛斯声音极轻,仿佛不敢相信,"它——它把我们舔了回来。"

众人身下,地毯猛地动了起来,表面温热而有弹性,并且已经变得十分湿润。汉密尔顿挣扎起身，撞上了墙壁。一撞之下，他吓得立即缩回。墙壁正在渗出浓稠湿滑的液体。是口水，贪婪的、迫不及待的口水，大摊大摊地滴下。

房子怪物准备进食了。

汉密尔顿躲开墙壁，从地毯边上绕过。地毯的尖端狡黠地四处搜寻汉密尔顿。汉密尔顿全身大汗，打着哆嗦，一步步前进，挣扎地走向前门。一步，两步，三步，四步。身后，其余人也跟了上来——但不是所有人。

"伊迪斯·普里奇特去了哪儿?"汉密尔顿大声问道。

"她不见了，"玛莎回答，"滚回厅堂了。"

"就是喉咙。"洛斯的声音传来。

"我们在它嘴里。"大卫·普里奇特发出微弱的声音。

房子怪物嘴里温暖湿润的血肉翻滚起来，推了推汉密尔顿。他感受到房子血肉的压力，恶心得全身直哆嗦。他挣扎向前，又去摸索门把手，把全部注意力集中在那一小团光滑的圆形金属上。这一次，他成功地抓住了把手，猛地一转，门顿时敞开。门外的夜景跃入眼帘，身后的几个人纷纷大口吸气。星星、街道、远处漆黑的房子轮廓、风中摇动的树枝……还有冰爽的空气。

夜景突然消失。毫无征兆地，大门的方形轮廓开始合拢。

墙壁越挤越紧,门廊越来越窄。墙壁仿佛嘴唇,慢慢闭拢,只留下一条狭窄的缝隙。

众人身后,房子怪物满是蒜臭的腐臭呼吸从厅堂吹来,舌头贪婪地卷动。墙壁分泌唾液。汉密尔顿四周的阴影中,响起了绝望惊恐的人类尖叫。汉密尔顿充耳不闻,只专心将双手挤进前门越来越小的开口中。脚下地面开始隆起,天花板则缓慢无情地下降。随着有节奏的移动,再过片刻,上下就会合拢。

"它在咀嚼。"身边黑暗中,玛莎喘着气说。

汉密尔顿用尽全力踢了出去。他用肩膀顶着紧闭的前门,朝着柔软的血肉又踢又打又抓。小片有机物质被撕了下来,形成缺口。他继续往缺口处使劲,挖下更大块的血肉。

"来帮忙!"他向身旁挣扎的人影求助。比尔·洛斯和查理·麦克费夫从大摊的涎水中站起,疯狂地撕扯前门。一个缺口出现了。玛莎和大卫·普里奇特也来帮忙,众人终于在血肉中撕开一个圆形的洞口。

"出去!"汉密尔顿厉声道,一把推出妻子。玛莎倒在前廊上,接着滚了开去。"下一个是你。"汉密尔顿对西尔维斯特说。老人被粗鲁地推了出去。接着是洛斯,然后是麦克费夫。汉密尔顿瞪大眼睛看向四周,只看到大卫·普里奇特和他自己两人。天花板和地面已经碰上,没时间担心别人了。

"钻出去。"他咬牙说道，一边把孩子推出不住颤动的缺口。最后，他蜷起身子，打着哆嗦，也出了洞口。身后房子怪物的嘴巴里，天花板和地面压在了一起。在坚硬的上下两层的挤压下，房子里传来尖锐的断裂声，一次又一次。

普里奇特太太没能出来，正在被房子怪物咀嚼。

幸存的几人在前院集合，跟房子怪物保持安全距离。没人说话，大家默默盯着怪物有条不紊地一鼓一缩。这是怪物在消化食物。最后，动作逐渐停止了，随着一波抽搐似的收缩，怪物静了下来。

随着机械的嗡嗡声，窗帘放了下来。窗户蒙上一层不透明的阴影。

"房子睡了。"玛莎愣愣地说。

汉密尔顿茫然地想，等到垃圾工人来收垃圾，看到后院整齐地躺着一堆骨头，不知会怎么想。这堆光亮的骨头用专业的手法剔了肉，吮了髓，然后才被丢弃。对了，说不定还会有几颗纽扣，几个金属钩子。

"到此为止了。"洛斯观望着。

汉密尔顿朝车子走去。"能杀了她我一定会感到很高兴。"他开口道。

"别坐车。"洛斯提醒，"车子不可信。"

汉密尔顿停下脚步，想了想说道，"我们得走路去她的公寓。我会想法子把她骗到外头来。只要能在室外抓住她，不进去室内……"

"说不定，她已经到了室外。"玛莎说，"房子怪物说不定也会对她下手。说不定她已经死了。说不定，她一进门，就被公寓怪物吞下去了。"

"她没死。"洛斯冷冷道，"否则，我们不会还在这个世界里。"

车库旁边的阴影中，一个瘦削的身影现身。"说得对，"身影用毫无感情的呆板声调说道，那声音很熟悉，"我还活着。"

汉密尔顿把手伸进外套内袋，握住了那把点四五口径的手枪。他的手指正摸索着打开保险，脑中却忽然意识到有些古怪：这辈子，他从没用过这把枪，见都没见过。在真实世界，他根本没有一把点四五口径的手枪。这把枪，只出现在瑞斯小姐的世界。在这个凶恶病态的幻想世界里，枪成了他的个性和存在的一部分。

"你逃出来了？"比尔问瑞斯小姐。

"我很明智，没上楼。"女人答道，"我一踏上大厅的地毯，就明白了你们的计划。"瑞斯小姐的声音中带着一丝疯狂的喜悦，"你们可没自以为的那么聪明。"

"我的上帝,"玛莎说,"可我们从没——"

"你们打算杀了我,对不对?"瑞斯小姐质问,"你们,所有人,已经谋划了好一段时间了,对不对?"

"对,"洛斯突然承认,"确实如此。"

瑞斯小姐发出刺耳的、金属般的笑声,"我就知道。你们现在已经不怕跟我直接摊牌了,对吧?"

"瑞斯小姐,"汉密尔顿说,"我们确实在计划杀了你,但我们做不到。在这个疯狂的世界,没有哪个人能碰你一根手指。是你自己幻想的那些恐怖……"

"可是,"瑞斯小姐打断了他,"你们不是人类。"

"什么?"亚瑟·西尔维斯特反问。

"你们当然不是人类。那天,我在贝伐加速器一看见你们,我就明白了。你们不是人类,所以摔下来才没死。你们的企图,就是把我也拉到观测平台上,然后推下来摔死。可惜我没死。"瑞斯小姐露出微笑,"我自己手里也有些情报。"

汉米尔顿一字一顿地问道:"如果我们不是人类,那我们是什么?"

比尔·洛斯突然身形一动,从潮湿的草坪上"呼"地飞起,滑翔着扑向琼安·瑞斯瘦小的身影。身侧,他的翅膀舒展开来。翅膀上满是灰尘,羊皮纸一样的质地。翅膀在幽暗的夜色中拍动,沙沙作响。洛斯的动作极其精准：没等瑞斯小姐叫出声，他就压倒了她。

原来洛斯不是人，是个披着甲壳的多节肢怪物。怪物嗡嗡地拍着翅膀，整个儿压在瑞斯小姐无力挣扎的身体上。怪物长长的尾部抽搐一下，伸出尖刺，刺入女人体内。有毒的尖刺在女人体内停留片刻，方才满足地抽出。接着，怪物咔咔作响、四处乱抓的爪子渐渐放开了瑞斯小姐。瑞斯小姐晃着身体，用双手和膝盖努力支撑，脸朝下，朝着潮湿的草地直喘气。

"她会爬走的。"亚瑟·西尔维斯特马上说。他跑上前，扑向瑞斯小姐无力的身体，把她翻了过来。他的动作娴熟而迅速，拿出快干水泥，喷糊在女人细瘦的胯部。西尔维斯特一边喷，一边不断转动女人的身体，源源不断的水泥细丝织成牢固的网，把女人紧紧裹在里面。完成后，曾是比尔·洛斯的长尾昆虫伸出爪子，抓住如同蚕茧一样的、正在无力颤动的瑞斯小姐，高高举起。另一端，西尔维斯特则织好一股长长的粗线，将其系在树梢。一会儿工夫，已是半瘫痪状态的琼安·瑞斯，裹在黏糊糊的网中，头朝下吊在了树上。她双眼无神，嘴巴半张，在晚风中轻轻摇晃。

"这样她就逃不掉啦。"汉密尔顿很满意。

"真高兴你们没杀她，"玛莎贪婪地说道，"这样，我们就能慢慢折磨她……而她一点儿办法也没有。"

"可是,等我们玩够了,"麦克费夫指出,"我们最后还是得杀了她。"

"她杀了我妈妈!"大卫·普里奇特用尖细颤抖的声音叫道。没等旁人反应过来,他就冲上前,蹲下身,然后跳上去抱住了摇晃的茧子。接着,他伸出一根突出的进食管,拨开茧子的丝络,撕掉女人的衣裙,迫不及待地刺穿她苍白的皮肤。很快,进食管就插进了她身体深处。片刻后,大卫吸饱了,肚皮鼓鼓,晕晕乎乎地跳回地面。树上只留下一副干瘪脱水的躯壳。

躯壳还活着,但活不了多久。那双饱受痛楚的眼睛无神地盯着树下众人。琼安·瑞斯已经失去了绝大部分意识,只留有一点隐约黯淡的知觉火星。众人满足地观赏着,心知她最后的几秒钟痛楚行将结束。

"她活该。"汉密尔顿说道,有些没底气。此时,任务已经完成,他心中却有了疑惑。

身边,曾是比尔·洛斯的高大的多节肢甲壳昆虫赞同地点头。"她当然活该。"他的声音尖细,带着刺耳的嗞嗞声,"想想她对伊迪斯·普里奇特干的事。"

"能从这个世界出去真是太好了,"玛莎说,"回到我们自己的世界。"

"也回到我们自己的身体，"汉密尔顿不安地看了一眼亚瑟·西尔维斯特，补充道。

"你什么意思?"洛斯大声问。

"他没明白，"西尔维斯特说道，带着一丝冷冷的笑意，"这**就是**我们的身体，汉密尔顿。只是从前没公开出现过。"接着，他又补充，"至少没在你面前出现。"

洛斯不怀好意地大笑，"听听，听听他那些念头。汉密尔顿，你可真够有趣。"

"他还在想些什么? 要不我们看看?"亚瑟·西尔维斯特建议。

"好，我们看看。"洛斯赞同，"我们凑近看看，看他会说什么，看他能做什么。"

汉密尔顿大骇，道："我们赶快杀了她，结束这个世界吧——你们俩也成了她疯狂幻想的一部分而不自知。"

"我想知道他能跑多快。"亚瑟·西尔维斯特一边琢磨，一边慢慢逼近汉密尔顿。

"离我远点儿。"汉密尔顿伸手掏枪。

"还有他老婆，"西尔维斯特说，"我们也让她跑一跑。"

"她归我。"大卫·普里奇特贪婪地说，"我要她。如果你们愿意，可以帮我按住她。你们可以不让她……"

静静裹在茧子里的瑞斯小姐，无声无息地死了。周围的世界,同样无声无息地散成了四处游荡的微粒。

汉密尔顿松了口气,瘫软下来。黑暗中,他拉过身旁的妻子一把抱住。"感谢上帝,"他说,"我们从那个世界逃出来了。"

玛莎紧紧贴着他。"好险,只差一点点。"盘旋的暗影在两人四周飘浮。汉密尔顿站着,耐心等待。前方还会有痛苦。等他们回到贝伐加速器满是碎片残骸的水泥地面上,还会感受到痛苦。他们八人都受了伤,还得忍受一段时间的疼痛和缓慢的恢复过程,忍受在医院漫长的无聊时光。但那都是值得的。非常值得。

阴影清晰起来。他们不在贝伐加速器。

"又来了。我们进入了另一个世界。"查理·麦克费夫沉声道。他从潮湿的草坪上站起身,紧握着前廊的栏杆。

"这不可能。"汉密尔顿呆若木鸡,"不可能还有别的幻想世界。我们已经全经历完了。"

"你错了。"麦克费夫说,"抱歉,杰克,可我早跟你说过。我警告过你,叫你别相信她。可你偏不听。"

一辆不祥的黑色轿车停在汉密尔顿家门口的路边。车门已经推开。从后座上下来一个摇摇摆摆的巨大身影,昂首阔步走过漆黑的前院,来到汉密尔顿跟前。他身后跟着几名身形魁梧、脸色严肃的大汉,身穿长大衣,戴着帽子,双手不怀好意地插在衣袋里。

"终于找到你了。"肥大的身影开口道,"好啦,汉密尔顿,跟我们走一趟。"

起先,汉密尔顿没认出他来。此人脸上挤满了软绵绵的肥肉,无力的下巴和丑陋的小眼睛深深嵌在肥肉里。他伸出手,粗暴地拽住汉密尔顿的胳膊——那双手,简直就是长了肉的魔爪。此人的呼吸中带有令人作呕的腐臭味、昂贵的古龙水味,以及——血腥味。

"你今天为什么不来上班?"肥胖男子含糊不清地问,"我真为你难过,杰克。我认识你父亲。"

"我们已经发现了你翘班去野餐的事。"身后,一名打手补充道。

"提林福,"汉密尔顿顿觉头晕目眩,"真的是你?"

盖伊·提林福博士用丑陋的小眼睛瞥了他一眼。接着,这位鼓得如气球一般、沾满鲜血的资本家,转了个身,朝停在路边的凯迪拉克蹒跚而去。"带上他。"他吩咐手下,"我得回流行病开发处实验室①了。我们有些新的细菌性毒药需要进行实验。这人不错,就拿他试药。"

①Epidemic Development Agency,与前几个世界的"电子设备开发处"的简称同为EDA。前几个世界的EDA好歹名称都是"电子设备开发处";在这个世界,却成了恐怖的流行病(细菌病毒武器)开发处。

15

在这个冰冷黑暗的夜晚，沉重的死亡就伏在前方。在他们前方的阴影中，一个巨大腐坏的有机体正在死去。它发出吱吱嘎嘎的断裂声，起皱的躯体痛苦地溢出体液，流到路边和人行道上。它身边，一摊闪亮的液体冒着泡泡，渐渐漫延，范围越来越大。

起初，汉密尔顿没认出那是什么。那东西微微颤抖，接着翻了过来，侧面倒下。破碎的车窗上，星光模糊闪动。原本鼓鼓的车身仿佛烂木头，瘪塌下来。汉密尔顿眼睁睁地看着引擎盖如鸡蛋壳一般"啪"地裂开，里头生锈的零件丁零当啷掉出来，散落一地，半埋在机油、水、汽油和刹车液组成的那摊液体中。

前一秒，轿车庞大的车身仿佛还能坚持。下一秒，车身便发出一声抗议似的吱嘎，引擎的剩余部分穿透腐坏的支撑结构，掉落到人行道上。笨重的机动车断成两半,而且还在不紧不慢地继续崩坏,碎裂成无法辨认的钝块。

"啊,"提林福的司机无奈地说,"车子彻底毁啦。"

提林福闷闷不乐地看着凯迪拉克的残骸。接着,狂怒从他胸中慢慢升起,一望可知。"全塌了。"说着,他狠狠踢了一脚车子的残骸。一踢之下,凯迪拉克越发变形,成了一团废金属,和夜色融为一体。

"踢也没用。"一名手下指出,"还是别管它了。"

"我们没法回工厂了。"提林福抖抖裤脚,甩落几滴难看的机油,"从这儿到工厂还隔着个工人区。"

"很可能公路上还设了路障。"司机赞同。昏暗夜色中,几个打手看起来都差不多,难以分辨。在汉密尔顿眼中,几个模糊的人影都是大块头德国人,残忍无情。

"我们这儿有多少人?"提林福问。

"三十个。"有人回答。

"得点上发焰筒。"另一名打手建议,声音没什么信心,"这儿太黑,要是他们有什么动静,我们看不见。"

汉密尔顿挤到提林福博士身边,哑声问道:"你们是认真的? 你们真相信——"

话没说完,一块砖头就砸在了凯迪拉克的残骸上。远处的阴影中,隐约的人影在飞奔、蹲伏。

"果真。"他明白了,大骇。

"我的上帝,"玛莎勉强发出声音,"我们该怎么办? 怎么才能活下去?"

"或许,我们根本活不下去。"汉米尔顿答道。

又一块砖头"嗖"的一声,穿过黑暗砸来。玛莎打了个哆嗦,弓着腰贴近丈夫身边,"差点儿打到我。这两拨人准备在这儿拼个你死我活,我们正好夹在中间。"

"没砸到你真可惜。"伊迪斯·普里奇特幽幽道,"打晕了你,我们就能逃出这个世界了。"

玛莎大惊失色,发出绝望的轻叫。数个发焰筒刺眼闪烁的光芒下,她看到周围同伴脸色惨白阴沉,没有丝毫同情。"你们全相信了。你们都觉得我是个——左派。"

提林福迅速转身。他那残忍堕落的脸上现出近乎歇斯底里的恐惧,"对了,我倒忘了。你们几个都参加了左派野餐会。"

汉密尔顿想否认,却太过疲惫,懒得辩解。再说,辩解了也没用。在这个世界,很有可能,他们真参加过左派野餐会——或者说进步者集会,跳民间舞,唱西班牙支持左派之歌,喊口号,做讲演,搞请愿。"嗯,"他对妻子柔声道,"我们一路走来真不容易。经历了整整三个世界,才到了这里。"

“你什么意思?”玛莎畏缩道。

“你要是早点儿告诉我就好了。”

玛莎眼中喷出怒火。“难道连你也不相信我?”黑暗中,她苍白的小手呼地朝上一挥,汉密尔顿脸上“啪”的一声,热辣辣的刺痛。他踉跄几步,眼前发黑,金星直冒。接着,跟冒起时一样突然,玛莎的火气消了下去。“我不是左派。”她可怜巴巴地重复道。

汉密尔顿揉揉肿胀疼痛的面颊,说:“还真有意思。我们从前常说,除非钻进某人的脑袋,才能知道他在想什么。好了,我们还真进了人家的脑袋。我们进了西尔维斯特的脑袋,进了伊迪斯·普里奇特的脑袋,还进了瑞斯小姐疯狂的脑袋……”

“只要杀了她,”西尔维斯特不动声色地说,“我们就能出去。”

“回我们自己的世界。”麦克费夫道。

“你们别过来。”汉密尔顿警告,“不准碰我妻子。”

两人身边,其余六人越逼越紧,围成一圈。一时间,没人动作。六人身体紧绷,手臂紧张地悬在两侧。接着,洛斯耸了耸肩,放松下来,转过身慢慢走开。“算了,”一边走,他一边转头道,“让杰克来对付她。这个问题该由他来解决。”

玛莎呼吸浅而急促。“该死,真是太可怕了……我不明白。”她痛苦地摇摇头,“这没道理。”

　　周围,石块越落越多。旋涡似的阴影中,能听到微弱的、有节奏的声音,越来越响,渐渐变成飘荡的号子。提林福站立倾听,肥厚的五官流露出凶残与恨意。

　　"听到没?"他对汉密尔顿说,"他们就在那儿,躲在黑暗里。"因为憎恨,他粗俗的脸扭曲成了一团,"野兽。"

　　"博士,"汉密尔顿劝道,"你不该相信这些。你心里肯定明白,你不是这样的人。"

　　提林福看也不看他一眼,"你快走,去你的左派朋友那儿吧。"

　　"一定得你死我活? 没别的办法?"

　　"你是个左派,"提林福冷冷道,"你老婆也是。你们这种人,我的工厂容不下,体面人的社会也容不下。滚出去,再也别回来!"片刻后,他又补充道:"继续参加你的左派野餐会去。"

　　"你打算一路杀出去?"汉密尔顿问。

　　"那还用问。"

　　"你真打算开枪? 打算杀了那边的人?"

　　"我不杀他们,"提林福理所当然地回答,"他们就会杀我。就这么回事。不怪我。"

　　"这种世界长不了。"洛斯反感地转向汉密尔顿,"这些人,简直就是粗制滥造的左派戏剧里的死板演员。这整个世界,就是对美国生活的拙劣戏仿。透过这些场景，几乎都能看到背后的真实世界。"

机枪"嗒嗒"开火声猛地响起。附近屋顶上，工人们悄悄架起了机枪。机枪射出的排排子弹越来越近，击碎了水泥地面，激起阵阵发亮的灰色尘土。提林福笨拙地扑倒在地，躲在凯迪拉克残骸后头。提林福的手下或蹲或跑，开始还击。接着，一枚手榴弹破空而来。汉密尔顿弓身趴下。手榴弹爆炸，火焰蹿起，灼痛了他的脸庞和眼睛。爆炸带来的震动摇撼着他的身体。等爆炸平息，地面上出现了一个深坑，坑里半填着碎石泥块，上面躺着几个提林福的打手，躯体扭曲变形。

汉密尔顿呆呆望着这些扭曲变形的躯体。这时，洛斯在他耳边说："这些人，眼不眼熟？凑近仔细看看。"

翻腾的黑暗中，汉密尔顿很难看清坑里的身影。不过，其中有一个受了重伤、一动不动的身影，看着确实很眼熟。他一阵疑惑，仔细盯着看。那是谁？是谁四仰八叉躺在残砖断瓦的废墟上，半埋在炸裂的人行道碎石和仍在闷燃的大块烟尘中？

"是你。"洛斯轻声告诉他。

真是他自己。在这个扭曲的幻想世界背后，真实世界的轮廓隐约可见，颤抖黯淡，仿佛幻想世界的创造者本人也动摇了，产生了某种根本性的怀疑。满是碎石的不是街道和人行道，而是贝伐加速器的地面。其余熟悉的身影七零八落地躺在地上，微微动弹，他们正在慢慢恢复意识。

在冒烟的废墟上，还有几个技术员和医护人员正一步步谨慎地前进。他们行进的速度慢得令人心焦，每一步都看准了才走，生怕暴露在辐射之下。工人们从附近的屋顶下来，悄没声息地落在被炸毁的街道上……是街道吗？现在看着更像是贝伐加速器的墙壁，以及通往地面的狭窄安全通道。工人手臂上的红色臂章，现在看来也更像医护人员的红十字。汉密尔顿一头雾水，放弃了辨认模糊一片的场景和人物的努力。

"这地方长不了。"瑞斯小姐轻声道。她的世界解体后，她又重新出现了，模样跟从前丝毫未变，身着灯芯绒外套，戴着那副角框眼镜，手里紧紧抓着她的宝贝手包，"目前这个阴谋不算成功，跟上次那个没法比。"

"上次那个，你觉得挺像真的?"汉密尔顿冷冷地问道。

"是啊。起先，连我都差点上当。我以为……"瑞斯小姐露出微笑，笑中透着狂热，"策划真是聪明。我差点儿以为那真是我自己的世界。不过，当然了，一踏进公寓楼的大厅，我就发现了真相——前厅的桌子上，跟平常一样，躺着好几封恐吓信呢。"

玛莎打着哆嗦，跪在丈夫身边，说："这儿怎么了？周围一切都雾蒙蒙的。"

"这世界快结束了。"瑞斯小姐悠悠道。

这话仿佛希望的亮光，玛莎闻言狂喜，颤抖地紧抓丈夫，"真的吗？我们就要醒来了？"

"或许吧。"汉密尔顿答道，"有人这么说。"

"这可——太好了。"

"真的？"

玛莎脸上重现惊恐，"当然真的。我憎恶这个世界，没法忍受。这儿太——古怪、太恶毒和恐怖了。"

"我们待会儿再说。"此时，汉密尔顿的注意力都放在提林福身上。笨重的资本家头目集合了手下，正压低声音，给他们布置任务。

"那些暴徒，"洛斯轻声道，"不会就这么罢手。我们逃出这个世界之前，肯定能看到他们打一仗。"

提林福布置完毕，大拇指朝洛斯一竖，道："把他捆起来。那是逃出来的。"

洛斯冷冷一咧嘴，"又一个有色人种要受私刑啦。资本家就爱干这个。"

汉密尔顿不敢相信自己的耳朵，差点儿大笑出声。但提林福显然是认真的。对他来说，现在是生死关头，绝不会开玩笑。"博士，"汉米尔顿好不容易挤出话来，"这个世界，全因玛莎相信,方才存在。你,这场战斗,整个扭曲的幻想世界——她已经开始让这些东西解体了。这些不是真的,只是她的幻想。请好好想想!"

"还有那个左派,"提林福不耐烦地继续布置,拿出丝质手帕,擦擦沾了鲜血和污泥的额头,"还有他的左派荡妇老婆。等把他们揍老实了,就往他们身上泼汽油。我真希望我们待在工厂里没出来。在工厂里,我们好歹能安全一阵子,还能设置更好的防御工事。"

工人们仿佛幽灵般的暗影,正在攀越碎石堆。一个又一个手榴弹爆炸,空气中腾起阵阵尘土和石块碎片,雨点般无声无息地落在众人头上,模糊了众人的视线。

"瞧!"大卫·普里奇特惊恐地叫道。

远远的夜空闪亮,巨大字母在空中渐渐成形。起初是模糊不定的光团,接着慢慢形成文字。是支援他们、安慰他们的口号,颤颤巍巍地写在空荡荡的黑色天幕上,一经形成就开始解体。

坚持住,

我们马上到。

和平斗士们,

站起来。

"真安慰人。"汉密尔顿一阵反感。

黑暗中,单调的号子声不断拔高。冷风刮来嘶吼的歌声,断断续续,传到躲藏的众人耳中。"他们说不定会来救我们。"普里奇特太太有些吃不准,"可是,天上那些可怕的字眼……让我觉得不舒服。"

提林福的手下四散开去,到处移动,捡拾碎石块,收集各种能用的东西,造起街垒。飘荡的烟雾中,很难看清这些人的脸。时不时,有光芒亮起,照亮某张瘦削严峻的脸,一闪而灭,又隐入朦胧阴暗当中。压低的帽檐,鹰钩鼻……这样的长相让他想起了谁? 汉密尔顿努力思索着。

"黑帮,"洛斯提醒道,"三十年代的芝加哥黑帮。"

汉密尔顿点点头,"没错。"

"每样东西都跟书上一模一样。她肯定把整本书都记下来了。"

"别老说她。"说归说,汉密尔顿自己也没信心。

"接下来会怎么样?"洛斯对蜷成一团的玛莎·汉密尔顿冷嘲道,"资本家强盗因绝望而疯狂? 对不对?"

"我看他们已经够疯狂了。"亚瑟·西尔维斯特用他特有的阴沉语调说。

"这些人真够难看。"普里奇特太太不安地嘀咕道,"没想到会有这么难看的人。"

这时,天空中的其中一句可怕口号,忽然爆炸了。燃烧的词语碎片倾泻而下,点燃了街上垒起的碎石堆。一块燃烧的碎片正好落在提林福身上,烧着了他的衣服。提林福一边咒骂,一边扑打身上的火焰,不情不愿地撤退了。右边,提林福的打手们被半埋在布尔加宁①巨大的轮廓肖像下。这张燃烧的巨像从天空落下,直接落在打手们的脑袋上。

"活埋。"洛斯满意道。

落下的词语越来越多。巨人的"和平"一词,嗞嗞烧着落在汉密尔顿整洁的小屋子上。屋顶着了火,车库和晾衣绳也着了火。汉密尔顿可怜巴巴地望着自家房子腾起明亮的火焰,火舌闪动,直冲夜空。黑漆漆的镇子一片寂静,没听见应有的消防车警笛,街道和房屋安静地延伸开去,不怀好意地坐观火灾。

"上帝呀,"玛莎惊惧地叫道,"我想,那个大'共存'就要落下来了。"

局势已经无法控制,提林福跟仅存的几个手下蹲在一起。"炸弹和子弹,"他用低沉单调的声音,一遍又一遍重复着,"炸弹

———
① 苏联政治家,曾任苏联国防部长,1955—1958年任苏联总理。

和子弹都挡不住他们,他们要开始进攻了。"

忽明忽暗中,一排人影朝前行进。歌声越来越响,极度兴奋,几近狂欢。面容严峻的行军者们在燃烧的瓦砾中小心行走。声嘶力竭的歌声在阴暗中突起,赶到了行军者的前头。

"快走。"汉密尔顿说着,拉起妻子绵软无力的手,带着她迅速消失在周围一片混乱的废墟当中。

依据模糊的记忆,汉密尔顿带着妻子绕过燃烧的房屋,沿着水泥小路来到后院。一段篱笆已经烧焦垮塌,形成通道。汉密尔顿把妻子推了过去,自己也挤过冒着烟的篱笆残片,进入黑漆漆的院子。一眼望去,街道上的房子一片昏暗,露出不祥的气息。眼前不时有奔跑的人影一闪而过,全都是毫无特征、面容模糊的工人,正在悄悄赶往战斗现场。两人不断向前。渐渐地,人影和枪声都消失了,噼啪作响的火焰也被甩在了身后。他们已经逃离了最激烈的战斗区域。

"等等。"两人身后,洛斯和麦克费夫跟了上来,直喘粗气。"提林福彻底疯了,"洛斯喘着气说,"上帝,可真够混乱的。"

"我不敢相信。"麦克费夫含糊道,胖脸上汗珠直反光,面容扭曲,"那些人都四肢着地爬行,身上全是污泥和鲜血。简直是动物大混战。"

前方，灯火明亮闪烁。

"这是什么地方?"洛斯警觉地问，"我们最好别去闹市区。"

这儿本该是贝尔蒙特的商业区，但跟记忆中早已不同。

"嗯，"汉密尔顿讥讽道，"我们早该料到的。"

前方是一片贫民窟，在夜色中闪着灯火。破旧肮脏的小店林立，如同朵朵毒蘑菇，厚颜无耻、丑陋不堪。贫民窟中有酒吧、桌球店、保龄球馆、妓院、枪火铺……某种金属质地的尖锐噪声响彻上空——架设在俗气弹子机游乐中心里的高音喇叭，正在播放喧闹的美国爵士乐。霓虹灯闪闪烁烁，武装士兵漫无目的地转悠，在这片道德败坏、摇摇欲坠的地方挑选陈旧腐败的商品。

汉密尔顿发现，某家商店的橱窗里，陈列着奇怪的东西：一排排刀枪，用豪华的盒子盛放。

"有什么奇怪的?"洛斯说，"这就是左派心目中的美国：城市里黑帮横行，罪恶横流。"

"至于乡村，"玛莎的声音毫无生气，"则充斥着原住民。他们心目中的原住民，只知道滥杀无辜，动用私刑；到处是强盗和大屠杀，血流满地。"

"你很懂啊。"洛斯呛道。

玛莎灰心泄气，瘫坐在路肩上。"我走不动了。"她对三个男人说。

男人们尴尬地围在她身边,不知所措。

"起来,"汉密尔顿粗声道,"你会冻僵的。"

玛莎什么都没说。她发着抖,缩起身子,垂着头,胳膊紧紧抱住身体,在夜晚的寒冷中看起来瘦小又脆弱。

"我们得把她弄到室内去,"洛斯说,"挑一间餐馆吧。"

"再走下去也没意义。"玛莎对丈夫说,"是不是?"

"我想也是。"丈夫只答了四个字。

"不管我们回不回得去,你都不在乎了。"

"我无话可说。"

汉密尔顿站在她身后,指指周围的世界,"我都看到了,你的世界就这点儿地方,就这副模样。"

"对不起。"麦克费夫突然笨拙地道歉。

"这不是你的错。"汉密尔顿答道。

"可我觉得自己有责任。"

"算了吧。"汉密尔顿弯下腰,把手搭在妻子颤抖的肩膀上,"我们走吧,亲爱的。你不能待在这儿。"

"哪怕没地方可去了?"

"对。哪怕我们没地方可去,哪怕我们已经到了世界尽头,也得继续走。"

"这儿就是世界尽头。"洛斯毫不留情。

汉密尔顿没回应。他蹲下身，坚定地拉起妻子。玛莎茫茫然、顺从地跟着起身。寒冷与黑暗中，她就像一堆无精打采的物质集合，无知觉无感情，只顺从地跟在他身后。"感觉像是很久以前的事了，"汉密尔顿拉着妻子的手说，"那天，我在休息室跟你见面，告诉你T.E.爱德华兹上校要见我。"玛莎点点头。

"那天，我们去参观了贝伐加速器。"

"想想看，"麦克费夫粗声道，"要是你们没去，你就不会发现你老婆脑子里的真相。"

这儿的餐馆过于铺张和奢华。身着制服的侍从鞠躬逢迎，仿佛谄媚的老鼠，在装饰华丽的餐桌中间匆匆穿行。汉密尔顿一行人漫无目的地走着，不知该往哪里去。人行道空空荡荡，偶尔会有某个破衣烂衫的人影从他们身边擦过，驼着背，顶着冷风。

"游艇。"洛斯无精打采地说。

"什么？"

"游艇。"洛斯仰了仰头，示意众人看街边的橱窗。那扇橱窗足有一个街区大，灯火通明。"里头摆着好些游艇。要不要来一艘？"

其他商店的橱窗里，还摆着各种昂贵的皮毛大衣、珠宝首饰、香水、进口商品……当然还有不朽的洛可可式华丽餐馆，毕恭毕敬的侍从和豪华的灯饰。偶尔，街边会有一小簇衣衫褴褛的男女站在商店门口朝里张望，却无力购买里面的商品。有一次，他们看到一辆马车，阴沉沉地驶过街道。敞开的车斗后头挤坐着一家人，眼神呆滞，手里紧抓着行李包袱。

"是难民。"洛斯推测，"从闹旱灾和饥荒的堪萨斯州逃难过来。'尘暴盆'①，还记得吗？"

前方是一大片红灯区。

"嗯，"汉密尔顿愣了愣，问道，"你们说，去不去？"

"去。反正没什么可损失的。"洛斯道，"我们已经走得太远了。再往前，也坏不到哪儿去。"

"已经到了这儿，我们不如索性享受一下。"麦克费夫嘟哝道，"趁我们还活着，趁这个邪恶的废墟世界还没彻底崩塌。"

四人无言，走向大片晃眼闪耀的霓虹灯，走向啤酒招牌、高音喇叭、在风中"啪啪"飘动的破烂遮阳棚，走向熟悉的老"安全港"酒吧。

玛莎疲惫不堪，心怀感激地跌坐在酒吧角落的桌前。"这儿

---

① 也叫"黑色风暴事件"，指20世纪30年代发生在北美大平原的一系列沙尘暴侵袭。受灾最严重地区集中于得克萨斯州、堪萨斯州、俄克拉荷马州等。当地土地荒芜，成千上万人背井离乡。

真好,"她开口道,"舒服又温暖。"

汉密尔顿站着,沉浸在这屋里弥漫的朦胧友好气氛。一叠叠的烟灰缸,大堆空啤酒瓶,自动点唱机发出的叮当声……酒吧脏乱,却让人觉得自在舒适。"安全港"一点儿没变。吧台前,跟从前一样,坐着几个工人,表情空洞,心情低落地趴在台子上,专心喝啤酒。木地板上全是烟头。酒保懒洋洋地拿着脏抹布擦拭吧台。三人在玛莎身边坐下,酒保朝麦克费夫点了点头。

"我的脚总算解放了。"麦克费夫叹道。

"都要啤酒吗?"洛斯问道。三人都表示同意,洛斯便朝吧台溜达过去。

"这一路可真长。"玛莎脸色苍白,无力地脱下外套,"我觉得,这地方我从没来过。"

"你很可能没来过。"汉密尔顿说道。

"你常来吗?"

"还在爱德华兹上校那儿干活的时候,我们常来这儿喝啤酒。"

"哦,"玛莎说,"我记起来了。你提过。"

洛斯拎着四瓶"金色闪光"啤酒回来。他小心坐下,说道:"你们自己拿。"

"发现没有?"汉密尔顿喝着啤酒说,"看那些孩子。"

在酒吧暗处,零零落落地坐着些十几岁的孩子。他好奇地望着一个明显不超过十四岁的小姑娘,她正朝吧台走去。这倒新鲜。真实世界好像没有这种事。真实世界仿佛已是久远的过往……这时,幻想世界开始颤抖,逐渐虚化、模糊。酒吧,连同一排排酒瓶和玻璃杯,拉扯成了分辨不清的一团。喝酒的年轻人,一张张桌子,乱放的啤酒瓶,也隐入黑暗中。他分辨不出酒吧的后部。熟悉的红色霓虹灯和厕所"男"和"女"的标志牌也消失不见。

他眯起眼睛,用手挡着,仔细看去。远处,桌子和酒客以外,有一抹看不清的红色灯光。是厕所标志吗?

"那上头写着什么?"他指指远方,问洛斯。

洛斯嘴唇动了动,道:"好像是'紧急出口'。"接着,他又补充,"是贝伐加速器墙上挂的标志,火灾逃生用。"

"我倒觉得像是'男'和'女'。"麦克费夫提出异议,"跟从前一样。"

"这是你的惯性思维。"汉密尔顿道。

"那些孩子,怎么在这儿喝酒?"洛斯问,"还用毒品——看看他们,抽的肯定是大麻,错不了。"

"可口可乐、毒品、酒精、性,"汉密尔顿说,"资本主义社会制度的道德堕落。这些孩子很可能还在铀矿里受血汗工厂剥削呢。"说罢,他不由自主地嘲讽道:"等他们长大,就会变成黑帮分子,扛着短管霰弹枪四处走。"

"芝加哥黑帮分子。"洛斯强调。

"然后呢,他们就会参军,去屠杀农民,烧掉他们的茅舍。我们的制度、我们的国家就是这个模样。杀手和剥削者的温床。"汉密尔顿转向妻子,问道:"对吧,亲爱的?孩子们吸毒,资本家双手染血,饥饿的流浪汉在垃圾桶翻找食物……"

"你朋友来了。"玛莎平静地说。

"我朋友?"汉密尔顿十分惊讶,狐疑地转身看去。

有个苗条婀娜的身影,匆匆穿过阴影,朝他们走来。她金发碧眼,嘴唇喘不过气似的微微张开,卷发垂落在肩上。汉密尔顿一下子没认出来。她身着一件吊带衫,领口很低,皱皱巴巴。她的脸上涂着厚厚的脂粉,紧身裙开叉几乎到大腿,腿上没穿长筒袜,光溜溜的脚塞在脏兮兮的低跟乐福鞋中。她的胸部大得惊人。女子走近桌边,汉密尔顿立刻被香水和暖气笼罩……各种味道混杂在一起,让汉密尔顿陷入同样五味杂陈的回忆。

"你好。"丝姬用低沉嘶哑的声音开口道。她朝汉密尔顿俯下身,嘴唇迅速贴了贴他的太阳穴,"我在等你。"

汉密尔顿起身,替她拉了张椅子,"坐。"

"谢谢。"丝姬坐下,扫视桌边。"你好,汉密尔顿太太。"她对玛莎说道,"你们也好,查理和洛斯先生。"

"我能问个问题吗?"玛莎直截了当地问。

"当然。"

"你穿几号罩杯?"

丝姬毫不害臊地拉低吊带衫领口,把巨大的乳房整个儿露出来。"这样回答行吗?"她根本没穿胸罩。

玛莎脸红了,退让道:"行了,谢谢。"

汉密尔顿直勾勾看着姑娘那膨大的、奇迹般高高耸起的胸部,惊叹不已,"我想,胸罩这东西,大概也是资本主义制度的把戏,是用来欺骗大众的吧。"

"说起大,"玛莎装作漫不经心,可惜暴露在眼前的大胸让她分了心,"要是你不小心掉了东西,恐怕找都找不到吧。"

"在理想社会里,"洛斯大声道,"普罗大众从来不掉东西。"

丝姬心不在焉地笑笑。她用尖削的细长手指抚摸乳房,坐着沉思。接着,她耸了耸肩,拉好吊带衫,抹平袖子,双手交叠放在桌上,"有什么新闻?"

"我们来的路上,有人打了一场大仗。"汉密尔顿说,"华尔街的吸血鬼,对战眼神清澈、快乐歌唱的英雄工人。"

丝姬狐疑地望着他,"哪一方赢了?"

"结果嘛,"汉密尔顿收起玩笑口吻,"谎话连篇的法西斯爪牙差不多都被埋在燃烧的口号底下。"

"看，"洛斯突然指了指，"那边，看到没？"

酒吧角落里，立着一台香烟自动贩售机。

"还记得那东西吗？"洛斯问。

"当然记得。"

"另一台也在。"洛斯指指对面的角落。巧克力棒贩售机也在，几乎隐入阴影中，"还记得我们干的事情吗？"

"记得。我们让那东西不停往外吐顶级法国白兰地。"

"我们原本能改变社会。"洛斯说，"能改变整个世界。想想看，我们原本能做成多少了不起的事啊，杰克。"

"我在想。"

"所有人，不管想要什么，我们都能满足。食物、药品、威士忌、漫画书、犁头、避孕药。多么伟大的原理。"

"神圣反馈原理。奇迹分裂法则。"汉密尔顿点点头，"在这个世界，这些原理法则会很有用。"

"我们能赢。"洛斯赞同，"他们得辛苦建造水坝和重工业工厂，我们却只需要一根优诺巧克力棒。"

"以及一段霓虹灯管。"汉密尔顿提醒，"对，要是能做成，肯定有意思。"

"你听起来好悲伤。"丝姬说，"怎么了？"

"没事。"汉密尔顿敷衍道,"什么事都没有。"

"有我能帮上忙吗?"

"不了,"他微微一笑,"谢谢你。"

"我们可以上楼,去床上。"她顺从地抚摸着臀胯处的衣料,"我一直想让你要我。"

汉密尔顿拍拍她的手腕,"你是个好姑娘。可上床也解决不了问题。"

"真的不要?"她向他展示诱人的大腿,光滑润泽,"上床能让我们俩都好过些……你会喜欢的……"

"从前,有可能。现在,不会了。"

"你们俩的对话,真动听哪。"玛莎嘀咕道,脸上肌肉抽搐。

"我们只是开玩笑。"汉密尔顿柔声道,"没有恶意。"

"垄断资本主义去死吧!"洛斯打断两人的对话,郑重地打了个嗝儿。

"一切权力归工人阶级!"汉密尔顿及时应道。

"为了人民民主美利坚合众国!"洛斯说。

"为了苏维埃美国!"

阴暗的酒吧中,几名专心喝酒的工人抬起了头。"小声点儿。"麦克费夫不安地警告。

"正是! 正是!"洛斯大叫道,掏出折刀,"砰"的一声拍在桌子上,恶狠狠地拉开,说:"我要找个华尔街食尸鬼,剥了他的皮。"

汉密尔顿怀疑地盯着他,"黑人不会带折刀,那是对中产阶级的刻板印象。"

"我带。"洛斯顶道。

"那么,"汉密尔顿接口,"你不是黑人,而是背叛了自己宗教团体的秘密黑人。"

"宗教团体?"洛斯重复了一遍,感到迷惑。

"种族一词不过是法西斯发明的概念,"汉密尔顿悄声透露,"所谓黑人,只是一个宗教文化群体而已,别无其他。"

"活见鬼了。"洛斯甚是吃惊,"我说,这想法还真不错。"

"要不要跳舞?"丝姬突然热切地问道,"我真希望能替你做些什么……你心中的绝望深不见底。"

"我会好的。"他随便应道。

"我们能为革命做些什么?"洛斯迫不及待,"我们该干掉谁?"

"谁都行。"汉密尔顿回答,"看到谁就杀谁。只要是能读书写字的,就都干掉。"

丝姬和几个专心听他们说话的工人,交换了个眼神。

"杰克,"丝姬用忧虑的声音道,"这可不是开玩笑的。"

"绝对不是。"汉密尔顿附和,"我们差点儿被垄断经济的疯狗提林福处以私刑。"

"我们要清算提林福!"洛斯喊道。

"我来!"汉密尔顿应道,"我把他切成碎块,丢进下水道冲走。"

"听你说这些,可真滑稽。"丝姬盯着他,眼神狐疑,"拜托,杰克,请别这么说话。我吓坏了。"

"吓坏? 为什么?"

"因为——"她犹豫地一摊手,"我觉得,你是在讽刺,说反话。"

玛莎发出歇斯底里的尖声狂笑,"哎呀,上帝,别让她也变成这样!"

几个工人已经从高脚凳上滑下,慢慢在桌子和桌子中间挪动,一步步悄悄靠近。酒吧的噪声已然消失,点唱机也陷入死寂。酒吧后边,喝酒的少年已经悄悄溜走,隐入泛着旋涡的暗处。

"杰克,"丝姬忧心道,"看在我的分上,小心点儿。"

"我现在,什么稀奇事都见过了。"汉密尔顿说,"你,你是政治活跃分子。你! 你原本是个诚实的顾家姑娘,对不对? 怎么? 被资本主义制度腐化了?"

"被资本主义的金子腐化了。"洛斯闷闷地说,揉揉黝黑的前额，把空空的啤酒瓶翻了个个儿，"被肥胖臃肿的企业家诱惑失身了。也可能是个部长。"

玛莎环顾四周，问："这地方不是酒吧，对吗？只是看起来像。"

"看上去像个酒吧也行，"汉密尔顿指出，"你还想怎么样？"

"可是，这里实际上，"玛莎声音颤抖，"是左派关押异见者的监狱。这姑娘——"

"你在盖伊·提林福手下干活，对不对？"丝姬问道，"那天，我在提林福的工厂前面接到了你。"

"对。不过，提林福已经开除了我。T.E.爱德华兹上校开除了我，提林福也开除了我……不过，我猜，我们这儿还有事没了结。"汉密尔顿看看包围过来的工人，饶有兴致地发现他们都带了武器。在这个世界，每个人都身佩武器。每个人都有立场，不是这一方，就是那一方。就连丝姬也一样。"丝姬，"他大声问，"你还是我从前认识的那个人吗？"

姑娘支吾了一阵子。"当然。不过——"她吃不准地摇摇头，肩头金发缕缕垂下，"该死的，事情都混在一起了。我实在想不通。"

"是啊。"汉密尔顿赞同，"确实够乱的。"

"我以为我们是朋友。"丝姬不悦地说道，"我以为我们站在同一边。"

"我们确实站在同一边。"汉密尔顿回答,"或者说,曾经站在同一边。我们在另一个遥远的地方,站在同一边。"

"可是——你不是想剥削我吗?"

"亲爱的,"他悲哀地说,"长久以来,我一直想剥削你。从古到今,横贯四海,所有的世界,每一处地方,我都想要一直剥削你,至死方休。我会控制你,剥削你,直到你浩瀚的胸脯抖得像风中的白杨树叶。"

"我就知道。"丝姬哽咽。一时间,她靠在他身上,面颊贴着他的领带。他笨手笨脚地用手拨弄着一缕落在她眼睛上的金发。"我真希望,"她悠悠道,"事情没恶化到如今这地步。"

"我也是。"汉密尔顿回答,"这样,或许我还能时不时来酒吧,和你喝杯酒。"

"不是酒,是有颜色的水。"丝姬说,"我没有酒喝。而且,酒保还只给我一片薯片下酒。"

包围他们的工人有些不好意思,他们拔出步枪。"开火吗?"其中一人问道。

丝姬离开汉密尔顿身旁,站了起来。"我想是的。"她轻声呢喃,声音低得几乎听不见,"开火吧。把这事了结。"

"法西斯走狗都得死。"洛斯空洞地说了一句。

"恶人都得死。"汉密尔顿接着说,"我们能站起来吗?"

"当然。"丝姬说,"随你们的便。我真希望——对不起,杰克,我真的很难过。可是,你不是我们这边的,对不对?"

"恐怕不是。"汉密尔顿赞同道,声调几乎称得上亲切友善。

"你反对我们?"

"只能如此。"他承认,"要么支持,要么反对,这儿也没别的选择,对吗?"

"我们就这么一动不动地让他们杀?"玛莎抗议。

"他们是你的朋友,"麦克费夫心灰意懒,说道,"你去想办法啊,做点儿什么,说点儿什么。你就不能跟他们讲讲道理吗?"

"讲道理也没用。"汉密尔顿回答,"他们不讲理。"他转向妻子,轻柔地拉她站起来。"闭上眼睛。"他说,"放松。不会很痛的。"

"你——要干什么?"玛莎低语。

"要把大家救出这个世界,只有一个办法。"周围,步枪包围圈发出咔嗒声,拉开枪栓,枪口抬起。汉密尔顿握紧拳头,瞄准后一拳击出,正中妻子的下巴。

玛莎轻轻一哆嗦,倒在比尔·洛斯怀中。汉密尔顿抱住妻子瘫软的身体,傻在原地——周围冷漠的工人仍然真实可触,正给步枪上膛,调整枪支。他不明白。

"上帝,"洛斯也摸不着头脑,"他们还在。我们没回贝伐加速器。"他目瞪口呆,与汉密尔顿一同撑起玛莎彻底失去意识的、了无生气的躯体,"这果然不是玛莎的世界。"

16

"可是,没道理啊。"汉密尔顿抱着一动不动、温暖柔软的妻子,愣愣地说道,"这儿只能是玛莎的世界啊。否则,还能是谁的呢?"

话音刚落,他就发现了答案,大大地松了一口气。

查理·麦克费夫已经起了变化。这变化是强制性的,就连麦克费夫也控制不了。这变化来自他最深、最底层的信仰,是他整体世界观的中枢。

众人眼睁睁地看着麦克费夫一点一点改变外形,不再是矮胖敦实、长着啤酒肚和塌鼻子的小个子。他高了,也变威严了,神性的高贵降临在他身上。他的手臂肌肉虬结,仿佛粗壮的柱子;胸腔巨大宽阔,眼中闪耀着正义的怒火。下巴方正,显示出坚定不移的道德观。他严厉地环顾四周,下巴收紧成严格公正的直线。

他的模样，跟 Tetragrammaton 惊人地相似。显然，麦克费夫无法完全摆脱宗教信念的影响。

"怎么回事？"洛斯惊呆了，问道，"他变成了谁？"

"我不舒服。"麦克费夫用神一般的"隆隆"声音说道，带着阵阵回音，"我觉得我得来一剂布罗莫①。"

魁梧的工人们放下了手中的步枪，浑身颤抖，张大嘴巴，充满敬畏地望着麦克费夫。

"部长同志，"一个工人喃喃道，"我们没认出是您。"

麦克费夫反感地转向汉密尔顿。"该死的笨蛋。"他用充满权威的声音隆隆道。

"哎呀呀，我的天。"汉密尔顿轻声道，"正是小圣父他本人哪。"

麦克费夫尊贵的嘴巴张开又闭拢，却没发出声响。

"这下我就明白了。"汉密尔顿说，"难怪雨伞上到天堂的时候，Tetragrammaton 一看到你，就给你来了个霹雳。难怪你那么震惊，还会受到那么大打击。"

"我也没想到。"沉默片刻后，麦克费夫承认，"我原本不相信他会在上头。我以为那都是假的。"

---

① 应指 Bromo-Seltzer，抗酸剂，用以缓解胃部不适。

世界科幻大师丛书

"麦克费夫,"汉密尔顿说,"你是个左派。"

"对。"麦克费大可怜巴巴地隆隆道,"可不是嘛。"

"多久了?"

"很多年了。从'大萧条'那时候就开始了。"

"为什么?小弟被赫伯特·胡佛政府枪杀了?"

"不,因为饥饿、失业,还有不想再被人揍下巴。"

"从某些方面看,你人还不坏。"汉密尔顿说,"可你的心理扭曲得够厉害。你比瑞斯小姐还疯狂,比普里奇特太太还保守,比西尔维斯特更崇拜父权。他们几个的世界中最糟糕的部分混在一起,就是你。不,你的世界比这还糟,糟得多。不过,除此之外,你人还行。"

"你没权力对我说教。"伟岸的金色神祇朗声道。

"还有最重要的一点:你是个无耻的叛徒。你是个搞破坏的颠覆分子、没有良心的撒谎者、贪慕权力的骗子。你这个无耻叛徒,你怎么能对玛莎做出这种事来?你怎么能编出这种东西来?"

片刻后,浑身发光的生物回答了他:"老话说,结果正义,即手段正义。"

"这就是你们的策略?"

"你妻子这样的人,太危险。"

"为什么?"

"他们不属于任何组织,什么都涉及,什么都愿意接受。一旦我们转过身——"

"所以,你要毁了他们,把他们交给那些狂热的爱国者。"

"狂热的爱国者,"麦克费夫说,"我们能理解。但我们没法理解你妻子。她既签署党的和平请愿书,又阅读《芝加哥论坛报》。她这样的人——最容易威胁到党的纪律。这样的人,是信奉个人主义的异类,是有自己原则和道德观的理想主义者。他们会质疑权威,削弱社会基础,甚至推翻整个体制。你没法指望他们建立长久之物。你妻子这样的人,不会乖乖按命令行事。"

"麦克费夫,"汉密尔顿说,"你一定要原谅我。"

"为什么?"

"因为,我要做一件徒劳无用的事。因为我明知这是白费力气,但还是想要踢得你魂灵出窍。"

汉密尔顿扑向麦克费夫。他看到麦克费夫钢铁般的粗壮肌肉抽紧了。实力相差悬殊:他连打凹那巨大的脸部都做不到。麦克费夫后退几步,稳住身体,毫不留情地反击。

汉密尔顿闭上眼睛,紧紧抱住麦克费夫,绝不松手。他身上淤青,牙齿掉落,衣服扯破,眼睛上方的伤口滴滴淌血。他就像被狠狠收拾的老鼠,挂在麦克费夫身上。汉密尔顿心中突然涌起宗教般的狂热，带着疯狂的恨意，他死死箍住麦克费夫，有节奏地按着那颗高贵的头颅，往墙上撞去。手在他身上撕扯、撬动，但麦克费夫纹丝不动。

差不多结束了。他那断断续续的微弱攻击毫无作用。洛斯躺在地上，脑袋砸破了；不远处则是玛莎·汉密尔顿。被丈夫丢下后，她瘫软在原地，无人理睬。汉密尔顿仍然站立，看到枪口慢慢逼近，他知道大限已至。

"爽快点儿，"他喘着气叫道，"打死我们也没用。哪怕把我们砸成碎片，磨成粉，用来筑街垒也没用。哪怕把我们搅成灰泥也没用。这不是玛莎的世界——我只要知道这个就……"

步枪枪托砸下。剧痛之下，他双眼紧闭，身子蜷起。一个工人踢了他的胯部，另外一个不紧不慢地压碎了他的肋骨。昏昏沉沉中，汉密尔顿感到麦克费夫巨大的身躯在身边慢慢瘫软下去。在旋涡似的黑暗中，工人的身影来来回回。接着，汉密尔顿四肢着地，喉头咕哝，挣扎爬行。伤口滴下的鲜血在他眼前蒙上血雾，透过这层血雾，他努力寻找麦克费夫的身影，同时尽力躲开身旁的攻击者。

喊叫声。步枪枪托砸脑袋的重击。他打着哆嗦，在混乱中爬行，发现一具四仰八叉了无生气的躯体，便支撑着爬过去。

"放开他！"周围的人叫道。汉密尔顿没有理会，继续爬向麦克费夫；不，那不是麦克费夫，是琼安·瑞斯。

过了一会儿，他找到了麦克费夫。麦克费夫看起来无力而虚弱。他在散落的瓦砾中寻找工具，想杀了麦克费夫。他的手掌刚刚握住一块水泥，身上就狠狠挨了一脚，使他趴倒在地。麦克费夫一动不动的躯体渐渐缩小；只剩下他自己，在瓦砾和混乱中艰难挣扎，在弥漫各处的飘荡灰尘微粒中迷失方向。

他身边原来是贝伐加速器散落的残骸。那些小心翼翼前进的身影，是红十字救援人员和技师。

刚才那一阵敌我不分的枪托乱打中，麦克费夫也被砸昏了。在无差别屠杀中，他也未能幸免，没人发现其中的细微差别。

汉密尔顿右边，躺着妻子毫无生气的躯体，衣裙烧焦了，冒着烟。妻子的一条手臂折在身体底下，膝盖收拢，在焦黑的水泥地面上蜷成了一小团，看着十分可怜。不远处躺着麦克费夫。汉密尔顿条件反射地朝他爬去。刚爬到一半，一名救护员就把他推了回去，想让他躺上担架。汉密尔顿全身麻木，头脑昏沉，意志却坚定不移，一把推开救护员，撑着坐了起来。

麦克费夫被自己的刀斧手砸得失去了意识，还带着一脸愤怒。他粗笨的脸饱受重创，被怒意和气馁所扭曲。直到他浑身疼痛地恢复了意识，脸上的愤怒表情却仍然挥之不散。他呼吸粗重紊乱,嘴里不知嘟哝着什么,重重地倒下身去,又挣扎起来,粗短的手指在空气中猛抓。

半埋在碎石中的瑞斯小姐,也开始有了动静。她摇摇晃晃跪坐起来,无力地摸索着摔碎的眼镜残片。"哦,"她发出微弱的声音,疲惫的双眼无法视物。她眨眨眼睛,淌下恐惧的泪水。"怎么——"她拉紧扯破烧焦的外套,戒备地裹住自己的身体。

几个技术员已经到了普里奇特太太身边。她的呼吸起伏不定,身体还冒着烟。技术员正迅速铲开压着她全身的碎块。汉密尔顿忍痛爬起,爬到妻子身边。妻子碳化的破烂裙子上,一条闷燃的暗红火线还在蔓延,他伸手去拍打。拍打之下,玛莎哆嗦起来,条件反射地抽搐了一下。

"别动,"他警告道,"说不定哪儿骨折了。"

玛莎听话地静静躺着,双眼紧闭,身体僵硬。远处传来大卫·普里奇特恐惧的哀号。因为隔着飘荡的焦黑水泥尘土,所以看不清所在。但所有人都在动,所有人都恢复了意识。白色面孔的救护员在比尔·洛斯身边忙碌,比尔·洛斯则下意识地在摸索着什么。喊声、叫声,还有嘹亮的警笛声……

真实世界的刺耳喧嚣。半毁的电子设备还在燃烧,冒出刺鼻的毒气,紧张的救护队正在笨拙地急救。

"我们回来了。"汉密尔顿对妻子说,"能听见我说话吗?"

"能。"玛莎说,"我能听见。"

"你高兴吗?"他大声问。

"高兴。"玛莎平静地回答,"别喊,亲爱的。我很高兴。"

T.E.爱德华兹上校耐心地倾听汉密尔顿的陈述,不置一词。等汉密尔顿的指控陈述完毕,坐满公司高层的长长会议室一片寂静,唯有抽吸雪茄的单调节奏,还有速记的沙沙声。

"你指控我们的安保官,是左派的一员。"爱德华兹皱眉沉思片刻,开口道,"对吗?"

"不尽然。"汉密尔顿回答。他的身体仍有些颤抖。贝伐加速器的事故刚过去一周。"我是说,麦克费夫是一名受纪律约束的左派,正利用自己的地位,推行左派政党的目标。至于这种纪律是内在驱动的,还是外在施加的……"

爱德华兹迅速转向麦克费夫,问:"查理,你对此有什么想说的?"

麦克费夫没有抬头,答道:"我要说,这显然是污蔑。"

"你坚持认为,汉密尔顿这么说只是为了污蔑你?"

"对。"麦克费夫不假思索地一口气说完,"他希望动摇我的动机的正当性。为了维护他妻子,他转而攻击我。"

爱德华兹上校转向汉密尔顿,"恐怕我不得不同意麦克费夫的话。现在,受到指控的是你妻子,而不是查理·麦克费夫。希望你的辩护保持中肯。"

"您也知道,"汉密尔顿说,"我现在不能,恐怕永远都不能证明玛莎不是左派。但我能告诉您,为什么麦克费夫会对她提出左派的指控。我能告诉您,他做这些事的目的究竟何在。您看看他所在的职位——谁会怀疑他?他能自由翻看所有的安全档案;他想指控谁就指控谁。这正是一名左派恶棍需要的理想职位。他能剔除任何党派不喜欢的人,任何碍事者。"

"但是,这些都是间接推测。"爱德华兹指出,"逻辑的堆砌而已——证据在哪里?你能证明查理是左派吗?你自己也说过,他不是他们中的一员。"

"我不是侦探,"汉密尔顿说,"我也不是警察。我没法收集不利于他的证据。我怀疑,他和美国左派,或者左派的前线组织有接触……他肯定会从某处接收到指令。只要FBI开始监视他的……"

"这么说,你没有证据。"爱德华兹嚼着雪茄,打断了他,"对吗?"

"没有。"汉密尔顿承认,"没有证据证明,查理·麦克费夫脑中到底在想什么,就像他也没有证据证明我妻子脑中到底在想什么。"

"但是,关于你妻子,有很多不利材料。那些她签过的请愿书,出席的左派会议。你能拿出哪怕一份查理签过的请愿书吗?能证明他去过哪怕一次左派会议吗?"

"真正的左派,不会暴露自己。"汉密尔顿回答。但他自己也知道,这话有多荒谬。

"只凭这些,我们没法开除查理。你自己也知道,你的这些话有多经不起推敲。就因为他没出席过左派会议,就开除他?"爱德华兹上校的脸上露出一丝微笑,"对不起,杰克,你的指控不成立。"

"我知道。"汉密尔顿应道。

"你知道?"爱德华兹震惊,"你承认?"

"我当然承认。我从没觉得自己的指控能成立。"汉密尔顿情绪镇定,继续道,"坦白讲,我只是想把这些话讲给您听。"

矮胖的麦克费夫阴沉着脸,没精打采地坐在椅子上,什么话都没说。他粗短的手指紧紧绞在一起,目光专注在手指上,不看汉密尔顿的眼睛。

"我很想帮你。"爱德华兹有些不安,"可是,天哪,杰克,按你的逻辑,这国家的每一个人,都会变成安全威胁。"

"确实如此,你们迟早会这么做。我只希望麦克费夫也被纳入安全威胁筛查范围。他享受着豁免权,这很可耻。"

　　"我认为，"爱德华兹僵硬地说，"查理·麦克费夫的正直和爱国精神不容怀疑。你也知道，这个人在二战中参加了美国空军，打过仗。同时，他还是虔诚的天主教徒，是海外战争退伍老兵组织的成员。"

　　"恐怕他还参加过男童子军，"汉密尔顿接口道，"每年圣诞节都会装饰圣诞树。"

　　"难道你认为天主教徒和退伍军人协会成员的忠诚度可疑？"

　　"我没这么说。我想说的是，一个男人，可以是以上所有的一切，但同时也是个危险的颠覆分子。而一个女人，可以签署和平请愿书，订阅《其实》这本杂志，但同时也深爱着这个国家，不论这国家有多糟糕。"

　　"我认为，"爱德华兹冷冷道，"我们是在浪费时间。这些都是错误的荒唐言论。"

　　推开椅子，汉密尔顿起身，"感谢您花时间听我说完，上校。"

　　"没关系。"爱德华兹有些尴尬，"我希望能多帮帮你，孩子。但你也知道，我所处的地位不允许。"

　　"这不是您的错，"汉密尔顿顺着上校的话，说道，"其实——说起来有点儿怪——您对我的话不屑一顾，我反倒有些高兴。毕竟，在有证据证明有罪之前，麦克费夫是无罪的。"

散会了。加利福尼亚州维护实验室的理事们纷纷走出会议室,重返轻松的日常事务当中。瘦削的速记员在一旁收拾速记机、香烟和手包。麦克费夫趁无人注意,狠狠瞪了汉密尔顿一眼,粗鲁地推开他,走了出去。

会议室门口,爱德华兹上校叫住了汉密尔顿。"接下来,你有什么打算?"他问道,"去上半岛走一趟,到提林福和EDA那儿试试? 他肯定会录用你,你知道。你爸爸生前跟他是好朋友。"

在这儿,在现实世界,汉密尔顿尚未跟盖伊·提林福面谈过。"他会录用我的,"他若有所思道,"您说的原因是一个。但同时也因为,我是一流的电子专家。"

为了掩饰尴尬,爱德华兹提高了音量,"抱歉,孩子,我没想冒犯你。我的意思是……"

"我懂您的意思。"汉密尔顿耸耸肩,动作很轻柔,生怕牵扯到紧紧包扎的肋部。他有一根肋骨骨裂。嘴巴里两颗新装的门牙摇摇晃晃,让他不太习惯。不习惯的还有贴在右耳上方的纱布,那地方摔破了,缝了两针。这次事故,他们经历的磨难,让他的身心迅速衰老。"我不打算去提林福那儿,"他说,"我打算自己干。"

爱德华兹吞吞吐吐地问:"你会恨我们,恨这个地方吗?"

"不会。我是丢了工作,但这不算大事。从某种角度说,这反倒是种解脱。要是没有这次事件，很有可能，我会一辈子待在这个地方。我会对这种安保制度没有丝毫反感，甚至没有丝毫知觉。而现在，我得到了教训，强迫我面对这一切。不论我喜不喜欢，我都得面对现实了。"

"我说，杰克——"

"这么多年来，我一直过得挺轻松。我家里很有钱，我父亲在他的工作领域名气也很大。一般来说，麦克费夫这样的人，是没法对我这样的人下手的。而如今，时代在变化。麦克费夫们已经出动，四处追捕我们。双方将会正面接触。是时候看清他们的存在了。"

"说得很好，"爱德华兹说，"高尚，动人。不过，你也得想想怎么活下去。你总得找份工作，赚钱养家。安保记录有了污点，不管到哪儿，你都没法靠设计导弹过活。凡是依靠政府合同的公司，没人会雇你。"

"或许，这也是件好事。我也有些厌烦了造炸弹。"

"出现职业倦怠了？"

"我更愿意称之为良知觉醒。这些天，在我身上发生了一些事，改变了我的思考方式。就像他们说的，走出舒适区。"

"啊，对了，"爱德华兹含糊道，"那起事故。"

"我见识了多层次的现实。那些层面的现实，我从前做梦也想不到。经历这些后,我的世界观发生了变化。想要打破惯性思维的高墙,恐怕的确需要这样不平常的经历。从这个角度说,我受的苦,都是值得的。"

身后走廊上,传来高跟鞋清脆急促的"咔咔"响声。玛莎喘着气,涨红了脸,匆匆跑来,拉住了他的胳膊。"我们该走了。"她迫不及待地说。

"这次经历,还解决了一件大事。"汉密尔顿对 T.E.爱德华兹上校说,"玛莎没撒谎,她说的是真话。对我来说,这才是最重要的事。工作没了还能再找;老婆没了,再找就难啦。"

汉密尔顿跟妻子沿着走廊,转身离开。"接下来,你有什么打算?"爱德华兹追问道。

"我会给你寄明信片的。"汉密尔顿扭头回答,"用公司抬头的明信片。"

两人走下加州维护实验室大楼的台阶,踏上水泥步道。"亲爱的,"玛莎兴奋地说,"卡车已经来了,正在卸货呢。"

"好啊,"汉密尔顿很高兴,"我们劝说那傻老太婆的时候,忙碌的卡车正好当背景,更有说服力。"

"别说这么难听的词,"玛莎拧了一下他的胳膊,急道,"我都替你脸红。"

汉密尔顿咧嘴笑了,扶她上车,"从现在开始,不论对谁,我都只说我想说的话，做我想做的事。生命太短暂，容不得虚与委蛇。"

玛莎气急怨道："我都开始担心了——你跟比尔，我倒要看看你们能折腾出什么来。"

"我们会挣大钱。"汉密尔顿一边把车开上公路，一边快活地回应，"记住我的话，亲爱的。你和尼尼都能睡在丝绸做成的枕头上，还会有吃不完的奶油。"

半小时后，两人站在一片未经清理的高地上，挑剔地品评着眼前这座汉密尔顿与洛斯一起租下的波纹铁皮棚。棚里，巨大的板条箱高高堆起，装满了各种设备。棚后的装卸平台处，一辆辆笨重的卡车排起了长队。

"过不了多久，"汉密尔顿沉思道，"一个个光滑闪亮、带把手和刻度盘的方形留声机，就会从装卸平台出发。那时候，排队的卡车就要来装货，而不是卸货了。"

比尔·洛斯大步朝两人走来，缩着脖子，瘦长的身体顶着秋日冷冽的风，薄薄的双唇间叼着香烟，双手深深插在衣袋里。"嗯，"他讪讪道，"是不怎么样，但肯定有意思。我们有可能会失败；不过，即使失败，我们也能好好玩一把，一路高兴着失败。"

"杰克刚刚才说，我们会有钱。"玛莎失望道，嘴唇撇了起来。

"先玩，再有钱。"洛斯解释，"等我们老了，身体垮了，玩不动了,再变成富人。"

"伊迪斯·普里奇特来了吗?"汉密尔顿问道。

"她就在附近,在什么地方转悠。"洛斯随手一指,"我看到她的凯迪拉克停在路那头。"

"车子能开?"

"能,能开,"洛斯肯定道,"一点儿问题也没有。所以我们肯定不在**那个**世界里。"

一个小男孩,不超过十一岁,兴奋地蹦跳过来。"你们准备造什么?"他问,"火箭?"

"不,"汉密尔顿回答,"留声机,人们能拿它来听音乐,肯定会大受欢迎。"

"嗬,"男孩子挺佩服,"我说,去年我也造了个东西,一台头戴式单管道电池收音机。"

"这开头不错。"

"我现在在造TRF①调整器。"

"好啊,"汉密尔顿说,"说不定,我们会雇你在这儿工作呢。当然,前提是我们资金充足,不必四处找钱。"

伊迪斯·普里奇特太太一步一步,小心翼翼地穿过乱七八糟的场地,朝他们走了过来。她身上裹着一件厚重的毛皮大衣,卷

---

① 调频电波。

发染成红褐色，头戴精致的帽子。

"好啦，别烦洛斯先生和汉密尔顿先生啦。"她命令儿子，"他们要操心的事情多着呢。"

大卫·普里奇特不情愿地走开，"我们在讨论电子设备呢。"

"你们买的设备可真不少。"普里奇特太太疑虑重重地望着眼前的两人，"肯定花了不少钱。"

"这些都是必需品。"汉密尔顿解释，"我们要组装的不是标准件功放。我们要设计制造自己的零部件，从电容器到变压器，都自己造。比尔已经画出了新型无磨损唱头的设计图，这东西会震撼整个高保真音响市场——它能保证唱片在播放过程中绝对无磨损。"

"你们这些腐化堕落的人，"玛莎笑道，"竟然迎合有闲阶层心血来潮的口味。"

"我想，"汉密尔顿说，"音乐会一直留在这个世界里。问题是：我们该用什么样的设备播放音乐？操作高保真设备，理应成为另一门艺术。我们生产的留声机，会让播放唱片也成为高难度的活儿，跟制造留声机一样难。"

"我脑子里已经出现这样的画面了。"洛斯咧嘴笑了，"瘦削的年轻人坐在北海滩公寓家中地板上，兴高采烈地摆弄旋钮和开关。当音响启动，房间里立刻充满了大货车引擎的轰鸣，暴风雪的呼啸,一卡车碎铁哗地卸下的刺耳嘈杂……还有各种各样录在唱片里的奇异声响,轰隆隆地响彻房间。"

"我心里没底,"普里奇特太太犹豫道,"你们俩都这么——古怪。"

"这就是个古怪的行当,"汉密尔顿说,"比时尚界,甚至比承办单身汉派对的生意更古怪。不过,回报同样很不普通。"

"你们能确定,"普里奇特太太对他的回答并不满意,"你们的生意肯定能赚钱吗?我可不想把钱投在水里。我想要稳定的回报。"

"普里奇特太太,"汉密尔顿郑重地说道,"我似乎记得,你曾经说过,想成为艺术的赞助人。"

"上天作证,这是实话。"普里奇特太太肯定道,"这世上,没有比对文化活动的坚定资助更重要的事。如果没有一代代富于灵感的天才,创造出的伟大艺术遗产,那我们的生活会……"

"所以,你的投资是正确的。"汉密尔顿打断了她,"你的不义之财用对了地方。"

"我的什么?"

"你的鲁特琴①,"比尔·洛斯赶紧圆场,"你的鲁特琴用对了

①上一句话中,汉密尔顿用的是"loot"(战利品,劫掠品),所以洛斯圆场用了谐音词"lute"(鲁特琴)。

地方。我们这行，属于音乐。通过我们的产品，普罗大众将能听到从未听过的音乐。音乐高度保真，机器运转绝对平稳流畅，这完全是一场文化的大变革。"

汉密尔顿用手揽过妻子，紧紧地抱住她，"亲爱的，你觉得怎么样？"

"挺好。"玛莎倒抽一口气，"轻点儿——别忘了，我身上有烫伤。"

"你觉得我们会成功？"

"当然。"

"你都这么说了，应该没问题了。"汉密尔顿松开妻子，转向普里奇特太太，"对吧？"

伊迪斯·普里奇特虽然仍有疑虑，手还是伸进自己宽大的提包，摸索支票簿，"嗯，听起来是一桩不错的生意。"

"确实不错，"汉密尔顿附和，"我们当然得这么说。否则，我们拿不到钱，根本没法运作。"

此言一出，普里奇特太太"啪"的一声合上提包，"我看，我还是别蹚浑水。"

"别理他。"玛莎急急劝道，"他们俩只知道瞎说。"

"也对。"普里奇特太太终于放下疑虑，带着万分谨慎小心，工工整整写了一张支票，支付了他们的启动成本。"这笔钱，我可是要拿回来的。"她把支票递给洛斯,严肃地说道,"这是我们合约的一部分。"

"会回来的。"洛斯保证。话音刚落,他猛地吃痛跳开,护着脚踝,恼火地弯下腰,用大拇指摁死了一只拼命扭动的小东西。

"什么东西?"汉密尔顿问道。

"一只蝼蛄,爬进袜子里,咬了我一口。"洛斯不安地笑了笑,赶紧补充,"纯属巧合。"

"我们希望,你的钱能回来。"保险起见,汉密尔顿对普里奇特太太解释道,"当然,我们没法保证。但是,我们会尽力。"

说罢,他做好心理准备,但既没有挨咬,也没有挨刺。

"感谢上帝。"玛莎扫了一眼支票,吐了口气。

比尔·洛斯迫不及待地朝铁皮棚子走去,边走边喊:"还等什么? 干活去!"